ÜBERHAUPT GAR NICHT

DER ALLMÄCHTIGE
TODD

LOUISE GALVESTON

DER ÜBERHAUPT GAR NICHT ALLMÄCHTIGE TODD

Übersetzt von
Manuela Knetsch & Ina Lutterbüse

KOSMOS

Umschlaggestaltung: Weiß Freiburg GmbH Graphik & Buchgestaltung unter Verwendung einer Illustration von Partick Faricy

Innenillustrationen © Patrick Faricy

Die Originalausgabe erschien 2014 unter dem Titel By the Grace of Todd bei Razor Bill, An Imprint of Penguin Group (USA)

Aus dem Englischen von Manuela Knetsch und Ina Lutterbüse

FSC www.fsc.org
MIX
Papier aus verantwortungsvollen Quellen
FSC® C014138

Gedruckt auf chlorfrei gebleichtem Papier

ISBN 978-3-440-14637-8
Redaktion: Ina Lutterbüse
Produktion: Verena Schmynec
Grundlayout und Satz: DOPPELPUNKT, Stuttgart
Druck und Bindung: Finidr, s.r.o., Český Těšín
Printed in the Czech Republic / Imprimé en République tchèque

PROLOG

„Meine lieben Kinder!“ Großvater Lewis räusperte sich geräuschvoll und blickte in die erwartungsfrohen Gesichter vor sich. „Habe ich euch jemals die Geschichte erzählt, wie der Große und Allmächtige Todd eure Großmutter, mich und unser gesamtes Volk aus den gemeinen Fängen des Tyrannen ‚Max‘ befreit hat?“

„Ja. Aber erzähl sie uns noch einmal, bitte! BITTE!“, rief die kleine Andromeda, und auch die anderen Kinder hüpften vor Aufregung auf und ab.

Persephone, Lewis’ Frau, gab ihm mit ihrem aus Blättern gefertigten Cowboyhut einen Klaps auf den Arm.

„Lewis, du Kojotenhintern, wie oft soll ich dir noch sagen, dass du mich nicht Großmutter nennen sollst. Das klingt, als ob ich so steinalt und klapprig wäre wie die Alte aus dieser Rotkäppchen-Geschichte! Großmutter, Großmutter …“

„Äh, ja …“ Lewis zwinkerte ihr zu. „Weißt du, in meinem Alter lässt das Gedächtnis manchmal nach.“

„Aber Opa Lewis, du erinnerst dich doch an den Forscherwettbewerb und den Reifen des feurigen Uuuuuuunheils, oder?“, flehte Andromeda ihn an. Ihre langen lila Haare fielen bis auf die flauschigen Fasern des rosa Babyhausschuhs, in dem sie und die anderen Kinder sich eingemummelt hatten und vor dem Schlafengehen noch ein paar Schuppenchips knabberten.

„Natürlich erinnere ich mich, Andromeda. Ich – “

„Erzähl uns von Max, Opa!“, riefen die Kinder im Chor. „Erzähl uns von dem einen Mal, als er das große Erdbeben verursacht hat und alle eure Hütten zerstört wurden!“

„Nun, ich schätze, einige von euch kennen die Geschichte bereits –“, Opa Lewis lächelte und kletterte auf den Gipfel des Berges ‚Sportshirt‘, „aber hört trotzdem gut zu. Vielleicht macht euch eure Groß … äh, Oma Persephone ja noch ein paar ihrer berühmten Zehennagelbrötchen mit Hautschuppenaufstrich.“

„Oh ja! Bitte! Lecker!“, klang es aus dem rosa Hausschuh.

„Also gut,“ begann Lewis. „Es fing alles damit an, dass …“, Lewis hielt inne und schaute nach Persephone, die gerade mit den Zehennagelbrötchen loslegen wollte.

„Schatz, vergiss bitte nicht, bei meinem Brötchen die eingerissenen Ränder abzuschneiden.“

Persephone lachte spöttisch und schüttelte den Kopf. „Seit Ewigkeiten und drei Tagen sind wir jetzt verheiratet und der tattrige alte Knacker glaubt wirklich, ich vergäße seine vermaledeiten Ränder abzuschneiden. Also wirklich!“, grummelte sie in sich hinein.

Lewis grinste und wandte sich wieder seinen kleinen Zuhörern zu. „Wo war ich? Ach ja, … In den Tagen, bevor Todd seine Macht unter Beweis stellen konnte, indem er seine Feinde besiegte – die fiesen und grausamen Riesen –, lebte unser Volk noch im alten Toddlantis. Einem unsicheren Ort mit einfachsten Hütten, auf einer alten, vergammelten, nahrungsreichen Sportsocke – "

„Ihr Jungspunde wisst gar nicht, wie gut ihr es habt!" Lewis wurde von einer dunklen Stimme unterbrochen, die Hermann dem Weisen gehörte. Hermann war gerade aus der Bibliothek getreten. „Wenn wir in eurem Alter ein Zehennagelbrötchen wollten, mussten wir die Zehennägel und Hautschuppen erst mal mit unseren eigenen Händen aus den verdreckten Stofffasern befreien. Und wenn wir – "

„Heißt das, es gab keinen Berg aus alten, verschwitzten Sportklamotten, von dem ihr euch ernähren konntet?", wollte der kleine Lyle wissen. „Ich dachte, unser Volk hätte schon immer in Todds Schlafzimmer gelebt?"

„Das ist wahr, Grünschnabel", sagte Persephone, während sie den Hautschuppenaufstrich auf das Zehennagelbrötchen strich. „Aber in den dunklen Tagen mussten wir für uns selbst sorgen. Der Große Todd wusste noch nicht einmal, dass es uns gab."

Die Kinder japsten.

„Ja, Kinder. In diesen Tagen lebten wir in totaler Dunkelheit unter Todds Bett und er hatte keine Ahnung von eurer Oma oder Hermann oder von irgendeinem von uns."

„Richtig!", ergänzte Hermann. „Wir hatten gerade mal ge-

lernt, wie man mit zwei Stöcken Feuer machen konnte, als der Große Todd uns ans Licht brachte."

Persephone schnaubte. „Ja, genau. Und eine ganz andere Reihe von haarsträubenden Dingen ist passiert, bevor uns dann der Kojote Max erwischt hat. Aber vielleicht erzählst du von Anfang an, Lewis."

„Vielleicht hast du recht, Schatz. Kinder, wollt ihr hören, wie eure Oma Persephone und ich dem Großen Todd begegnet sind?"

Die Kinder jubelten.

Lewis nahm noch einen kräftigen Schluck aus seiner Tasse mit Schweißschorle und räusperte sich. „Diese Geschichte begann nach Todds erstem Tag an der Wakefield Middle School – einem Furcht einflößendem Ort, an dem grausame Riesen herrschten, die sich die ‚Zoo-Gang' nannten …"

KAPITEL 1

Mein bester Freund Duddy sah in den wolkenlosen Septemberhimmel und sprach: „Leonardo da Zwicki, es tut mir und Todd wirklich leid, dass du gestorben bist und alles. Du warst ein echt abgefahrener, toller Einsiedlerkrebs und wir werden dich vermissen."

Er machte eine Pause und sah zu mir rüber.

Ich biss mir auf die Lippe und murmelte: „Mach weiter."

Duddy zuckte mit den Schultern. „Okay." Er breitete die Arme aus und rief mit lauter Stimme (als ob ihn Zwicki in seinem Einsiedlerkrebshimmel dann besser hören könnte): „Also, Zwicki, danke, dass du uns erlaubt hast, Koi Boy von *Dragon Sensei*[1] auf dein Haus zu malen. Das war echt cool von dir. Und es war auch echt cool von dir, mich wie-

1 *Dragon Sensei* ist Duddys und meine absolute Lieblings-Anime-Serie. Koi Boy, ein genialer Held, ist halb Fisch, halb Junge und benutzt seine Superkräfte, um gegen die böse Wespa zu kämpfen, um … Okay, das ist eine andere Geschichte. Es ist auf jeden Fall die genialste Anime-Serie ALLER ZEITEN!

der loszulassen, als du mich einmal in die Hand gezwickt hast. Ich bin mir sicher, dass du mir nicht wirklich wehtun wolltest oder so. Und der blaue Fleck war auch nach ein paar Tagen wieder weg.“ Er brach ab und sah wieder zu mir.

Wahrscheinlich erwartete er, dass ich noch etwas zu Zwickis Grabrede hinzuzufügen hatte. Immerhin hatte Zwicki bei mir gelebt, auch wenn wir ihn zusammen am Strand gefunden hatten. Aber Duddy war es, der bemerkt hatte, dass Leonardo da Zwicki nicht mehr unter uns weilte.

„Hey, wie geht’s dem alten Zwicki?“, hatte er nur zehn Minuten zuvor gefragt und von meinem Laptop aufgesehen. Wir saßen in meinem Zimmer und schauten die neueste Folge *Dragon Sensei* an[2].

„Wem?“ Ich drückte auf Pause.

„Mann, Todd. Leonardo da Zwicki. Unserem Einsiedlerkrebs. Kann ich ihn mal rausholen?“

Oh richtig. DER Zwicki! „Äh, klar“, erwiderte ich. Mein Magen machte einen Purzelbaum. Ich ahnte, was jetzt kommen würde.

Duddy holte das „Krebsarium“ vom Regal über meinem Bett und klopfte an die Scheibe. „Hey, der bewegt sich gar nicht.“

2 Die Folge, in der … TODD, konzentrier dich!

„Also, ich habe Zwicki seit ein paar Tagen nicht rausgeholt. Vielleicht ist er scheu?“

Duddy hob den Deckel des Aquariums ab. „Puh, das mufft!“, sagte er und zog den Kopf zurück. „Wann hast du denn das letzte Mal nach ihm geschaut?“

Ich lief rot an, während Duddy nach Zwickis Haus griff. „Ich bin nicht sicher, ob das so eine gute Idee …“

Zu spät. Sobald Duddy das Haus angehoben hatte, rutschte Zwicki heraus.

„Ich glaube, er ist tot.“ Duddys Mund stand offen.

„Da hast du wohl recht“, stimmte ich ihm zu.

„Meinst du, er war krank?“, wollte Duddy von mir wissen. „Können Einsiedlerkrebse Krebs bekommen?“

„Ähm …“ Mein schlechtes Gewissen breitete sich aus wie ein aufgehender, großer Kloß Hefeteig, der mir vom Magen bis in den Hals kroch. Ich versuchte mich daran zu erinnern, wann genau ich Zwicki das letzte Mal frisches Wasser gegeben hatte. Samstag? Oder vielleicht doch Donnerstag?

„Warte mal. Ich bin gleich wieder da.“ Duddy lief in die Küche und war ein paar Sekunden später mit dem leeren Karton der rosaroten Babyhausschuhe meiner kleinen Schwester Daisy (auch bekannt als „Fräulein Sabber“ oder „Die krabbelnde Gefahr“ oder „Die Stinkbombe“) wieder da. „Für die Beerdigung.“, erklärte er.

Jetzt standen wir also draußen im Garten und starrten auf das Loch, das wir unter unserem großen Baum gegraben hatten. In diesem Loch lag der Karton und darin Zwicki. Es war jetzt wohl wirklich an mir, etwas zu sagen.

„Äh, ja, Zwicki, also, es tut mir wirklich sehr leid. Ruhe in Frieden und so, kleiner Kumpel. Amen."

Duddy nickte. Wenn er mich für Zwickis Ableben verantwortlich machte, ließ er es sich nicht anmerken. „Leonarda da Zwicki, mögest du in Frieden …"

Duddy wurde jäh von schallendem Gelächter unterbrochen, das vom Nachbargarten kam.

Einem vertrauten Gelächter.

„Huahahahahaha! Huaahahahah! Pfffttt!"

Der gelispelte Teil am Ende war allerdings neu. Im Laufe des Sommers hatte unser Erzfeind Ernie Eschenwald die GRÖSSTE ZAHNSPANGE DER WELT bekommen. Offensichtlich hatte er noch nicht herausgefunden, wie er den Spuckeüberschuss kontrollieren sollte.

Duddy wurde bleich, als Ernies riesiger, roter, von einer orangenen Schwammfrisur gekrönter Kopf hinter dem Zaun auftauchte. Ernie zeigte mit seinem Wurstfinger in unsere Richtung und lachte noch lauter. „Huahahahaha! Huaahahaha!! Pffft! Waf maft ihr kleinen Fpinner da? Eine Trauerfeier für einen Krebf?"

Duddy warf mir einen schnellen Blick zu, dann holte er tief Luft und stellte sich gerade hin. Er schob mit dem Fuß etwas Erde über Zwickis Karton und ich hörte ihn irgendetwas murmeln, das mit Amen endete, während er sich unter seiner Jacke verstohlen bekreuzigte.

„Wollt ihr mif nift begrüßen, ihr Flitfpiepen?"

„Hallo", murmelte ich und starrte auf meine Füße. Den ganzen Sommer über hatte ich darauf gehofft, dass der Schulbeginn auf der Middle School auch der Beginn einer neuen Ära sein würde, ohne Quälereien. Aber offensichtlich war alle Hoffnung umsonst gewesen.

„Wir versuchen nur, ihm die letzte Ehre zu erweisen", erklärte Duddy. Er stand mit verschränkten Armen da, als wolle er Zwickis Grab beschützen.

„Ach wirklich?", erwiderte Ernie. Er hatte bereits eines seiner Elefantenbeine über den Zaun geworfen und versuchte nun, seinen Körper hinterherzuhieven. Zu Zwickis Glück war er nicht an toten Einsiedlerkrebsen interessiert. Er glotzte mich mit seinen gierigen Augen an. „Hey Todd, wo ift denn dein Fkateboard?"

„Skateboard?", flüsterte ich.

„Ja, dein Fkateboard. If glaube nämlif, daf folltest du mir mal leihen."

Ich stand da wie erstarrt. Ernies Vorstellung von „leihen" umfasste in etwa die nächsten hundert Jahre. „Ähm, mein Dad hat es mit zur Arbeit genommen."

Ernie kam auf mich zu. Er war riesig und gemein und leider nicht so dumm, wie er aussah. „Inf Krankenhauf?"

Mein Dad war Krankenpfleger in der Notaufnahme. Seit meine Mom, eine Lehrerin, entlassen worden war, wohnte er praktisch im Krankenhaus und übernahm ständig Extraschichten, um unsere Rechnungen bezahlen zu können. „Er, ähm, er wollte es diesem Kind zeigen, das gegen Pocken behandelt wird."

Ernie riss die orangefarbenen Augenbrauen so weit nach oben, dass sie fast seine Locken berührten. „Pocken?"

Mist. Die Leute bekamen doch noch die Pocken?

Plötzlich stieß er mir seinen fleischig-rosa Finger zwischen die Augen und hätte mir fast die Brille heruntergerissen. „Hör mal fu, du kleine Küchenfabe. If will diefef Fkateboard, und if will ef jetft, anfonften hetfe if dir morgen *Max* auf den Half."

Jetzt erstarrte ich endgültig. Max Lieblich war der Einzige an der Wakefield Middle School, der noch furchteinflößender war als Ernie. Sein Nachname war ein grausamer Scherz des Universums. Max war genauso gigantisch wie Ernie, aber dreimal so gemein. Er war auf die Newton-Grundschule gegangen, die auf der anderen Seite der Stadt lag. Es ging das Gerücht um, dass irgendetwas in der Cafeteria dort die Schüler extra schnell wachsen ließ.

Es gab nur einen Ausweg. Ich wollte gerade auf unsere Garage zeigen, wo mein Skateboard auf einem Regal lag (mein Dad hatte es mitten in der Nacht extra dafür gebaut), als plötzlich ein Schrei ertönte …

„Todd Jameson Podecker!“

Die Tür zum Garten ging auf und meine Mom erschien auf der obersten Treppenstufe, mit verstrubbelten Haaren und lila verschmiertem Gesicht. Auf ihrer Hüfte balancierte sie Fräulein Sabber, die wie immer irgendwas vor sich hin brabbelte und mit den Fingern wackelte, die genauso lila und verschmiert waren wie das Gesicht meiner Mutter.

„Hi, Mrs Podecker!“, rief Duddy.

„Wollen wir hoffen, daf unf diefef föne Wetter erhalten bleibt!“, fügte Ernie, widerwärtig grinsend, hinzu.

„Oh, hallo, Duddy, Ernie“, antwortete Mom mit zusammengebissenen Zähnen, da ihr jetzt erst klar wurde, dass ich Besuch hatte. „Wärt ihr Jungs so lieb und würdet Todd entschuldigen und nach Hause gehen? Er hat noch etwas zu erledigen. Danke.“

Ich sah noch einmal zu Duddy. Der mitleidsvolle Blick, den er mir zuwarf, bestätigte meine Befürchtungen: Ich war gerade vor einem übel gelaunten Fiesling gerettet worden, nur um von einem anderen – diesmal weiblichen Exemplar – in den Boden gestampft zu werden. „Bis später“, flüsterte er und flitzte durch das Tor zur Auffahrt, Ernie folgte ihm auf dem Fuß.

Mein Magen rutschte mir in die Kniekehlen. Ich hoffte, Ernie würde Duddy in Ruhe lassen. Wenigstens trug der nichts bei sich, was es wert gewesen wäre, gestohlen zu werden.

Meine Gedanken wurden jäh von der Stille unterbrochen, die plötzlich herrschte. Ich sah zu meiner Mom.

„Geh rein", schnauzte sie mich an. Aus ihren braunen Augen schienen Flammen zu schießen, wie bei SharkKing aus *Dragon Sensei*[3]. „In dein Zimmer, sofort!"

3 Das ist wirklich cool, wenn SharkKing das macht, auch wenn er eigentlich böse ist und Koi Boy ständig zum Mittagessen verspeisen will.

KAPITEL 2

„Ich hatte dich gestern Abend *ausdrücklich* darum gebeten, deine Farben wegzuräumen, bevor du ins Bett gehst“, keifte meine Mutter. Ich war ihr und dem Windelzwerg ins Haus gefolgt und tat nun mein Bestes, ihr nicht in die Augen zu schauen und möglichst unschuldig auszusehen. „Und zwar, damit Daisy sie nicht in die Finger kriegt!“

„Daisy hat sie in die Finger bekommen?!“ Panik stieg in mir auf. Wenn Daisy sich über meine Farben hergemacht hatte, dann bedeutete das, dass mein Porträt von Kaiser Oora[4], an dem ich gerade malte, vermutlich zerstört war. Ich rannte den Flur hinunter, riss die Tür zu meinem Zimmer auf und sah …

Dass alles in Ordnung war.

„Wo ist das Problem?“, fragte ich meine Mom sichtlich erleichtert. Ich schaute mich im Zimmer um. Na gut, dank

4 Kaiser Oora ist der fiese Herrscher von Fernsopi, der alles und jeden unterdrücken will.

meiner kleinen Schwester zog sich eine lila-grün-goldene Spur von meinem Schreibtisch, auf dem das Oora-Gemälde lag, quer durch den Raum. Aber ansonsten sah mein Zimmer genauso aus wie eben, als Duddy und ich rausgegangen waren. „Scheint doch alles okay zu sein."

„Okay? OKAY? Du nennst das hier O-KAY?!" Mom bekam komische rote Flecken im Gesicht. „DAS HIER ist alles andere als O-KAY!! Was sind das für Klamotten überall? Hier liegen mehr Süßigkeitenverpackungen als in sämtlichen Supermärkten der Stadt. UND WAS ZUM TEUFEL IST DAS?" Angewidert deutete sie auf ein halb aufgegessenes Stück Pizza auf der Kommode. „Dieses Etwas ist kurz davor, sich in ein Lebewesen zu verwandeln. Das hier ist kein Zimmer, Todd! Das ist ... einfach nur widerlich!"

„AUTSCH!!!", schrie ich. Ein Schmerz durchschoss mein Bein. Prinzessin von Wuff, Moms nervtötende kleine Pudeldame, hatte sich auf mich gestürzt und mir ihre Zähne in den Knöchel geschlagen. Ich versuchte, ihre kleinen Zähne aus meinem Bein zu ziehen, während Mom weiter auf mich einschimpfte.

„Wer weiß, welcher Art von Ungeziefer du hier Unterschlupf gewährst. Ratten oder ... oder ... Kakerlaken! Deine Schwester könnte hier drin lebendig begraben werden. Oder gefressen!"

Daisy kreischte zustimmend, dann krabbelte sie aus dem

Zimmer, vermutlich auf der Suche nach irgendetwas, das sie zerstören konnte.

„Und … ist das Zwickis Schneckenhaus?“ Sie zeigte auf mein Bett. „Todd? Was ist mit Zwicki passiert?“

Ich schluckte. „Ähm … Er ist irgendwie … vorzeitig abgetreten.“

Das sagt der Schurke in *Dragon Sensei* immer, wenn er jemanden umgebracht hat.

Mom fielen fast die Augen aus dem Kopf. „Was soll das heißen? Du hast ihn doch gefüttert, oder?“

Ich starrte auf diesen besonders ausdrucksstarken lila Fleck auf meinem Teppich. Ich wusste, dass ich besser lügen sollte, um mir aus der Klemme zu helfen, aber ich brachte kein Wort heraus.

Mom hob die Hände und zitterte wie bei einem Erdbeben, das nur sie spüren konnte. „Ich … *Todd*! Ich weiß nicht, was ich sagen soll. Aber kein Wunder, wie hättest du ihn in diesem Chaos denn überhaupt *finden* sollen?“ Mit müden Augen blickte sie sich im Zimmer um.

Ich öffnete den Mund. „Ich …“

Sie seufzte und schloss die Augen. „Vergiss es, Todd. Es ist meine Schuld – ich hatte angenommen, dass du verantwortungsvoll genug bist, dich um ein anderes Lebewesen zu kümmern. Ganz offensichtlich bist du nicht einmal verantwortungsvoll genug, ein Stück Pizza oder was auch immer das war, richtig zu entsorgen.“

In diesem Moment war ein ohrenbetäubender Knall aus der Küche zu hören.

Mom stöhnte und legte die Hand an die Stirn. „Okay, Todd. Jedes weitere Wort ist reine Zeitverschwendung. Ich muss jetzt aufräumen und nachschauen was Daisy in der Küche angerichtet hat. Lucy kommt in fünf Minuten zu ihrer Klavierstunde." Dann traf mich ein Blick, der in jedem Comicuniversum die Schurken zu Staub hätte zerfallen lassen, und sie knurrte: „Wenn du hier nicht *auf der Stelle* aufräumst, kannst du Duddys Geburtstagsfeier am Wochenende vergessen! Eigentlich kannst du alles vergessen, was Spaß macht. Für immer! Hast du mich verstanden?"

„Meinst du nicht, dass das ein kleines bisschen … äh … unrealistisch ist?", fragte ich. „Ich meine, für diese Unordnung habe ich Jahre gebraucht. Glaubst du, die kann ich an einem einzigen Nachmittag einfach so beseitigen?"

Wenn Blicke töten könnten …

DIIIING DOOONG. DIIIING DOOOONG.

„KOMM EINFACH REIN, LUCY!", schrie Mom. Dann beugte sie sich vor, kam mit ihrem Gesicht ganz nah an meins und zischte: „MACH HIER SAUBER – UND ZWAR SOFORT!" (Mann, an meiner Mom ist ein Mafiaboss oder so verloren gegangen!)

Sie stürmte aus dem Zimmer und schlug die Tür hinter sich zu. Ich seufzte und ging rüber zu dem Wäschehaufen, den ich liebevoll „Podecker-Berg" getauft hatte. Der Geruch, der von dort aufstieg, war speziell. Ich atmete einmal tief durch den Mund ein und hielt den Atem an, während ich alles in den Wäschekorb stopfte.

Als keine Kleider mehr hineinpassten, setzte ich mich auf den Korb und sah mich im Zimmer um. Ich war umgeben von jeder Menge Müll und Geschirr, Bonbonpapier, Klamotten, einem selbst gebauten Hubschrauber, von dem Daisy den Rotor abgerissen hatte, Videospielen … und das waren nur die Sachen, die mir auf den ersten Blick ins Auge fielen. Dann gab es da noch meinen vollgerümpelten Schreibtisch, von dem die Farbe tropfte. Okay, es war jetzt nicht so richtig gemütlich und einladend. Aber die Frage, die sich stellte, war: Wo sollte ich bloß anfangen?

Schließlich stand ich auf und beschloss nachzuschauen, was unter meinem Bett lag. Wenn ich da erst mal alles freigeräumt hätte, könnte ich anderen Kram drunterschieben.

Ich legte mich bäuchlings auf mein Bett und sah kopfüber in die Dunkelheit. Dort lag schon eine Unmenge von Zeug. Ein Haufen Papier. (Vielleicht die verloren gegangene Bio-Hausaufgabe vom letzten November?) Ein angebissener Cupcake von Daisys erstem Geburtstag. (Ernsthaft? Den hatte ich nie aufgegessen?) Meine Baseball-Stollenschuhe, in denen die Glückssocken steckten, die ich während der ganzen Spielsaison getragen hatte. (Ich hatte eigentlich nie Ballkontakt gehabt, außer wenn ich getroffen wurde, und das war dreimal am Kopf und einmal auf die Nase gewesen. Aber wenn ich die Glückssocken nicht getragen hätte, wer weiß, wie oft ich dann eins auf die Nuss bekommen hätte?)

Als ich die Hand ausstreckte, um zu fühlen, wie hart der Cupcake schon geworden war, passierte es.

Das, was mein Leben für immer verändern sollte.

Etwas blitzte. Ich dachte zunächst an eine elektrostatische Aufladung des Teppichs, aber dann sah ich es erneut. Dieses Mal war das Blitzen heller. War es die Sonne, die sich in meinen Brillengläsern spiegelte? Ich hielt beide Hände neben die Augen, um einen Lichteinfall zu verhindern.

Blitz. Blitz. Blitz.

Eindeutig kam der Funke nicht von der Sonne.

Und dann zum dritten Mal. *Blitz. Blitz. Blitz.*

Ich schluckte. Es kam ganz eindeutig nicht von der Sonne.

Es kam von meiner Socke.

KAPITEL 3

Meine Zimmertür flog in weitem Bogen auf. „Todd Jameson Podecker!“

Schon wieder fiel mein zweiter Vorname, das zweite Mal an diesem Tag. Unglaublich. Aber diesmal versetzte es mich nicht in Angst und Schrecken.

Weil es nicht meine Mom war, die gerufen hatte, sondern nur Lucy.

Lucy wohnte im Haus gegenüber und war Moms beste Klavierschülerin. Mom sagte ständig, dass ich nett zu ihr sein müsse. Seit sie ihre Stelle als Lehrerin verloren hatte und nun nur noch privat Klavierstunden gab, bekam ich das fast täglich zu hören.

Aber nett zu Lucy zu sein bedeutete, sich stundenlang anhören zu müssen, was sie an jenem Tag alles gelernt hatte. Lucy war aus Sicht ihrer Mutter „zu herausragend“, um mit uns anderen Dumpfbacken zur Schule zu gehen, deshalb unterrichtete sie Lucy selbst zu Hause. Seit wir klein waren, war ich gezwungen worden, mit ihr zu „spielen“, und über die Jahre war sie nur noch komischer geworden.

Ich ignorierte Lucy wie üblich, griff unter mein Bett und zog die Socke hervor. Dann hielt ich sie mir vors Gesicht. Als ich ein Summen hörte, hielt ich sie mir ans Ohr.

„Oooooh!“, sang ein Chor aus zarten hohen Stimmen.

Alles klar, jetzt drehte ich vollkommen durch! Ich hielt mir die Socke dicht vor den Mund. „Hallo?“, flüsterte ich. Aber nichts geschah.

„Mit wem sprichst du?“

Aaahhh! Ich polterte mit einem Satz vom Bett. Während meiner kleinen Kennenlernrunde mit der Socke hatte Lucy sich bis auf eine Armlänge an mich herangeschlichen.

„Zwicki kann es ja nicht sein. Deine Mom hat mir von ihm erzählt. Todd, wie *konntest* du nur?“

Ich rappelte mich auf und kam auf alle viere. „Äh, Lucy, ich weiß nicht, was dich das angeht, und ich bin gerade beschäftigt, also …“

Lucy hob die Hand und wedelte damit durch die Luft, als wollte sie eine Fliege verscheuchen. „Alles gut, Todd. Deine Mom hat mich geschickt, weil sie die Küche aufräumen muss. Sie sagte, dass ich dir vielleicht helfen könne. Also, was tust du gerade?“

„Na ja, das Übliche.“ Ich kroch zurück aufs Bett. Die

Socke lag auf dem Teppich. Ich musste sie anstarren und hatte das Gefühl, dass sie mein Starren erwiderte.

Lucy setzte sich vorsichtig auf die Bettkante und betrachtete aufmerksam das Chaos zu ihren Füßen. „Weißt du, Todd, es ist keine schlechte Idee, die Bettwäsche häufig zu wechseln" – sie klopfte mit der flachen Hand auf die Matratze – „weil du in der Stunde bis zu 40.000 abgestorbene Hautschuppen abwirfst. Das sind pro Woche etwa 2.240.000 abgestorbene Körperzellen in deinem Bett, abhängig davon, wie lange du schläfst und ob du auch tagsüber zwischendurch ein Schläfchen hältst."

Sie stand auf und fuhr mit dem Finger über mein Schreibtischregal, auf dem meine *Dragon-Sensei*-Figuren standen, dann betrachtete sie die dicke Staubschicht auf ihrer Fingerspitze. „Hast du gewusst, dass ein Großteil des Hausstaubs in Wirklichkeit aus menschlichen Hautschuppen besteht, von denen sich Milliarden mikroskopisch kleiner Staubmilben ernähren? Du verlierst pro Jahr um die vier Kilo abgestorbene Haut. Ganz ordentlich, was?"

„Ja, stimmt." Ich musste vorsichtig sein und durfte mich nicht zu interessiert zeigen, sonst würde das noch Stunden so weitergehen. Das letzte Mal, als Lucy und ich „gespielt" hatten, hatte sie mir eine geschlagene halbe Stunde etwas von spontaner menschlicher Selbstverzückung oder so was Ähnlichem erzählt und wie sich modrige Heuballen wie aus dem Nichts selbst verbrennen können.

In diesem Augenblick kam mir ein genialer Gedanke. *Vielleicht willst du gar nicht, dass Lucy geht – vielleicht kann Lucy nützlich sein!* Ich stand vom Bett auf. „Also, ähm, erinnerst du dich noch daran, wie du mir neulich von dieser spontanen Selbstverzückung erzählt hast?"

„Du meinst Selbst*entzündung*? Mm-hmm. Das ist doch ganz schön schräg, wenn man sich vorstellt, dass Menschen einfach so in Flammen aufgehen können, nur aufgrund einer chemischen Reaktion, die sich im Innern des Körpers abspielt, ohne irgendeine äußere Hitzequelle. Es ist eines der großen ungelösten Rätsel der Natur, und die meisten Wissenschaftler sind skeptisch, ob so etwas überhaupt möglich ist." Sie kam viel zu nahe an mein Gesicht heran und flüsterte: „Aber ich *glaube* daran. Und du?"

Lucy war echt gruselig! Aber sie wusste wirklich erstaunlich viel. Ich trat einen Schritt zurück. „Ähm, ich bin mir nicht sicher, aber glaubst du, dass so etwas auch mit Kleidern passieren kann?"

„Was meinst du? In einigen Fällen blieb von den Menschen selbst nur ein verkohlter Rest übrig, ihre Kleider hingegen waren völlig unversehrt." Sie kam wieder näher. „Ist das nicht faszinierend?"

„Äh, ja." Ich lief zur Tür und schloss sie. „Ich muss dir etwas zeigen", sagte ich. Ich konnte nicht glauben, dass ich das tat, aber ich musste es wissen. „Hast du schon einmal von einer spontanen Socken-Selbstentzündung gehört?"

Lucy kaute auf ihrer Unterlippe und starrte mich an. „Nein! Aber habe ich dir schon mal von den modrigen Heuballen erzählt, die sich an den Schnittstellen zwischen trockenem und nassem Heu selbst entzünden?“

Lucy erwartete nicht wirklich eine Antwort, sondern sprach, ohne Luft zu holen, weiter.

„Egal, ich erzähl es lieber noch mal! Es geschieht Folgendes: Heu, das man in feuchtem Zustand lagert, beginnt zu schwitzen, was Hitze verursacht, wenn die Zellatmung des lebenden Pflanzengewebes mit den Bakterien und der Fäulnisaktivität zusammenkommt. Eigentlich ist das noch etwas komplizierter, aber im Grunde läuft es so ab: Wenn die Hitze nicht entweichen kann und mit trockenem Heu in Berührung kommt … *Kabumm*!“ Sie machte das Geräusch einer Explosion nach, wobei ihre Spucke auf meiner Wange landete. Ich wischte es weg.

Schwitzendes Heu … schwitzende Socke …

„Weshalb fragst du?“ Ihre dunklen Augen verengten sich. „Woher kommt dieses plötzliche Interesse an Naturwissenschaften?“

Jetzt oder nie. Ich bückte mich, hob die Socke vom Boden auf und hielt sie Lucy hin. Vielleicht würde sie mich für durchgeknallt halten, aber andererseits konnte sie es immerhin nicht in der Schule herumzählen.

„Es könnte sein, dass sich meine Socke gerade selbst entzündet.“

KAPITEL 4

Neugierig griff Lucy nach der Socke. „Wieso? Raucht sie schon?“

„Äh, nicht wirklich.“

In diesem Moment steckte Mom den Kopf durch die Tür. „Wie sieht es aus? Ist es schon sauberer?“

Lucy setzte ein beeindruckendes So-umgarne-ich-Eltern-Lächeln auf. „Wir sind auf dem besten Weg, Mrs P. Wir stellen gerade einen ausführlichen Reinigungsplan auf. Hey, wie sieht es in der Küche aus? Stehen die Geräte alle wieder an ihrem Platz?“

Meine Mom verdrehte die Augen. „Fürs Erste ja, danke, Lucy. Aber ich bin noch nicht fertig. Wäre es in Ordnung, wenn wir deine Klavierstunde verschieben?“

Lucy nickte. „Gar kein Problem, Mrs P. Wir werden hier genug zu tun haben.“

Mom lächelte und wirkte erleichtert. „Danke, dass du Todd hilfst, Lucy.“ Sie verschwand, tauchte ein paar Sekunden später wieder auf und hielt uns eine Packung Kekse hin. „Habt ihr Lust auf etwas Süßes?“

Lucy stürzte sich wie eine halb verhungerte Hyäne darauf. Sofort stopfte sie sich einen der Kekse in den Mund und verdrehte die Augen. „Mmmm, eine köstliche Kombination aus Maissirup, Rapsöl und Schokolade. Danke, Mrs P“, sagte sie durch schwarzkrümelige Zähne hindurch. „Erzählen Sie bitte Susan nicht, dass ich sie gegessen habe.“

Lucy nannte ihre Mom immer beim Vornamen. Ich hatte nicht den leisesten Schimmer, warum.

Mom schaute Lucy mitleidig an. „Möchtest du etwas Milch zum Nachspülen, Schätzchen?“

Lucy nickte, dann hob sie die Hand und schluckte den Rest hinunter. „Warten Sie. Würde es sich dabei um Soja-, Mandel-, Ziegen- oder Kuhmilch handeln?“

„Kuhmilch, zweiprozentige. Das ist alles, was wir im Haus haben.“

„Kuhmilch darf ich leider nicht trinken, Mrs P. Ich habe eine schwere Laktose-Intoleranz, besonders, wenn ich Milchprodukte mit Zucker mische. Ich nehme wohl besser H_2O.“

Ich konnte nicht widerstehen: „Was passiert denn, wenn du Kuhmilch trinkst?“

„Extreme Krämpfe, die zu einer vollständigen Darmentleerung führen, faulig riechende Winde, Durchfälle und …“

Mom hatte genug gehört. „Kein Problem! Ich bringe

dir ein Glas Wasser.“ Als sie aus dem Zimmer gegangen war, zeigte ich nach hinten auf meine Socke.

„Also, kannst du mir damit helfen?“

Lucy hielt sich die Socke an die Nase, roch daran und zuckte zurück. „Du meine Güte! Das ist der abscheulichste Gestank, den meine Geruchsnerven jemals wahrgenommen haben.“ Sie schloss die Augen und leckte sich über die Lippen, als würde sie einen Geschmackstest durchführen oder etwas Ähnliches. „Wissenschaftlich aber hochinteressant! Eine Mischung aus Pilzen, Schimmelpilzen und feuchtem Hund, verursacht von der Verbindung abgestorbener Hautzellen mit Feuchtigkeit.“ Lucy schüttelte mir die Hand. „Herzlichen Glückwunsch! Dies könnte der perfekte Nährboden sein, um eine Pflanze darauf wachsen lassen.“

Mom brachte Lucy das Wasser und verschwand wieder.

Ich hob die heruntergefallene Socke so vorsichtig wie möglich auf. „Ich glaube, darauf wächst tatsächlich schon etwas.“

Lucy hielt sich mit einer Hand die Nase zu und nahm die Socke zwischen Daumen und Zeigefinger der anderen Hand. „Ein Pilz höchstwahrscheinlich. *Tinea pedis*, auch Fußpilz genannt. Der ist höchst ansteckend. Du hast nicht zufällig Handschuhe da? Vorzugsweise aus Nitril und ungepudert.“

Ich sah mich im Zimmer um. „Äh … Ich habe einen Baseballhandschuh.“

„Besser als nichts.“ Lucy legte die Socke in den Handschuh und ging mit dem Gesicht ganz nah heran. „Mm-hmm. Mm-hmm.“ Sie brachte Socke und Handschuh zur Kommode und legte mir die Hand aufs Bein. „Jetzt muss ich deine Fußsohlen und die Zwischenräume der Zehen untersuchen.“

Ich schüttelte ihre Hand ab. „Tut mir leid. Füße sind tabu.“ Niemand würde meine Zehen anfassen außer mir. Und außerdem glaubte ich nicht, dass nur ein Pilz auf meinen Socken lebte.

Ich räusperte mich und sagte: „Also: Ich dachte, ich hätte Funken auf der Socke gesehen.“

„Funken? Wie bei einer elektrostatischen Entladung?“ Sie blinzelte und kam wieder ganz dicht an mein Gesicht heran.

Ich zuckte zurück und in diesem Augenblick blitzte wieder ein Funke auf. „Da!“, schrie ich. „Da war es wieder.“

Lucy hob die Socke hoch und untersuchte sie. „Das ist merkwürdig. Kleiderstücke entladen sich normalerweise nur dann elektrostatisch, wenn man sie trägt. Meine Theorie lautet, dass die Socke einen Überschuss Elektronen gesammelt hat und diese negative Ladung an einen anderen Gegenstand abgeben muss.“

„Was soll das heißen?“ Ich dachte kurz daran, ihr von den Stimmen zu erzählen, die ich gehört hatte, kam dann aber zu dem Schluss, dass das vielleicht etwas zu viel des Guten wäre.

„Mm-hmm.“ Lucy hob ihre Notenblätter auf. „Deine Socke ist wahrscheinlich nur das Opfer eines Elektronen-Protonen-Ungleichgewichts. Aber aufgrund des Gestanks habe ich das Gefühl, dass auch ein Pilz beteiligt ist. Ich muss das zu Hause unter dem Mikroskop untersuchen.“

Sie stand auf. Ich nahm an, dass Lucy allein gehen würde, aber sie ließ die Socke auf dem Schreibtisch liegen und nickte mir zu, als sie zur Tür lief. „Kommst du?“

Ich hob die Augenbrauen. „Glaubst du etwa, dass meine Mom mich aus diesem Zimmer gehen lässt?“

Lucy lachte nur. „Überlass das mir.“

Als wir durch die Küche liefen, steckte Mom den Kopf gerade in den Kühlschrank. Daisy saß auf dem Fußboden und zerbröselte eine Reiswaffel. Lucy erzählte Mom, wir würden kurz zu ihr rübergehen, um etwas zu holen, das für „unseren Reinigungsplan essenziell“ sei. Mom grunzte nur etwas wie „Schön“. Wir schossen zur Tür hinaus, bevor sie ihre Meinung noch ändern konnte.

„Wusstest du, dass die Kekse von vorhin einen künstlichen Aromastoff enthalten, der aus Erdöl hergestellt wird?“, fragte mich Lucy auf dem Weg zu ihr.

„Was?“

„Mm-hmm. Es kann das Leberenzym Dopamin um bis zu 50 Prozent herabsetzen.“

„Warum hast du dann einen gegessen?“

„Weil ich Junkfood-süchtig bin! Außerdem wird das Gas, das sich durch den Zuckerinhalt in meinem Gastrointestinaltrakt bildet, diese Schokoladenrakete mit Warp-Geschwindigkeit durch meinen Darm treiben. Ich kann also jede Minute in die Stratosphäre abzischen.“ Lucy machte ein pfeifendes Geräusch und kicherte dann über ihren eigenen Witz, den ich nicht so ganz kapierte.

Ich prustete durch die Nase und tat so, als müsste ich kichern.

Das Haus der Fidotos sah von außen genauso aus wie unseres, nur dass bei ihnen keine adretten rechteckigen Hecken standen, sondern überall komische Gräser und unkrautartige Blumen wuchsen. Innen drin sah es nicht weniger wild aus. Durch das ganze Haus rankten sich Zimmerpflanzen, wegen der Möbel mit Leoparden-, Zebra- oder Tigermuster und der Fotos wilder Tiere kam man sich vor wie bei einer Safari.

Als wir das Haus betraten, lag Mrs Fidoto gerade ausgestreckt über einem riesigen pinken Ball im Wohnzimmer und tat etwas, das Lucy „Pilates“ nannte. Aus der Stereoanlage drang abgedrehte orientalische Musik. Sie schüttelte sich den roten, bauschigen Pferdeschwanz aus den Augen, dann sprang sie auf und joggte hinter uns her in die Küche.

„Hallihallo, Todd“, sagte Mrs Fidoto und scheuchte

eine schlafende, haarlose Katze von der Anrichte. „Nicht hier oben, Flauschi."

„Flauschi" war ein Mutant direkt aus *Star Wars*. Das Biest hatte enorm große Ohren, grüne Glupschaugen und eine faltige schwarz-weiße Haut. Als es mich sah, machte es einen Katzenbuckel und fauchte, dann legte es sich auf den Küchenfußboden, um sich den kahlen Bauch zu lecken.

„Wie war dein Sommer, Todd?", fragte Mrs Fidoto, während sie im Kühlschrank herumwühlte. „Die Schule hat schon wieder angefangen, nicht wahr? Lucy und ich werden nächste Woche mit dem offiziellen Unterricht beginnen, auch wenn das Lernen natürlich so oder so nie aufhört." Sie drehte sich zu uns um und breitete die Arme aus. „Das Leben ist unser Klassenzimmer. Und? Was habt ihr heute gelernt?"

Lucy bewahrte mich davor, eine Antwort geben zu müssen. „Eigentlich, Susan, ist das der Grund, weshalb wir hier sind. Todd braucht ein wenig Hilfe bei einem naturwissenschaftlichen Experiment."

Mrs Fidoto grinste. „Na, das ist ja toll. Ich werde euch gleich meinen Spezialshake aus Bio-Erdbeeren und Sojamilch mixen, damit ihr bei der Arbeit Energie habt." Sie stellte einen Teller mit braunen Klumpen vor uns hin. „Probiert mal diese rohen Johannisbrot-Quinoa-Cookies. Weißt du, Todd, ich reagiere allergisch auf Hafer und

Schokolade. Aber diese hier sind so gesund und vollkommen glutenfrei."

Sie waren auch vollkommen geschmacksfrei. Aber überraschenderweise machte der Milchshake das wieder wett.

„Der schmeckt genau wie bei McDonald's", sagte ich.

Lucy lachte. Mrs Fidotos Lächeln erstarb für eine Sekunde, dann war es wieder da. Sie zog sich einen Stuhl heran. „Welche Fächer hast du in diesem Schuljahr, Todd? Und wie geht es unserer allerliebsten kleinen Daisy? Hat sie schon ihre Milchzähne? Sag deiner Mom, dass die Kräuterpastillen aus dem Bioladen das Beste für zahnende Zwerge sind."

„Wir müssen uns an die Arbeit machen, Susan", verkündete Lucy und lief in den Flur. „Eigentlich sind wir nur gekommen, um mein Mikroskop zu holen. Todd arbeitet in seinem Zimmer an dem Experiment."

Ich lief ihr hinterher, bevor Mrs Fidoto noch auf die Idee kam, mich zum Essen einzuladen – ich bevorzugte katzenfreie Mahlzeiten mit Gluten oder was auch immer diesen komischen Keksen so gefehlt hatte.

Im Prinzip war Lucys Zimmer ein Labor mit einem Bett. Die Wände hingen voll mit naturwissenschaftlichen Schaubildern, in einer Ecke stand ein Chemie-Set mit Glasfläschchen und einem Bunsendingsbums und von der Decke baumelte ein drehbares Sonnensystem. Selbst auf ihrer Kommode standen Glaskästen mit Pflanzen und seltsamen Lebewesen. Sie hatte eine Venusfliegenfalle, irgendwas, das wie eine „Dinosaurier-Garnele“ aussah, ein paar kleine grüne Eidechsen und Kaulquappen, die, wie sie sagte, gerade ihre Beine bekommen hatten. Wegen der Strahler mit ultraviolettem Licht über den Glaskästen leuchtete das Zimmer in einem bizarren Blau.

„Ist das eine Vogelspinne?“

„Mm-hmm“, erwiderte sie. „Das ist Gerty. Hab sie zum Geburtstag bekommen. Sie ist benannt nach Gerty Cori, die 1947 für ihre Arbeit mit Glukose den Nobelpreis bekam.“ Lucy schnappte sich ihr Mikroskop und drehte sich zu mir um.

„Los geht’s.“

Bevor Mrs Fidoto auch nur von ihrem Mixer aufsehen konnte, waren wir schon wieder über die Straße und in mein Zimmer gelaufen. Lucy stellte das Mikroskop auf meinen Schreibtisch und schob die Socke unter die Linse. „Hier, sieh mal durch.“

Ich würde ihr sicher nicht gestehen, dass ich keine Ahnung hatte, wie man so etwas benutzte. „Du zuerst. Es ist dein Mikroskop.“

„Es ist deine Socke.“ Lucy verschränkte die Arme und zwinkerte mir zu. Ich muss so dumm ausgesehen haben, wie ich mich fühlte, denn gleich darauf sagte sie: „Nur keine Sorge, ich werde dir zeigen, wie es funktioniert. Kneif ein Auge zu und guck rein.“

Ich beugte mich vor, kniff ein Auge zu und sah mit dem anderen durch das Röhrchen. „Alles ist verschwommen."

„Nimm deine Brille ab."

Das tat ich und sah noch einmal hindurch.

„Was siehst du?"

„Nur einen dreckigen Fleck."

Sie hantierte am Drehknopf des Mikroskops herum, bis ich einige Punkte erkennen konnte, die sich vor- und zurückbewegten und die sich wiederum zwischen größeren Punkten befanden, die sich nicht bewegten. „Da ist etwas Lebendiges zu sehen, aber ich kann nicht sagen, was es ist."

„Schärfer stellen", murmelte sie und drehte an der Einstellschraube an einer Seite des Mikroskops. „Wie ist es jetzt?"

Die Punkte verwandelten sich in Kringel. Die Kringel bewegten sich zwischen braunen Kreisen, verschwammen miteinander, trennten sich wieder. Ich spielte am Drehknopf herum, bis ich sehen konnte, was da auf meiner Socke vor sich ging.

Nein! Das konnte nicht sein.

„Heiliger Drachenmeister." Ich richtete mich auf, rieb mir die Augen und sah noch einmal hin.

„Was ist?"

„Äh …" Plötzlich wurde mir schwindelig und ich bekam weiche Knie. War es möglich, dass in dem Soja-Milchshake von Mrs Fidoto ein Kraut gewesen war, das

Halluzinationen hervorrief? Weil es einfach nicht sein konnte, dass ich das wirklich vor mir sah.

Es waren ungefähr fünfzig von ihnen, etwa ameisengroß. Aber sie sahen nicht aus wie Ameisen. Sie sahen aus wie … Menschen. Winzige blasse Menschen. Einige von ihnen waren noch kleiner und tapsten umher wie Daisy, andere liefen mit krummem Rücken vornübergebeugt und trugen lange weiße Bärte im Gesicht. Aber die meisten von ihnen hatten braunes Haar und schienen etwa in meinem Alter oder älter zu sein. Sie trugen schäbige weiße Toga-Teile. „Wow!"

Lucy blies mir ihren Atem in den Nacken. „Todd, was ist es? Lass mich mal sehen. Wie du schon sagtest, es ist mein Mikroskop."

„Entspann dich mal, ja? Es ist *meine* Socke!"

Was auch immer sie waren, sie liefen geschäftig umher, betraten runde braune Bauten, die aussahen wie Hütten aus Dreck, und kamen wieder heraus. Ich wusste nicht, was es mit dem gelblichen Zeug auf sich hatte, das sie bei sich trugen, aber sie steckten es auf Stöckchen, die sie über ein Miniaturlagerfeuer hielten. „Daher kamen die Funken!", flüsterte ich. „Wow!"

Lucy schob mich vom Stuhl. „Es reicht! Was hast du …"

Sie starrte durch das Mikroskop. Dann geschah etwas, das ich nicht für möglich gehalten hätte. „Ich kann nicht … Das kann nicht … Wie sind sie …"

Es war das erste Mal, dass ich Lucy Fidoto sprachlos erlebte. Und wenn sie die Dinger auch sah, dann war ich nicht verrückt – zumindest nicht verrückter als sie. Es sei denn, wir halluzinierten beide.

„Was glaubst du, was das ist?“, fragte ich.

„Nicht was, Todd, *wer*.“ Lucy wandte den Blick nicht vom Mikroskop und redete jetzt extrem schnell. „Nun ja, es ist ziemlich offensichtlich, dass auf deiner Schweißsocke eine komplette Zivilisation lebt. Einige von ihnen müssen weiblich sein, weil es ganz Kleine von ihnen gibt, die noch Babys zu sein scheinen. Ja, dieses Wesen hier vorne hat Zöpfe! Ich bin mir nicht sicher, wie sie sich fortpflanzen oder vermehren. Vielleicht geschieht es spontan. Und sie sind so weit entwickelt, dass sie Behausungen bauen und kochen. Denn das tun sie ja dort am Feuer, auch wenn ich nicht erkennen kann, um was es sich bei ihrem Essen handelt. Vermutlich irgendwelche Bakterien.“ Lucy drehte noch einmal vorsichtig an der Schraube, mit der schärfer gestellt werden konnte. „Nein! Nein, warte! Das sieht aus, als ob sie … Splitter von Zehennägeln abkratzen. Sie schaben Pampe von einem Stückchen Zehennagel und rösten sie über dem Feuer wie Marshmallows!“ Lucy schüttelte sich und zoomte die Socke noch etwas näher heran, dann richtete sie sich auf und atmete tief durch.

„Lucy?“

Langsam drehte sie sich mit glasigen Augen zu mir um.

„Unglaublich“, sagte sie atemlos. Sie nahm meine Hand und drückte sie so fest, dass ich fast Angst bekam. „Ist dir klar, was du getan hast, Todd Podecker? Du hast durch pure Widerlichkeit Leben erschaffen!“

KAPITEL 5

Am nächsten Morgen saß ich wie ein Zombie im Naturwissenschaftsunterricht. Mr Kascher erzählte endlos über die „coolen Seiten der Naturwissenschaft“ und seine großen Pläne für unsere anstehenden Projekte, aber ich konnte mich nicht konzentrieren. Das Einzige, woran ich dachte, war das winzige Volk, das auf meiner Socke lebte. Diese Mini-Menschen, für die ich Lucys Meinung nach verantwortlich war.

Am Tag zuvor hatte sie so schnell geredet, dass ich nicht wusste, wie sie dabei noch hatte atmen können. „Diese Lebewesen sind FANTASTISCH! Wir stehen kurz davor, Geschichte zu schreiben. Das ist dir doch klar, oder?“

Ich stand kurz davor, etwas ganz anderes zu tun. „Ich glaube, du gehst jetzt besser“, meinte ich daher und wand mich aus ihrem Griff. „Ich muss noch Kram erledigen.“

Lucy blinzelte ungefähr eine Milliarde Mal. „Kram? Du musst noch Kram erledigen? Was ist mit deinem Volk?“

„*Meinem* Volk?"

„Ja! Lass mich dir das mal erklären. Da du dafür verantwortlich bist, dass diese Individuen aus ihrer sicheren Umgebung unter deinem Bett gerissen wurden, musst du nun dafür sorgen, dass sie auch fortan in Sicherheit leben. Ist doch klar, oder?"

Sie war sogar noch verrückter, als ich gedacht hatte. „Ähem, eben stand ich noch am Grab eines Einsiedlerkrebses, den ich vollkommen vergessen hatte. *Ein einziger* Einsiedlerkrebs. Wie kannst du erwarten, dass ich mich um ein ganzes Dorf winziger Leute kümmere?"

Lucy hatte sich neben mich aufs Bett plumpsen lassen. „Ich werde dir helfen! Wir bringen ihnen lesen und schreiben bei. Denk doch nur mal, wie schnell sie Fortschritte in Mathe und in Naturwissenschaften machen könnten … Ganz eindeutig sind sie sehr intelligent. Wir lehren sie, sich friedlich und tolerant zu verhalten. Eine Zivilisation, die keinen Krieg kennt. Keine Unterdrückung durch Tyrannen! Keine Sklaverei!" Sie wurde immer aufgeregter und hätte mir beinahe versehentlich eins übergebraten, als sie die Arme ausbreitete und den Kopf zurückwarf. „Weder Dürren noch Seuchen noch Hungersnöte. Die perfekte Welt – auf deiner Socke!"

In diesem Moment geriet ich offiziell in Panik. Ich versuchte ihr von alldem zu erzählen, was bei mir anstand: Das neue Skateboard würde sich nicht von alleine fahren, und außerdem mussten Duddy und ich uns eine Strategie überlegen, wie wir Ernie Eschenwald für immer aus unserem Leben verbannen konnten. Aber nichts, was ich sagte, konnte sie überzeugen. Zu guter Letzt warf ich sie aus meinem Zimmer, weil ich „Zeit zum Nachdenken" brauchte.

Jetzt saß ich hier und Duddy präsentierte mir den Superpopel, den er gerade aus seiner Nase gefischt hatte. Auch wenn ich mit den Gedanken woanders war, musste ich grinsen. Ich schrieb die Zahl 7 in die Ecke meines *Dragon-Sensei*-Notizblocks und hielt ihn hoch, damit Duddy es sehen konnte.

Duddys Popel bewerte ich schon, solange ich denken kann. Um eine glatte 10 zu bekommen, muss Blut und viel Rotz dran kleben. Duddy grinste und reckte einen Daumen in die Höhe.

Wie würde Duddy reagieren, wenn ich ihm von den winzigen Menschen auf meiner Socke erzählte?

Ich schaute nach vorn. Mr Kascher sagte: „Ich weiß, das Schuljahr hat gerade erst angefangen, aber ich möchte eure Kreativität ankurbeln und sehen, woraus meine Schüler gemacht sind! Ihr werdet nicht nur Einzelarbeiten machen, sondern auch an Klassenprojekten teilnehmen. Passt jetzt mal gut auf, meine Nachwuchs-Einsteins, denn ich habe hier jemanden, dessen Wohlergehen in eurer Verantwortung liegt!" Er verschwand in seinem Geheimlabor. Als er wieder herauskam, saß ein kleines Chamäleon auf seinem Handrücken.

„Das hier", sagte er und hielt das Tier hoch, „ist Tarni, unser eigenes Klassenchamäleon. *Chamaeleo calyptratus*. In diesem Schuljahr werdet ihr es füttern und sein prächtiges Äußeres erhalten. Ihr werdet es reihum zum Chamäleon-Sitting mit zu euch nach Hause nehmen."

In der Klasse wurde aufgeregt geschnattert.

„Mann", sagte eine Stimme vom anderen Ende der Klasse, „das Ding sieht aus wie ein minderbemittelter Außerirdischer! Seht euch mal die abgedrehten Augen an."

Ich drehte mich zu der Stimme um. Sie gehörte Max Lieblich. 1,60 Meter groß und ungefähr 75 Kilo pure Gemeinheit. Er war sogar gemein zu einem *Chamäleon*. Meine männlichen Klassenkameraden lachten nervös, sichtlich in Angst, den Löwen zu verärgern.

Noch etwas, worauf ich aufpassen sollte. Ich musste wieder an die winzigen Leute auf meiner Socke denken. Sie sahen nicht abgedreht aus – eigentlich waren sie ganz niedlich.

Aber was sollte ich mit ihnen anstellen?

Vielleicht sollte ich sie einfach Lucy übergeben. Sie würde gut auf sie aufpassen. Ich meine, vermutlich würden sie bei Lucy zu Mathegenies werden und für den Eignungstest an der Uni lernen, aber das wollen schließlich alle … ähm … Eltern, oder nicht?

Irgendetwas an der Idee, sie wegzugeben, bereitete mir allerdings Bauchschmerzen. Warum, wusste ich nicht so recht. Als ich die kleinen Leute gestern durch das Mikroskop betrachtet hatte, hätte ich schwören können, dass einer von ihnen mich direkt angesehen und mit seinem winzigen Finger auf mich gezeigt hatte. Für einen kurzen Moment hatte ich mir eingebildet, dass sich unsere Blicke trafen. Es war, als würde er … sich freuen, mich zu sehen oder so.

Mich. Todd Podecker. Einen Durchschnittsschüler und ziemlichen Langweiler, der es mit der Sauberkeit nicht allzu genau nahm.

Das musste ich mir eingebildet haben, oder?

In diesem Moment sah ich vom Pult auf und erschrak mich fast zu Tode. Mr Kascher stand über mir und sah ganz und gar nicht glücklich aus. Selbst sein merkwürdiger Schnurrbart, mit dem er wie ein See-Elefant aussah, schien nach unten zu zeigen – ein durch und durch finsterer Blick.

„Ich habe dich etwas gefragt …“ Kascher suchte auf seinem Klemmbrett nach meinem Namen.

„Todd“, sagte ich.

„Ja, Todd.“ Er beugte sich zu mir herunter und verbreitete seinen schalen Kaffeeatem. „Wärst du so freundlich, uns deine Meinung über das Phänomen mitzuteilen, über das wir gerade sprachen?“

Mist. „Dass Chamäleons ihre Farbe wechseln?“

Die Klasse kicherte. Erst jetzt fiel mir auf, dass Tarni weggebracht worden war – Mr Kascher war schon beim nächsten Thema.

„Falsch.“ Er seufzte und stellte sich wieder aufrecht hin. „Gibt es das Phänomen der spontanen menschlichen Selbstentzündung? Wenn du meinen coolen wissenschaftlichen Fakten gelauscht hast, solltest du keine Schwierigkeiten haben, die Klasse zu diesem Thema aufzuklären.“

Wahnsinn. Ich wusste tatsächlich, wovon er sprach. „Sie meinen das Phänomen, wenn Menschen ohne äußere Einwirkung, nur durch eine chemische Reaktion in ihrem Innern, plötzlich in Flammen aufgehen?“

Seine Augenbrauen schnellten überrascht nach oben.

„JA! Genau das meinte ich. Also, wie ist deine Meinung zu diesem Phänomen?“

„Oh, ich glaube daran.“ Ich setzte mich aufrecht auf meinen Stuhl und trug richtig dick auf. „Ich meine, wenn es bei modrigen Heuballen passieren kann, sobald sie überhitzen, weshalb sollte das nicht auch für Menschen gelten? Viele Wissenschaftler halten Selbstentzündung für Humbug. Ich nicht.“

Ich schätze, Mr Kascher glaubte auch daran, weil er mir auf den Rücken klopfte und sagte: „Sehr gut, Todd. Du besitzt eine der wichtigsten Fähigkeiten, die ein großer Wissenschaftler mitbringen sollte: die Fähigkeit, mehrere

Dinge gleichzeitig zu tun. Wie auch immer, ich erwarte von dir, dass du dich in Zukunft am Unterricht beteiligst. Verstanden?"

Ich nickte erleichtert und konnte kaum glauben, dass Lucy mir gerade aus der Patsche geholfen hatte.

Mr Kascher war nach vorne gegangen und lehnte jetzt an seinem Schreibtisch. „Lasst uns nun wieder auf unsere Naturwissenschaftsprojekte für den Unterricht zurückkommen. Bis Donnerstag habt ihr Zeit, daran zu arbeiten. Wie ich bereits erklärt habe, werden die beiden Gewinner am regionalen Forscherwettbewerb auf dem Topsfield-Jahrmarkt teilnehmen. Außerdem erhalten sie zwei Armbänder, die *freien Eintritt für jedes Fahrgeschäft* gewähren."

In der Klasse brach Jubel aus. Der Jahrmarkt in Topsfield ist so ziemlich das Coolste, was in unserer Gegend so passiert. Dort gibt es eine Achterbahn – „Die Schleuder" –, bei der wirklich jeder kotzen muss.

Mr Kascher fuhr fort: „Ich gebe euch jetzt kurz Zeit, damit ihr überlegen könnt, wer mit wem zusammenarbeitet. Dann gehe ich Reihe für Reihe durch und ihr sagt mir, mit wem ihr euer Projekt gestalten wollt. Verstanden?"

Als er sein Notizbuch vom Schreibtisch nahm, stupste Duddy mich fest gegen die Schulter. Ich drehte mich um.

„Du und ich. Ameisenfarm. Geht doch klar, oder?"

Ich nickte. Seit dem Kindergarten hatte Duddy als Naturwissenschaftsprojekt immer eine Ameisenfarm präsentiert. Sie war erprobt und bewährt, und soll ich ehrlich sein? Duddy erledigte die ganze Arbeit, was mir gut gefiel.

In diesem Moment hörte ich jemanden meinen Namen sagen.

Das Skurrile daran war, dass er aus Max Lieblichs Mund gekommen war.

Mr Kascher sah über sein Notizbuch hinweg zu ihm hinüber. „Was gibt's, Max?"

Max räusperte sich und sah mir direkt in die Augen. „Ich sagte, ich werde mit Todd Podecker arbeiten."

Waaaaaaaaas? War ich in einer anderen Dimension gelandet? Was passierte hier gerade?

Mr Kascher warf mir einen überraschten Blick zu, nickte dann aber und schrieb etwas – vermutlich Max und meinen Namen – in sein Notizbuch. „Ausgezeichnet. Und woran werdet ihr arbeiten?"

„An einem Katapult", erwiderte Max. Jetzt starrte er mich regelrecht an, seine dunklen Augen stachen unter den buschigen schwarzen Brauen hervor und ich hatte das Gefühl, mir gleich in die Hosen zu machen. „Wir bauen ein so großes Katapult, dass man damit eine Wassermelone abfeuern kann. *Womm!*" Max zeigte pantomimisch, wie eine riesige Melone gegen das Fenster segeln würde, dann brach er in ein teuflisches Lachen aus.

Auch andere Kinder lachten, aber ich wusste, dass ihr Gelächter nur Angstgelächter war. *Besser, es trifft Todd Pode-*

cker als mich, dachten sie alle. Ich warf Duddy einen Blick zu, der mir Zeichen gab, dass ich Max widersprechen sollte.

Ich schüttelte den Kopf und zuckte mit den Schultern. Max Lieblich hatte mich erwischt. Ich konnte nichts dagegen tun.

Mr Kascher lief die Reihen entlang und Max sah wieder zu mir und zwinkerte mir zu. Ich schluckte, dachte angestrengt nach, wie ich seine Aufmerksamkeit erregt haben könnte. Mir fiel *nichts* ein. Was sollte das Ganze?

Ich senkte den Kopf und sah auf mein Pult, betrachtete die abgenutzte Oberfläche und versuchte mich unsichtbar zu machen.

Das wäre mir auch beinahe gelungen – zumindest gedanklich –, wenn Mr Kascher nicht irgendwann verkündet hätte: „Das bedeutet, dass jetzt jeder einen Projektpartner hat – bis auf … Ernie Eschenwald und Duddy Lukler."

Ich schreckte auf, sah mich panisch um. *Nein.* Ernsthaft. Waren Duddy und ich bei irgendwelchen Mobbing-Göttern in Ungnade gefallen?

„Ich arbeite allein", platzte es aus Duddy heraus, doch im selben Moment rief Ernie: „Ja! Duddy Lukler macht mein Projekt! Ich meine …"

Mr Kascher sah verwirrt auf. „Wie bitte? Also, ihr wollt zusammenarbeiten? Großartig." Er machte sich einen letzten Vermerk in sein Notizbuch und klappte es zu. „Ich kann es kaum erwarten, eure Ergebnisse zu sehen."

Schockiert drehte ich mich zu Duddy um. Er war sogar noch blasser als sonst.

Schwer möglich, sich vorzustellen, dass dieser Tag noch schlimmer werden konnte.

Bis …

Mr Kascher legte sein Notizbuch aufs Lehrerpult, holte eine komische kleine Gitterbox mit einem Tragegriff aus dem Labor und brachte sie zu Tarnis Terrarium. „Todd Podecker!“, rief er.

„Hier!“, rief ich überrascht.

Alles kicherte. Mr Kascher lächelte mich an. „Als Belohnung für deine intelligente Antwort bezüglich der spontanen menschlichen Selbstentzündung darfst du, Todd, als Erster für eine Woche das Tarni-Sitten übernehmen.“

Ein „Oooh“ ging durch die Klasse. Ich hätte auch aufgestöhnt, wenn ich noch irgendwelche Gefühle übrig gehabt hätte. Ein pflegebedürftiges Chamäleon am Hals zu haben, war das Letzte, was ich jetzt gebrauchen konnte. Ich schaute über die Schulter nach hinten, um Max' Reaktion zu sehen. Er überraschte mich mit einem kurzen Nicken. *Was zum Teufel ging hier vor sich?*

„Ihr werdet alle noch an die Reihe kommen, aber Todd ist zuerst dran.“ Mr Kascher holte Tarni aus seinem Terrarium und setzte ihn vorsichtig in die kleine Gitterbox. „Da ist er. Ich lege auch noch eine Anleitung dazu, an die du dich *ganz genau* halten musst.“ Er klopfte mir auf den Rü-

cken. „Gut gemacht, Todd. Ich bin mir sicher, er ist bei dir in guten Händen."

Ich war mir ziemlich sicher, dass er das *nicht* war. Ich wollte Mr Kascher erzählen, dass Tarni keinen Tag mit Prinzessin von Wuff und dem Windelzwerg überstehen würde, aber der Lehrer erzählte bereits von einem anderen „coolen" wissenschaftlichen Thema.

Ich betrachtete Tarni durch die Gitterstäbe hindurch, und auch er sah mich an und wirkte irgendwie abgestoßen.

Nicht mal ein Chamäleon wollte mit mir abhängen. Warum also wollte es Max Lieblich?

KAPITEL 6

Die Schule war heute also so ziemlich das Schlimmste, was ich jemals erlebt hatte. Aber zu Hause erwartete mich der nächste Schocker.

Mom stand im Flur, als ich nach Hause kam. „Hallo, Schatz! Lucy kam vorhin vorbei und ich habe sie in dein Zimmer gehen lassen. Ihr scheint euch ja wirklich total gut zu verstehen.“

„Mom!“, rief ich entsetzt. Ernie hatte Duddy gleich nach dem letzten Klingeln aufgehalten, um über das Projekt zu reden, sodass ich keine Chance gehabt hatte, ihm von den winzigen Leuten zu erzählen. Und jetzt war auch noch Lucy hier? Wurde mir heute denn gar keine Pause gegönnt?

„Was ist *das*?“ Mom deutete auf Tarnis Käfig. Das reichte, um Prinzessin von Wuff mal wieder auf Verteidigungskurs zu bringen. Sie begann wie eine Wahnsinnige zu bellen und zu knurren. Fräulein Sabber und ihre Kuscheldecke waren dicht hinter ihr. Daisy klatschte in die Hände, kreischte und führte diesen Tanz auf, bei dem sie sich um sich selbst drehte, mit den Fäusten herumfuchtelte und mit den Füßen stampfte und den sie immer dann zum Besten gab, wenn sie besonders zerstörungswütig war. Ich hielt den Käfig so hoch wie möglich, sprang über Kläffer und Kleinkind hinweg, schrie gegen das Hundebellen „Schulprojekt!“ in Moms Richtung und raste in mein Zimmer.

„Denk dran“, brüllte Mom hinter mir her, „ich gebe in einer halben Stunde Klavierunterricht und du musst auf Daisy aufpassen.“

Oben angekommen, schloss ich die Tür hinter mir und stellte Tarnis Käfig auf den Boden. „Weißt du, Lucy, es war ein harter Tag und ich möchte mich einfach nur noch ausruhen, wenn du also so nett wärst …“

Ich glaube nicht, dass Lucy auch nur ein Wort davon mitbekam. Sie saß über meinen Schreibtisch gebeugt und sprach mit der vor ihr liegenden Socke. „Hallo, wie … können … wir … euch … helfen?“

Ich tippte ihr auf die Schulter. „Ähem!“

Lucy fuhr vom Stuhl hoch und drehte sich um. „Oh! Ich habe dich gar nicht reinkommen gehört!“ Sie kam ganz dicht an mein Gesicht heran. „Also, was denkst du?“

Sie hatte eine rote Plastiksonnenbrille auf, an der mit Klebeband dicke große Linsen befestigt waren. „Ich habe mir heute Morgen diese Mikrobrille gebastelt, damit wir dein Volk sehen können, ohne es ständig unters Mikroskop schieben zu müssen. Klasse, was?“

„Todschick.“ Mr Kascher würde ihre neueste Erfindung lieben. Weshalb fühlte es sich plötzlich so an, als würde ich in einem schlechten Science-Fiction-Film leben? „Lucy, du musst jetzt wirklich gehen …“

„Ich bin schon den ganzen Nachmittag hier. Ich wollte die Brille gleich mal ausprobieren. Das stört dich doch nicht.“

„Ganz toll.“ Ich warf meine Bücher aufs Bett, da mein Schreibtisch von Lucy und den Ameisenleuten in Beschlag genommen war. „Äh, musst du nicht für den Unterricht lernen?“

„Ich habe Susan gesagt, dass ich an einem freien Projekt arbeite.“

„Bei mir zu Hause?“

„Mm-hmm. Sie nahm an, es hätte mit den Klavierstunden zu tun. Ich habe sie nicht korrigiert“, erwiderte Lucy. Sie gab mir die Brille und nahm eine kleine Tafel von meinem Schreibtisch, die mit Zahlen und Diagrammen übersät war. „Ich habe heute schon so viel über sie gelernt.“ Lucy deutete auf ein Strichmännchen, das ein Auto anhob. „Zum Beispiel, dass sie trotz ihrer geringen Größe über unglaubliche Kraft und Ausdauer verfügen.“

Ich starrte auf die Zeichnung. „Und sie haben Autos?“

Lucy verdrehte die Augen. „Das dient doch nur der

Veranschaulichung! Selbstverständlich besitzen sie keine Autos. Noch nicht. Aber sie können Gegenstände anheben, die beinahe fünfzigmal so schwer sind wie sie selbst."

„Du hast sie gewogen?"

„Du begreifst nicht, worum es hier geht, Todd."

„Und das wäre?"

„Dass sie sich auf eine Art und Weise verhalten und zusammenarbeiten, die der der Ameisen ähnelt. Sie leben harmonisch zusammen und können durch ihren erstaunlichen Gemeinschaftssinn alles erreichen."

„Okay. Das ist ja alles sehr interessant, aber ich brauche mein Zimmer jetzt für mich allein. Wie wär's also, wenn du die Socke für weitere Forschungen mit zu dir nach Hause nimmst, wo du ohnehin deine gesamte Ausrüstung hast?"

„Aber du musst das doch ebenfalls wissen. Immerhin ist es dein Volk. Die Toddlianer."

„*Toddlianer*?", sagte ich und stöhnte auf.

„So ist es. Jemand, der von Todd abstammt oder zu Todd gehört: ein Toddlianer, Mehrzahl: ebenfalls Toddlianer." Sie streckte sich auf meinem Bett aus, machte es sich offensichtlich bequem. „Setz dich, dann erkläre ich dir, wie sie kommunizieren."

Ich blieb mit verschränkten Armen mitten im Zimmer stehen. „Ich bin mir nicht sicher, ob …"

Lucy fiel mir ins Wort. „Die Toddlianer kommunizieren ähnlich wie wir, also mit Lauten und Gesten, nur in einer sehr hohen Frequenz und Tonlage. Du musst ihnen ganz genau zuhören."

„Das ist toll, aber …"

„Siehst du diese Gleichung?", unterbrach sie mich und zeigte auf einige Zahlen und eine Uhr auf ihrer Tafel. „Während ich sie heute beobachtete, geschah etwas unglaublich Faszinierendes! Sie wuchsen vor meinen Augen! Ein Tag in unserer Welt entspricht in Toddlantis wahrscheinlich mehreren Jahren!"

„Todd…lantis?" *Du meine Güte!*

Lucy grinste und wischte oberhalb der Socke die Hand durch die Luft, als wollte sie sie beim Teleshopping anpreisen. „So habe ich ihr Reich genannt. Sie haben bereits Eisen geschmolzen, um Werkzeuge herzustellen, also lautet meine Hypothese, dass sie sich in erstaunlicher Geschwindigkeit entwickeln. Bei dem Tempo, in dem sie altern, könnte ein am Morgen geborener Toddlianer gegen Mittag bereits Shakespeare lesen – mit unserer Hilfe!"

„Shakespeare?" Sie war vollkommen durchgedreht. „Wie praktisch. Wenn ich vergesse, sie zu füttern, können sie sich vor mich hinstellen und verkünden: ‚Verhungern oder nicht verhungern, das ist hier die Frage.‘ "

Lucy gab mir die Brille. „Also *bitte*! Als ob ich jemals zulassen würde, dass du sie verhungern lässt. Setz die Brille auf und beobachte dein Volk bei der Arbeit!"

Ich schaute auf die Brille in meiner Hand, dann wieder zu Lucy. „Damit? Wirklich?“

„Ja!“, rief sie. „Nun komm schon. Genieß den Anblick deines Volkes!“

„Na, schön“, erwiderte ich. Wenn das der einzige Weg war, Lucy zu beruhigen, blieb mir wohl nichts anderes übrig. Ich nahm meine eigene Brille ab und setzte ihre Mikrobrille auf. Als ich mich über den Tisch beugte, um besser sehen zu können, kribbelte es in meinem Bauch.

Okay, vielleicht war ich ein ganz klein wenig neugierig.

Die Speziallinsen ließen alles riesig und verschwommen wirken, bis ich mich auf die Socke konzentrierte. „Warte … ist das ein … ein Berg?“

„Mm-hmm. Vermutlich besteht er aus abgestorbenen Hautzellen und Staub von dem Ort, an dem du diese Socke zuletzt getragen hast. Das ist doch ein Baseballstrumpf, nicht wahr?“

„Yepp.“

„Dann handelt es sich um Staub vom letzten Spielort. Schau mal auf den Gipfel von Mount Babe.“

Ich stand auf und starrte sie über die Brillengläser hinweg an. „Babe? Wie ‚Baby‘?“

Lucy nickte. „George Herman Ruth, genannt Babe, Baseballspieler bei den Boston Red Socks von 1914 bis 1920. 714 Home Runs. Mein Vater ist ganz verrückt nach Baseball, und ich hielt es für passend, diese Landschaft

nach der Natur der Socke zu benennen, auf der sie entstanden ist." Sie schob mich wieder zur Socke. „Schau mal, ob du Lewis findest."

„Lewis?"

„Du weißt schon, wie Lewis von der Lewis-und-Clark-Expedition? Diese Entdecker, die …"

Bevor sie mir noch mehr über amerikanische Geschichte erzählen konnte, fragte ich: „Wieso nicht Clark?"

Lucy warf mir einen ihrer *„Bist du wirklich so dumm?"* – Blicke zu. „Weil er nicht aussieht wie ein Clark, das ist doch offensichtlich."

„Bist du sicher, dass *er* keine *sie* ist? Vielleicht solltest du sie Pocahontas nennen?" So dumm war ich nicht.

„Die Frau, die bei der Lewis-und-Clark-Expedition half, hieß Sacagawea. Und einige der Mädchen haben lange Haare und Zöpfe." An ihrem sarkastischen Tonfall merkte ich, dass sie am liebsten „du Vollpfosten" ergänzt hätte, also beugte ich mich vor und ortete wieder Mount Babe. Auf dem Berggipfel saß ein winziger Minimensch. Als ich ihn entdeckte, erstarrte ich – es war derselbe kleine Kerl, der am Tag zuvor auf mich gezeigt hatte. Er hatte riesige Ohren, die unter seinem braunen Haar hervorlugten, große, runde braune Augen und eine … *Brille*?

Er schien mich direkt anzusehen, was meine Kopfhaut zum Prickeln brachte. „Boah", war das Einzige, was ich herausbrachte.

Lucy beugte sich ebenfalls über die Socke. „Todd, darf ich vorstellen: Lewis. Lewis: Das ist Todd."

Da bemerkte ich die zwei anderen winzigen Toddlianer, etwas weiter unten auf Mount Babe. Eines von ihnen war ein junges Mädchen mit Zöpfen, das mit verschränkten Armen dastand. Der andere ein untersetzter Kerl mit großen, dunklen Augen. „Wer sind die anderen beiden?", wollte ich von Lucy wissen.

„Oh, die habe ich eben auch gesehen. Das scheinen Lewis' Freunde zu sein. Ich nenne sie Persephone und Hermann."

Ich würde nicht den Fehler machen, nach der Quelle dieser Namen zu fragen. Bevor ich den Mund aufmachen konnte, hoben die drei ohnehin schon die Hände und beugten sich vor. „Äh … Lucy? Ich glaube, sie verbeugen sich vor mir."

„Lass mich mal!" Lucy riss mir die Brille vom Kopf und setzte sie selbst auf. „Seltsam. Bei *mir* haben sie das nicht getan."

„Pass doch auf meine Ohren auf!" Sie standen ja vielleicht ab wie bei Micky Maus, aber ich wollte sie ganz gern behalten.

„Mm-hmm. Jetzt zeigt er auf dich. Ich glaube, er will etwas sagen." Sie gab mir die Brille zurück.

Als ich sie aufsetzte, kippte ich beinahe nach hinten über.

„Hi!“, rief Lewis und winkte mir zu. Über sein Gesicht zog sich ein breites Grinsen.

Ich sah wieder zu Lucy. „Hat der da gerade mit mir *gesprochen*?“

Lucy verdrehte abschätzig die Augen. „Also bitte, Todd. Du bist unhöflich.“

Schlagartig wurde mir klar, dass sie recht hatte. Ich rückte die Brille zurecht und widmete mich wieder Lewis, sprach langsam, damit er mich verstehen konnte. „Äh, hallo, Lewis! Woher kommt ihr? Und was macht ihr auf meiner Socke? Und versorgt ihr euch selbst mit Nahrung?“ Ich räusperte mich. „Ich bin, was das angeht, leider nicht sehr verlässlich.“

Lewis verbeugte sich erneut und sagte noch einmal: „Hi!“ Dann grunzte er zweimal.

Lucy beugte sich zu mir herab. „Er spricht unsere Sprache noch nicht. Seine Muttersprache besteht aus einer Reihe von Grunzlauten. Ich habe keine Ahnung, was er gerade gesagt hat, aber ich nehme an, dass es eine Art Begrüßung auf Toddlianisch war.“

In diesem Augenblick schreckte ich hoch, weil jemand wie verrückt gegen die Haustür wummerte.

Wer auch immer dort draußen stand, schlug fest genug dagegen, um sie einschlagen zu können.

Aus dem Wohnzimmer brüllte meine Mutter: „Todd? Machst du mal auf?“

„Ja, nur eine Sekunde!“, schrie ich zurück. Ich legte die Mikrobrille auf meinen Schreibtisch und rannte in den Flur. Auf dem Weg dahin schnappte ich mir Daisy, die mit einem lila Stift auf der Wand herumkritzelte, und nahm sie auf den Arm. *Mist! Ich hätte ja eigentlich auf sie aufpassen sollen.* Ich nahm ihr den Stift aus der Hand und überflog das Etikett: *Elegantes Aubergine* und … uff! Er war abwaschbar.

Lucy war mir gefolgt. „Soll ich Daisy nehmen?“ Sie streckte die Arme nach ihr aus, aber Daisy schrie und klammerte sich in einer Art Todesgriff an meinen Hals. Ich befreite mich und setzte sie auf meine Hüfte, dann öffnete ich mit der anderen Hand die Haustür.

Max Lieblich. In dem Moment, als ich die Tür öffnete, hatte er gerade noch einmal dagegenhämmern wollen, sodass er mir fast die Nase zertrümmerte. Zum Glück hielt Daisy sich im Klammergriff an mir fest, denn vor Schreck hätte ich sie beinahe fallen lassen.

„Hey, Podecker“, sagte Max, „darf ich dir meine Freunde vorstellen?“ Er trat einen Schritt zur Seite, sodass ich sah, wer hinter ihm stand: Es waren zwei riesige, Furcht einflößende Männer.

KAPITEL 7

Max schob sich an mir vorbei in Richtung Küche. „Was geht ab, kleiner Poabdecker? Ich dachte, ich komm mal mit meinen Kumpels vorbei, damit ihr euch kennenlernt. Wir waren gerade in der Gegend und es wäre ganz gut, über unser Projekt zu sprechen." Er nahm sich eine Handvoll Goldfisch-Cracker von Daisys Hochstuhl und deutete mit dem Kinn in Lucys Richtung. „Wer ist das?"

„Äh …" Ich konnte den Blick nicht von Max' turmhohen Freunden abwenden. „Das ist meine Nachbarin, Lucy Fitodo."

Sie lachten, als ich Lucys Nachnamen aussprach. „*Dodo*", grunzte der Größere der beiden. „Guck mal an, ich bin ein Dodo, krieg ich einen Cracker?"

Der andere hatte einen neongelb gefärbten Irokesenschnitt, und ein spitzes Metallding steckte wie ein Pfeil in seiner Nase. Ich fragte mich, was geschah, wenn er niesen musste.

Auch er nahm sich ein paar Goldfisch-Cracker und begann sie durch die Küche zu werfen, wobei er in den Mund des größeren Typen zielte. Die Cracker verfehlten allerdings ihr Ziel und landeten auf dem Fußboden – denn der Größere hatte Daisy für sich entdeckt und machte alberne *Dutzi-Dutzi*-Laute, um ihre Aufmerksamkeit zu erregen. Daisy strampelte sich von meiner Hüfte los, rutschte an meinem Bein herunter und krabbelte hinüber zu den auf den Boden gefallenen Crackern, um sie sich in den Mund zu stopfen.

„Süßes Mädchen", sagte der größere Typ. „Ist das deine kleine Schwester?"

Jetzt, da ich sie genauer betrachten konnte, wurde mir klar, dass es sich bei diesen Typen nicht wirklich um *Männer* handelte, sondern dass sie nur ein bisschen weiter oben auf der Pubertätsskala standen als Duddy und ich. Die vielen Haare, die dem einen Kerl auf der Oberlippe sprießten, machten die fehlenden Haare an den Seiten seines Schädels – dort hatte er sich Blitze reinrasiert – spielend wieder wett. Er trug ein Shirt und Hosen in Wüstenfarben und klobige Bikerboots mit Stahlkappen.

„Ich liebe Babys", sagte er, während er versuchte, Daisy auf den Arm zu nehmen. Ich sage, *versuchte*, denn sobald er sie ein paar Zentimeter hochgehoben hatte, stieß sie einen Urschrei aus, sodass der Kerl sie wieder fallen ließ wie eine Schlange.

„Ja, und die Babys lieben *dich*, Nixy", sagte der Typ mit dem Nasenring lachend. Sein Bauch bebte und aus seiner Nase kamen seltsame Grunzgeräusche.

„Todd?", rief Mom aus dem Wohnzimmer.

„*Es geht ihr gut!*", rief ich zurück. Ich ging zu Daisy hinüber und nahm sie auf den Arm. Wieder klammerte sie sich im Todesgriff an meinen Hals, während sie sich langsam beruhigte.

Diesen Moment nutzte Max für eine kleine Vorstellungsrunde. „Leute, das hier ist Todd Poabdecker ..."

„Eigentlich heißt es ...", wollte ich ihn korrigieren, doch er fiel mir sofort ins Wort.

„Und das hier ist der Rest der Zoo-Gang: Jim „Knolle" Jones und Dick Nixon." Er zeigte zuerst auf den Typ mit dem Nasen-Piercing und dann auf den größeren Kerl mit dem Bartwuchs.

„Bin aber nicht mit dem ehemaligen Präsidenten Nixon verwandt", sagte Dick und strich über seinen Schnurrbart, der aussah, als hätte er sich Dreck auf die Oberlippe geschmiert. „Du kannst mich Nixy nennen." Lucy lachte, warum auch immer.

Dick summte die Melodie von „Grün, grün, grün sind alle meine Kleider" mit, das Stück, das Moms Klavierschüler nebenan gerade spielte. „Ihr habt ein Klavier?", fragte er. „Ich kann die *Super-Mario*-Melodie spielen."

Max hustete laut, woraufhin Dick ihm einen nervösen

Blick zuwarf und hinzufügte: „Für Babys, meine ich. Babys lieben Musik."

Als er sich Richtung Wohnzimmer aufmachte, setzte ich Daisy ab und sprang ihm in den Weg. „Äh, meine Mom gibt gerade Klavierunterricht, du solltest also besser nicht da reingehen."

Dick starrte von weit oben auf mich herab und ich spürte, wie mein Magen rebellierte. Er war so groß. Aber zu meinem Erstaunen zuckte er nur mit den Schultern, nickte und ging zurück in die Küche. „Von mir aus."

Ich blieb wie erstarrt stehen. Hatte dieser riesige Junge gerade auf mich, Todd Podecker, gehört? Diese Typen waren tatsächlich zu *mir* nach Hause gekommen, um mit mir abzuhängen. Dieser Tag wurde von Minute zu Minute kurioser.

Max legte mir seine fleischige Hand auf die Schulter. „Na, was habt ihr beide, du und das Dodo-Mädchen, auf deinem Zimmer gemacht?" Er zog seine zusammengewachsenen Augenbrauen hoch. „Rumgeknutscht?"

Ekelhaft! Seine Freunde fanden das natürlich wahnsinnig witzig und machten alle möglichen widerlichen Kussgeräusche.

„Nein!", rief ich lauter als Lucy, die nur nüchtern antwortete: „Wir haben uns ein paar sehr interessante Proben unter dem Mikroskop angesehen."

Dick schnaubte. „Laaaaaangweiler!"

Max warf ihm einen grimmigen Blick zu.

„Ich würde das gerne präzisieren", sagte Lucy mit ihrer hohen und belehrenden Stimme. „Um Albert Einstein zu zitieren: Zwei Dinge sind unendlich, das Universum und die menschliche Dummheit, aber im Universum bin ich mir noch nicht ganz sicher."

Knolle schüttelte den Kopf, als hätte er Wasser in den Ohren. „Was hat sie gerade gesagt?"

Lucy stemmte eine Hand in die Hüfte und warf ihm einem bösen Blick zu. „Das nächste Mal, wenn die Gentlemen – und ich verwende diesen Begriff vage – sich eine bakterielle Infektion zuziehen und ein Antibiotikum einnehmen müssen, um wieder gesund zu werden, können sie einem WISSENSCHAFTLER danken, der mithilfe eines *Mikroskops* Zellen, Bakterien und das Penicillin entdeckte!" Sie zeigte nacheinander auf alle drei. „Ohne *Mikroskop* wärt ihr alle vermutlich schon tot. Oder vielleicht gar nicht erst geboren worden …"

„Äh, Lucy, das ist jetzt eventuell nicht der ideale Zeitpunkt, um über die Geschichte des Mikroskops zu reden." Ich zeigte mit dem Kopf in Richtung Gäste und flehte sie stumm an, doch bitte zu begreifen, auf welch dünnem Eis wir uns bewegten.

Zur Abwechslung hörte sie mal auf mich. „Na gut. Unsere Forschungen hier könnten eines Tages die Welt verändern. Aber", ergänzte sie zuckersüß, „ich bin sicher, was

auch immer ihr drei gerade ausheckt, ist ebenso bedeutend."

Alle drei starrten Lucy an, als wäre sie gerade aus einem Raumschiff gestiegen.

Sie begegnete ihnen mit einem Blick, der einen Eisberg zum Schmelzen hätte bringen können.

Max boxte mir gegen den Arm. *Autsch.* „Ich mag sie." Plötzlich stürzte er den Flur hinunter in mein Zimmer, seine Kumpels blieben ihm dicht auf den Fersen. „Lasst uns mal sehen, was die zwei da erforschen, Jungs."

Ich folgte ihnen, doch Lucy holte mich ein und hielt mich am Ellbogen fest. „Warte!", zischte sie. „Ich denke, wir sollten diesen Barbaren die Toddlianer nicht zeigen. Ich spüre eine sehr negative Stimmung, du nicht auch?"

Zu spät. „Mann! Seht euch mal diese Brille an!" Max und seine Kumpanen hatten bereits mein Zimmer gestürmt und den Schreibtisch in Beschlag genommen.

„Alles wird gut", flüsterte ich Lucy zu. Ich konnte diesen Typen schließlich nicht einfach sagen, dass sie meine Sachen in Ruhe lassen sollten. Meine Tage waren sowieso gezählt, obwohl sie mich aus irgendeinem Grund noch nicht verprügelt hatten. „Ich bin sicher, es wird ihnen bald langweilig und sie werden nach Hause gehen."

Jetzt hörte ich Daisy lachen. *Oh-oh.* Sie war ja immer noch in der Küche, also rannte ich zurück, um sie zu holen. Lucy folgte mir.

Oh nein! Daisy war von Buntstiften zu Gabeln übergegangen und hatte ihre Kunst in vier der hölzernen Küchenschränke verewigt. Mom würde einen Herzinfarkt bekommen. Diese Schränke hatte sie selbst eingebaut.

Ich nahm Daisy die Gabel aus der Hand und schleppte sie zur Tür. Dann hörte ich Knolle fragen: „Was riecht denn hier so abartig? Ist das die Socke da? Alter, wie die stinkt!"

Ich rannte zurück ins Zimmer, aber es war zu spät. Max hatte die Mikrobrille bereits aufgesetzt und beugte sich über die Socke. „Was – zur – Hölle! Jungs, das müsst ihr euch ansehen!"

Knolle grapschte die Brille aus Max' ausgestreckter Hand. „Das sind winzige Ameisen oder irgendwelche Insektendinger", stammelte er. „Winzige Ameisen mit Kleidern und Häusern. Ziemlich niedlich. Aber echt jetzt, das mieft!"

„Gib mir mal", sagte Dick, riss Knolle die Brille vom Kopf und schob sie sich über seine Blitze. „Oh, krass! Das ist eine Horde winzig kleiner Außerirdischer. BRINGT MICH ZU EUREM ANFÜHRER! Hey!", schrie er, dann wandte er sich an mich. „Was essen die? Knolle, brich mal so einen Stab aus dem Gitterkäfig der Eidechse da ab, dann können wir einen der Außerirdischen aufmachen und sehen, was drin ist."

Das ist übel. Ich spielte an Tarnis Käfig herum und zermarterte mir das Hirn, mit welchen Worten ich sie ablenken könnte.

Im Gegensatz zu mir zögerte Lucy nicht. Sie schob sich zwischen Dick und die Socke. Dick sprang zurück, deutlich eingeschüchtert beim Anblick der durch die Mikrobrille vergrößerten Lucy. „Wenn ihr es schon wissen müsst", sagte sie wütend, „das ist eine winzige Zivilisation!"

Dick schob sie zur Seite, zwickte in die Socke und schien dabei einen Toddlianer aufgegriffen zu haben. Ich hörte einen schwachen Schrei, der nach Lewis klang. Lucy machte mir durch Gesten klar, dass ich etwas tun sollte.

Ich öffnete den Mund. *Vielleicht konnte ich versuchen, ihnen weiszumachen, dass die Toddlianer keinen Schmerz spürten und es daher sinnlos war, sie zu foltern?* Aber auch dieses Mal war Lucy wieder schneller. Sie trat Dick mit aller Wucht gegen das Schienbein. „Gib mir das!"

Er taumelte nach hinten und ließ Lewis scheinbar fallen, denn dieser schrie in den höchsten Tönen. Lucy streckte die Hand aus und fing ihn auf, bevor er auf dem Boden aufkam – zumindest hatte das Schreien plötzlich ein Ende. Sie setzte Lewis vorsichtig auf der Socke ab. „Sie sind sehr empfindlich."

„Oh, entschuldige, das wusste ich nicht, Prinzessin Dodo", höhnte Dick mit Mädchenstimme. „Genauso empfindlich wie du, was?"

Knolle lachte. „Insektenfreunde der Welt, vereinigt

euch", machte er sich lustig und legte sich die Hand aufs Herz. „Hiermit schwöre ich, niemals einem Insekt etwas zuleide zu tun, selbst wenn es mich beißen sollte. Auch Insekten haben Gefühle."

Max runzelte die Stirn. „Egal jetzt. Hört zu, vielleicht sollten wir die Insektenmenschen erst mal auf der Socke lassen. *Wir wollen ihnen doch nicht wehtun, stimmt's*?" Er klang sarkastisch, stellte sich aber neben Lucy vor die Socke.

„*Oh, nein, natürlich wollen wir das nicht*", sagte Knolle und grinste wie ein Wahnsinniger. Er kam zu mir und Tarni herüber, und eh ich mich's versah, hatte er den Käfig geöffnet, das Chamäleon herausgeholt und hielt es sich auf Augenhöhe vors Gesicht.

„Echt stark, Alter!", rief Dick.

„Was tust du denn?", schrie Lucy. Sie lief zu Knolle und versuchte Tarni aus seinem Griff zu befreien.

„Den bekommst du nicht", sagte Knolle und hielt das Chamäleon so hoch, dass Lucy es nicht erreichen konnte. „Seht mal, ihr kleinen Biester", spottete er, „ich hab euch ein Haustier mitgebracht!"

Dann setzte er Tarni direkt neben der Socke ab.

Tarni richtete die Augen auf die kleinen Menschen, entrollte seine Zunge und ließ sie über Toddlantis schnellen. Ich konnte einen spitzen Schrei von der Socke aus hören, aber Knolle schien ihn nicht wahrzunehmen.

Lucy riss Dick die Mikrobrille weg und betrachtete die

Socke. „Sie rennen um ihr Leben! Todd, sie fliehen in alle Richtungen!"

„Oh, Mann, schnappt sie euch", sagte Max. „Ernsthaft, wir wollen diese kleinen Käfer nicht verlieren."

Bevor Tarni ein zweites Mal mit der Zunge auf die Toddlianer losgehen konnte, nahm ich ihn hoch und setzte ihn auf dem Bett ab, wo Daisy mit nachdenklicher Miene an ihrer Kuscheldecke nuckelte.

„Ich hab einen! Glaube ich", rief Max, schaute mit zusammengekniffenen Augen seine Handfläche an und setzte seinen Fang wieder auf der Socke ab.

„Seid vorsichtig!", befahl Lucy, als sie eine Handvoll Toddlianer von ihrer Hand herunterkrabbeln ließ. „Sie sind nicht unsterblich, wisst ihr."

Dick kratzte sich am Schnurrbart. „Hä?"

„Sie gehen kaputt! Einige von ihnen sind schon alt und es sind auch Babys und Kleinkinder darunter. Das sind keine Profisportler!"

„Sport! Verflixt!" Knolle stemmte sich aus meinem Sitzsack hoch und strich sich über seinen Iro. „Jungs, die Trainingsstunde im Bowlingclub ist in fünf Minuten zu Ende! Wer, wenn nicht wir, sollte dafür sorgen, dass diese Pimpfe ihre geliehenen Schuhe küssen?"

Dick schmiss die *Dragon-Sensei*-Figuren, mit denen er herumgespielt hatte, neben Tarni und Daisy aufs Bett. „Wir müssen los! Kommst du, Lieblich?"

„Nicht jetzt", erwiderte Max. „Wir haben hier einen Notfall."

„Dann vielleicht bis später." Knolle machte das Peace-Zeichen und folgte seinem Kumpel nach draußen.

Sobald sie verschwunden waren, sagte Max zu mir: „Tut mir leid wegen denen, Poabdecker. Manchmal zeigen sie ein bisschen zu viel … Begeisterung."

„*Du* hingegen hast ja *alles* getan, um sie im Zaum zu halten", grummelte Lucy. Nachdem einige der Toddlianer sich auch nach einem Grunzer von ihr noch weigerten, ihre Handfläche zu verlassen, wandte sie sich an mich. „Todd, sag du ihnen, dass es jetzt sicher ist, mir scheinen sie nicht zu glauben."

„Ich spreche ihre Sprache nicht."

„Nein, aber sie respektieren dich. Lewis hat sich vor dir verbeugt, erinnerst du dich? Wir müssen es versuchen."

Max nahm die Mikrobrille und kniete sich so vor den Schreibtisch, dass er auf Augenhöhe mit den Toddlianern war. „Entschuldigt, dass meine Freunde euch Angst eingejagt haben, kleine Insektenmenschen. – Hey, sie haben mir den Rücken zugedreht!"

Lucy nahm ihm die Brille ab und gab sie mir. „Hier, Todd. Wir müssen sie zurück in ihr Zuhause bringen und du bist unsere einzige Hoffnung. Schließlich ist es deine Socke und deine Zivilisation."

Ich war nie gut im Redenschwingen, also hatte ich auch

jetzt keinen Grund zu glauben, dass sie mir zuhören würden. Dennoch setzte ich die Mikrobrille auf und tauschte mit Max den Platz. Einen Versuch war es wert.

„Ähäm“, fing ich an. Da entdeckte ich Lewis in der Menge. Er drehte sich um und kam näher, als ich zu sprechen begann. Das Mädchen mit den Zöpfen – Persephone – stand direkt neben ihm und sah mich neugierig an. Der untersetzte Kerl, Hermann, stand ein paar Zentimeter entfernt, kaute auf seinen Nägeln herum und beobachtete mich.

„Äh, Bürger von Toddlantis, ich bitte um Entschuldigung, dass ich beinahe zugelassen hätte, dass Tarni euch frisst. Bitte geht wieder zurück auf die Socke. Ich werde versuchen, euch in Zukunft vor … Raubtieren zu beschützen.“

Lewis hatte solche Angst, dass er sichtbar zitterte. Er blinzelte mich mit seinen großen Augen an und hob die Hände, wie um zu fragen: „Warum?“ Hermann schüttelte immer wieder den Kopf und murmelte etwas vor sich hin. Persephone runzelte tatsächlich die Stirn, dann klopfte sie Lewis auf die Schulter, ließ ihn kehrtmachen und brachte ihn zurück auf die Socke. Der Rest der Toddlianer reihte sich hinter ihnen ein.

Persephone begleitete Lewis in eine der Hütten. Als sie wieder herauskam, blieb sie stehen und schüttelte ihre Faust in meine Richtung. Was hatte ich getan? Es war

nicht meine Schuld, dass Max und seine Freunde in mein Zimmer gestürmt waren. Ich hatte sie doch vor Tarni gerettet, oder etwa nicht?

Lucy stand da und seufzte. „Ich denke nicht, dass sie mit uns kommunizieren wollen. Dieser Riesenrüpel“ – sie zeigte vorwurfsvoll auf Max – „und seine Schlägertypen haben sie gegen uns aufgebracht.“ Sie schwieg, dann sah sie mich an. „Du bist schuld, Todd. Ich hatte dich gewarnt, sie nicht hier hereinzulassen.“

Max schnaubte. „Du hast echt ein Händchen für Loser-Freunde, Poabdecker. Ich hätte gedacht, du bist cooler drauf.“

In meinem Magen verkrampfte sich alles. Er wendete sich gegen mich! Mit einem Mal sah ich die Tracht Prügel vor mir, die Max Lieblich vermutlich demjenigen verabreichen würde, der ihm unrecht getan hatte. Es muss noch schlimmer sein als die Haarwäschen im Klo, in deren Genuss Duddy und ich – dank Ernie – an der Roosevelt-Grundschule gekommen waren. Ich erinnerte mich noch an die Flecken und den Gestank in der verlassenen Kabine der Jungentoilette im zweiten Stock. Ich erinnerte mich daran, dass ich versucht hatte, Mom zu erklären weshalb ich – wieder einmal – mit nassen Haaren nach Hause kam.

Mich schauderte. *Das durfte nicht passieren.* Lucy würde von hier verschwinden müssen, bevor Max mich für immer auf dem Kieker hätte. Ich hatte die Chance, nicht mehr

jeden Tag in Angst zur Schule gehen zu müssen. Je mehr ich darüber nachdachte, umso wütender wurde ich auch. Im Ernst, was glaubte Lucy, wer sie war, einfach in mein Zimmer hineinzuplatzen und ausgerechnet den Jungen schlechtzumachen, der es in der Hand hatte, ob meine restlichen Schuljahre gut oder katastrophal werden würden? Sie selbst ging ja noch nicht mal auf eine Schule! „Weshalb gehst du nicht einfach nach Hause, wenn du es nicht gut findest, wie ich mich um sie kümmere? Es ist mein Haus, es ist mein Zimmer und es ist meine Socke, falls dir das noch nicht aufgefallen ist!"

Lucy sah mich an. Obwohl sie mich gerade beschuldigt hatte, die Toddlianer gegen uns aufgebracht zu haben, hatte sie wohl nicht mit einer Abfuhr von mir gerechnet. Ihre Augen wurden dunkler, ihre Nasenlöcher blähten sich auf und sie warf einen ihrer Zöpfe über die Schulter. „Also … *entschuldige mal.* Gern geschehen, dass ich dir so viel geholfen habe!"

Max starrte auf die Socke, als wäre er in Trance. „Bis bald", sagte er zu Lucy.

„Oder auch nicht", fauchte sie und stampfte aus meinem Zimmer. Ein paar Sekunden später fiel die Haustür so fest ins Schloss, dass das Fenster klirrte.

Ich atmete tief durch. *Nur keine Panik. Sie war sowieso völlig durchgeknallt.* Aber jetzt, da ich mit Max alleine war, fiel mir nichts Cooles ein, was ich sagen konnte. Max starrte immer noch auf die Socke. Ich glaube, er bekam nicht einmal mehr mit, dass ich im Zimmer war. „Äh … tut mir leid wegen Lucy. Meine Mom hat sie reingelassen – wir hängen eigentlich nicht zusammen rum."

Max antwortete nicht.

„Also", sagte ich im verzweifelten Versuch, den Nachmittag zu retten, „sollen wir … ähm … uns morgen nach der Schule treffen, um an deinem Katapult zu basteln?"

„Katapult?", wiederholte Max und sah mich an, als hätte ich ihm gerade vorgeschlagen, Bauchtanzstunden zu nehmen. „Vergiss das Katapult! Unser Naturwissenschaftsprojekt ist genau hier." Er zeigte auf den Schreibtisch. „Alter, du hast hier eine ganze Zivilisation auf deiner Socke! Meinst du nicht, dass das reicht, um uns beiden eine Eins plus im Zeugnis zu sichern?" Max legte den Kopf zurück und lachte. „Ich kann's kaum erwarten, Kaschers Visage zu sehen, wenn wir ihm das hier präsentieren!"

In diesem Moment gingen mir die unterschiedlichsten Gedanken durch den Kopf. Ich spürte Erleichterung darüber, dass Max immer noch mit mir abhängen wollte. Aber ebenso – Angst. Tief in mir drin vermutete ich, dass es kein so guter Einfall war, die Toddlianer der Welt zu präsentieren. Sie in der Schule zu zeigen war sogar noch schlimmer!

Aber wie sollte ich Max das erklären? „Ähm … super Idee, aber … na ja, ich bin mir nicht sicher, ob das ein so guter Plan ist, die Socke außer Haus zu bringen. Da draußen lauern tausend Gefahren und die Leute könnten …"

„Entspann dich mal. Ich bin nicht Knolle oder Dick. Ich werde nicht zulassen, dass deinen kleinen Freunden irgendetwas geschieht. Habe ich das nicht gerade bewiesen?" Er patschte mir auf den Kopf und verwuschelte mein Haar, als ob ich ein kleines Kind wäre. „Warum schließen wir nicht einen Pakt, dass bis zu unserer Projektpräsentation niemand von uns irgendjemandem von den kleinen Kerlchen erzählt. Auf diese Weise werden alle in der Klasse vollkommen platt sein, wenn wir sie vorstellen, und die Eins ist uns sicher."

„Äh, ja …", stammelte ich, erleichtert, dass Max und ich irgendwie an einem Strang zogen. Das bedeutete wohl, dass ich auch Duddy nichts davon erzählen durfte, aber vielleicht hatte Max recht und Duddy wäre noch viel überraschter, wenn er erst in der Klasse von den kleinen Leuten erfahren würde. Ich nickte. „Das klingt vernünftig."

„Ja, das tut es!", erwiderte Max grinsend. Dann fügte er ernster hinzu: „Ehrlich, Alter, erzähl es niemandem."

„Mach dir keine Sorgen. Ich halte dicht."

Das Lächeln verschwand aus seinem Gesicht. „Wenn du nämlich plauderst, dann war's das mit uns beiden. Verstanden?"

Ich zuckte. „Nein, wirklich, ich werde nichts sagen."

„Versprochen?" Er sah mich finster an.

„Versprochen.“

„Ich hab nur Spaß gemacht“, sagte Max, sein Lächeln war wieder da, breiter denn je. „Ich weiß, dass du nichts verraten würdest! Halt dich an mich, dann wird alles cool werden.“ Er stand auf, die Socke lag auf seiner Hand. „Am besten nehme ich Insektenhausen mit zu mir, damit den Winzlingen auch wirklich nichts passiert. Bei mir zu Hause gibt es weder Babys noch Chamäleons.“

„Ich … also …“ Oh, Mist! Trotz Daisy und Tarni würde Lucy mich umbringen, wenn sie erfahren würde, dass ich die Toddlianer Max übergeben hatte.

Max schien die Panik in meinem Gesicht nicht entgangen zu sein, weil er mir seinen haarigen Arm um die Schulter legte. „Hey, du kannst mir vertrauen, Kumpel. Ich verspreche dir, mich gut um unser Projekt zu kümmern, und an der Wakefield werde ich auch gut auf dich aufpassen. Willst du dich morgen beim Mittagessen zu mir und der Zoo-Gang setzen?“

Träumte ich? In den letzten Tagen war niemand mutig genug gewesen, auch nur in die Nähe des Tischs zu kommen, an dem Max mit seiner Gang saß. Morgen wäre ich der coolste Sechstklässler der ganzen Schule!

„Ja, klar!“

„Super.“ Er stolzierte zur Haustür, die Socke in seiner Hand wippte mit.

„Äh, vielleicht solltest du sie lieber ruhig und gerade

transportieren“, schlug ich vor. „Du willst sie ja sicher keinem Erdbeben aussetzen.“

Max lächelte. „Wie du meinst, kleiner Kumpel.“ Er streckte den Arm nach vorne und „balancierte“ die Socke auf seiner Handfläche. „Wie ist es so?“

Ich machte ein „Daumen hoch“, begleitete ihn zur Tür und sah zu, wie er die Auffahrt hinunterlief. Wenn Lucy gerade aus dem Fenster schaute und Max mit der Socke das Haus verlassen sah … Aber es war schließlich *meine* Socke. Außerdem hatte Max versprochen, auf die Toddlianer aufzupassen, und wenn man bedenkt, wie es dem armen Zwicki ergangen war, würde er seine Sache vermutlich eine ganze Ecke besser machen als ich.

Als Max am Ende der Auffahrt angekommen war, drehte er sich noch einmal zu mir um und winkte. Mir drehte sich der Magen um. Er winkte mit der Hand, in der er die Socke hielt, und sie flatterte quasi im Wind!

„Hey!“, schrie ich und unterdrückte den Drang, ihm nachzulaufen. „Könntest du – du weißt schon – sie wieder gerade halten?“

Max hörte auf zu winken. „Oh, richtig.“ Er nahm seinen Rucksack vom Rücken, machte den Reißverschluss auf und legte die Socke hinein. Dann schloss er den Rucksack, schulterte ihn, setzte ein breites, Furcht einflößendes Grinsen auf und rief: „Keine Angst, Poabdecker. Ich hab das alles ganz genau durchdacht.“

KAPITEL 8

Lewis reckte und streckte sich, nachdem er den Kindern die aufregende Geschichte der ersten Zeit mit Todd in den buntesten Farben geschildert hatte. Die Kinder hingen an seinen Lippen und bei der Beschreibung des furchtbaren Tarni-Angriffs hatten sich manche die Decke über den Kopf gezogen oder ihren Nachbarn umklammert. Trotzdem bettelten sie, dass Opa Lewis weitererzählen sollte. Was er natürlich gerne tat.

„Man könnte ja meinen, es wäre genug Aufregung für einen Tag gewesen, beinah von einem Drachen mit klebriger Zunge verschlungen worden zu sein, aber nein. Gleich nach der Tarni-Attacke durchlitten wir ein katastrophales Erdbeben! Nur durch Hermanns Geistesgegenwart konnten wir uns retten. Er riet uns nämlich, eine Toddlianer-Kette zu bilden und uns an einen losen Faden der Socke zu klammern. Aber selbst als das Erdbeben vorbei war, war unser Leidensweg noch nicht beendet – oh nein! Danach wurden wir in eine tiefe und stinkende Grube geschleudert. Es war kein Todd-Geruch, der die Nasenlöcher

besänftigt und die Sinne erfreut. Nein, es war ein fauliger Gestank, der von verdorbenem Essen und Max' dreckiger Unterwäsche herrührte.

Was ist das für ein dunkler und schrecklicher Ort?, fragten wir uns damals. Er war sehr viel größer als unsere Sockenheimat und sehr viel gefährlicher. Bevor sich die gigantischen, mit spitzen Zähnen ausgestatteten Kiefer des Gefängnisses schlossen und es dunkel wurde, hatte ich mich in der seltsamen und bedrohlichen Umgebung umgesehen. Neben mir lag ein großer rosafarbener Klumpen mit gewaltigen Zahnabdrücken. Daneben der Kern von etwas, das süßlich roch, auf dem dieselben Abdrücke zu sehen waren und der von grünen, moosartigen Fusseln umhüllt war. In diesem Moment begann sich das tragbare Gefängnis zu bewegen und lange, dünne, angespitzte Baumstämme drohten uns bei jedem knochenerschütternden Aufprall aufzuspießen.

Wir waren von riesigen glatten Wänden umgeben, zu glatt, um sie zu erklimmen. Aber auf den Silberspiralen, die an ihren Seiten in die Höhe wuchsen, konnte man hochsteigen. Eure Oma Persephone war die Einzige von uns, die mutig genug war, an den kleinen Spiralringen bis zur Decke unseres Gefängnisses zu klettern. Doch als sie den höchsten Punkt erreicht hatte, merkte sie, dass die spitzen, im Zickzack laufenden Zahnreihen nicht zu durchdringen waren. Wir mussten den Großen Todd durch irgendetwas erzürnt haben und waren nun dazu verdammt, in Max' Strafverlies dafür zu büßen.

‚Du zitterst ja immer noch‘, meinte Persephone, als sie von den Spiralen wieder heruntergeklettert war, und klopfte mir auf den Rücken. ‚Sammle deine inneren Kräfte. Du bist jetzt in Sicherheit.‘

‚In Sicherheit?‘, fragte ich. ‚Diesen Abgrund des Unheils bezeichnest du als ›sicher‹?‘

‚Na ja‘, antwortete sie, nun schon mit weniger Begeisterung, ‚zumindest haben wir einander noch. Zumindest sind wir noch am Leben.‘

In diesem Moment kam es zu einer weiteren Erschütterung, durch die wir gegen die glatten Wände geschleudert wurden. Beim Herunterrutschen landeten wir auf einem Berg feuchter, säuerlich nach Schweiß stinkender Kleider. Nie zuvor im Leben hatte ich etwas so Widerwärtiges gerochen wie Max’ Schweiß. Wir mussten den Großen Todd schrecklich verärgert haben, dass er uns so bestrafte.

‚Vielleicht hat einer der Toddlianer seine Schätze gestohlen. Er war auch wütend, als seine Besitztümer von der Anbetungswürdigen berührt wurden, die sie Daisy nennen‘, mutmaßte ich zwischen den Erschütterungen.

‚Vielleicht ist das hier auch einfach Zufall. Oder Pech‘, sagte Persephone, als wir mit den Köpfen zusammenstießen. ‚Autsch!‘

Die letzte Erschütterung hatte mir die Brille vom Kopf gerissen. Ich kroch auf dem Boden des Abgrunds herum, um sie zu suchen. Auch in meiner Seele suchte ich – nach Antworten. Ei-

nes wusste ich: Es war kein Zufall gewesen, dass wir beinahe von dem bunten und schreckenerregenden Drachen verschlungen worden waren. Es war kein Zufall, dass wir zu Max gekommen waren. Es war Todd gewesen, der alles sah und alles wusste. Das herrlichste Wesen im Universum hatte uns erst erschaffen und uns dann fortgeschickt. Ich wünschte nur, ich hätte gewusst, warum.

Plötzlich öffneten sich die gezackten Kiefer des Gefängnisses und helles Licht fiel in die Grube. Ich entdeckte meine Brille, setzte sie auf und konnte gerade noch rechtzeitig auf die Socke des Großen Todd springen, bevor sie von der Dunkelheit ins Licht aufstieg. Max breitete unser Sockendorf vor seinen brutalen dunklen Augen aus und begann in der uns mittlerweile vertrauten menschlichen Sprache mit uns zu reden. ‚Alles klar, meine kleinen Käferdinger, jetzt lasst mal sehen, was ihr draufhabt. Ich will, dass ihr euch das hier ganz genau anseht, damit ihr die Stunts nachmachen könnt.' Er deutete mit seiner gewaltigen Hand zu einem riesigen Bildschirm, auf dem Leute in leuchtend bunten Kleidern herumtollten. Einer von ihnen sang eine schauerlich hohe Melodie, bei der ich Gänsehaut bekam. ‚Zeit, für meine Eins zu üben!', befahl Max mit einem bösartigen Grinsen.

Der Grobian ließ uns vor dem riesigen Bildschirm zurück, um sich etwas ‚zwischen die Kiemen zu schieben', was auch immer Garstiges er damit meinte. Persephone und ich sahen uns auf der Socke um. Bis auf eine waren all unsere Hütten zerstört worden.

Persephone kletterte auf einen Dreckhügel und schrie: ‚Meine Gefährten, weshalb sitzt ihr verzweifelt herum, wenn Reparaturarbeiten anstehen? Wir müssen alles wieder aufbauen … sofort.‘

‚Nicht so hastig, Freunde‘, meinte Hermann der Weise. ‚Etwas mehr Zeit zum Nachdenken wäre wünschenswert. Ich schätze euren Tatendrang, dennoch lehrt uns die Geschichte, dass wir dem schrecklichen Max besser gehorchen sollten, ansonsten kann das schlimme Folgen für uns haben.‘

Nach einer kurzen Diskussion schien ihm jeder beizupflichten, also konzentrierten wir uns wieder auf die herumtollenden Menschen. Die Szenen auf dem Bildschirm waren ebenso erschreckend anzusehen wie unser zerstörtes Dorf. Eine muskulöse männliche Person versuchte, mit einer Einradkonstruktion über ein dünnes Seil zu fahren, das hoch in der Luft gespannt war. Dabei hielt sie einen langen Stab quer in den Händen, während eine weibliche Person auf ihren Schultern stand und den Zuschauern, die unten auf dem Boden standen, zuwinkte.

Was dachte sie sich bloß dabei? Wusste die Person denn nicht, dass im Fall eines Sturzes die Chancen zu überleben sehr gering waren?

Wurden diese Wesen ebenfalls vom Großen Todd bestraft? Als Nächstes fielen bauschige weiße Laken von der Decke, woraufhin die Personen an ihnen hochkletterten und sich fester und fester in den Stoff einwickelten. Sorglos schwangen sie im Rhythmus der traurigen Musik.

‚Wunderschön', sagte Persephone seufzend.

‚Lebensgefährlich!', widersprach ich ihr. ‚Siehst du denn nicht, dass sie nichts auffangen wird, wenn sie den Halt verlieren und in die Tiefe stürzen?'

Große, muskelbepackte Männer griffen nach den Laken und ließen sie kreisen, während die Kletterer ihre Körper anspannten, um sie senkrecht zum Boden zu halten. Ich konnte es nicht länger mit ansehen. ‚Hört auf!', rief ich in Richtung Bildschirm. ‚Macht diesem Wahnsinn ein Ende, bevor ihr in den Tod stürzt!'

‚Sie können dich nicht hören', sagte Hermann. ‚Und sehen können sie dich auch nicht. Sie sind in dieser zeitlosen Maschine gefangen. Wir können nichts tun, um ihnen zu helfen oder sie von irgendetwas abzuhalten.'

Verzweifelt setzte ich mich hin.

Die nächste Vorführung war die bis dahin riskanteste. Personen in eng anliegenden Anzügen wurden gezwungen, durch brennende Reifen zu springen! Sie nahmen auf einer Art federnder Oberfläche Anlauf, überschlugen sich ein paarmal und katapultierten sich dann selbst durch den Feuerreifen.

‚Ich hab euch Knirpsen ein paar neue Spielzeuge mitgebracht', sagte Max, als er uns mitsamt der Socke auf einer großen unordentlichen Holzfläche absetzte. Die Spielzeuge entpuppten sich als kleine Kopien der Geräte, die wir auf dem Bildschirm gesehen hatten. Ich wollte mir die neuen Apparate gerade genauer ansehen, als mich Max' gigantische Hand hochhob.

‚Hab Erbarmen, Großer Todd!‘, schrie ich, aber meine Worte wurden von Max' tiefer Stimme übertönt.

‚Ich hoffe, ihr Kerlchen seid topfit.‘ Mit der freien Hand tauchte der Riese einen Stab mit einem Ring am Ende in eine Flüssigkeit und setzte dann das runde Ende in Brand. „Jetzt hört mal zu, ihr Winzlinge. Ziel ist es, dass ihr mitten durch den Ring springt, ohne in Flammen aufzugehen.‘

Er hielt mich über ein breites Gummiband. Ich konnte nicht atmen und mein Herz fühlte sich an, als würde es jeden Augenblick in Stücke springen.

‚Also gut, kleiner Käfer, zeig mir, wie gut du hüpfen kannst.‘

Ich spürte, wie ich fiel. ‚GROSSER TOOODD!‘“

KAPITEL 9

Am nächsten Morgen fing ich Duddy auf der Schultreppe ab. Ich hoffte, dass er nicht wütend auf mich war, weil ich nicht widersprochen hatte, als Max mich zu seinem Projektpartner machte. „Na, wie geht's, Duddy?", fragte ich und hielt vier Finger hoch – es war der Saki-Gruß aus *Dragon Sensei*. Ich dachte an Max' Warnung, niemandem von den Toddlianern zu erzählen, aber das bedeutete ja nicht, dass ich Duddy nicht von allem anderen erzählen konnte, was vor sich ging. „Du wirst nicht glauben, was gestern nach der Schule passiert ist. Rate, wer …"

Aber Duddy hatte kein Ohr für meine Neuigkeiten. „Hey, Todd!", sagte er und lächelte. „Hör mal, hier sind ein paar Leute, die du kennenlernen solltest. Sie sind *echt* cool! Das ist Tim und das ist Andrew."

In diesem Augenblick bemerkte auch ich die beiden Jungs, die neben Duddy liefen. Ich hatte sie nie zuvor gesehen, also waren sie nicht auf die Roosevelt-Grundschule gegangen wie Duddy und ich. Tim war eine weißblonde Bohnenstange. Sein Haar lag in dichteren Löckchen als bei Prinzessin von Wuff, und er hatte große grüne Glupschaugen, wie Tarni.

Andrew hatte lange dunkle Haare, die ihm über die Schultern fielen. Sein Pony war zu einem geraden Zopf senkrecht nach oben gebunden, genau wie bei Drachenmeister Sensei Nagee[5], Koi Boys Lehrer. Andrew verbeugte sich vor mir wie beim Sumo-Ringen. Als er sich wieder aufrichtete, fiel mir auf, dass er ein in limitierter Auflage erschienenes, orange-schwarz besticktes Koi-Boy-T-Shirt trug, das der Künstler selbst unterschrieben hatte. Mir war klar, dass er auf der japanischen *eBay*-Auktionsplattform einen Haufen Kohle dafür hingelegt haben musste. (Ich spare selbst heimlich auf so ein Shirt.)

Zumindest war Duddy nicht sauer auf mich. Dennoch war es jetzt offiziell: Duddy war ein Freak-Magnet, und nun war es ihm gelungen, innerhalb von nur 48 Stunden zwei der größten Freaks der Wakefield Middle School für sich zu gewinnen.

„Stell dir vor, Todd: Andrew spielt Nagee und kennt all seine Bewegungen." Andrew tat so, als feuere er Elektrizi-

5 Sensei Nagee ist der coolste Lehrer überhaupt, denn er kann sich in einen Drachen verwandeln. Wenn Mr Kascher das auch könnte, würde ich ihn vielleicht etwas besser leiden können.

tät aus den Fingerspitzen ab[6], inklusive Sound-Effekt und allem Drum und Dran. „Und Tim ist der beste Mongee-Poo, den ich je gesehen habe[7]!“ Tim sprang bis zum Fuß der Treppe hinunter, dann kletterte er in gebückter Haltung wieder zu uns herauf, wobei er Laute von sich gab und sich unter den Armen lauste wie ein durchgeknallter Affe.

Ein paar Siebtklässlerinnen drehten sich um und kicherten. In mir brach etwas zusammen. Was, wenn Max und seine Freunde mich mit diesen Typen sahen? Ich würde mit Sicherheit verkehrt herum in meinem Spind landen.

„Da du ja Kaiser Oora magst“, fuhr Duddy fort, „und ich so ziemlich jede Rolle übernehmen kann, können wir ab jetzt stundenlang *Dragon Sensei* spielen. Wollen wir uns heute alle nach der Schule treffen?“

Andrew verbeugte sich und Tim sprang auf und ab und schrie: „UUU UUU UUU I-JAA!“

In diesem Moment sah ich Knolle und Dick. Sie standen auf der anderen Seite der Treppe und waren anscheinend damit beschäftigt gewesen, einen armen Sechstklässler zu würgen. Jetzt jedoch hatten sie sich umgedreht und sahen zu uns herüber. Beide runzelten die Stirn. Dick ließ

---

6 Ach ja, das kann Nagee auch. Und er konnte auch mal Feuer speien, hat aber dann irgendwann mit dem Rauchen aufgehört. ☺

7 Mongee-Poo ist Koi Boys Assistent. Er ist ein grüner Schneeaffe, der noch grüneren Schleim aus seiner Nase schleudern kann und brennende Kacke aus seinem Hintern.

den Sechstklässler los und schüttelte langsam den Kopf, als könne er es nicht glauben.

Dann entdeckte er mich.

Er gab Knolle ein Zeichen. Knolles Augenbrauen schnellten nach oben und schon kamen die beiden auf uns zu. Ich spürte, wie mir das Blut in den Adern gefror. *Nein, nein, nein*, dachte ich wütend. *Nicht diese beiden. Verschwinde von hier, Podecker, du Trottel!*

Aber es war zu spät.

Knolle zog Andrew am Ohr. „Was zum Teufel geht hier vor?“, wollte er wissen und holte Andrew zu sich heran, während er den Finger der anderen Hand direkt in Duddys Gesicht setzte.

„Poabdecker“, sagte Dick, „bist du Mitglied in diesem Loser-Club?“

Ich versuchte zu schlucken, aber meine Kehle war wie ausgetrocknet. „Äh …“

Duddy versuchte mutig zu sein, aber ich konnte sehen, dass er zitterte. „Todd ist mein bester Freund“, sagte er, als würde das alles erklären.

Auf Dicks Gesicht erschien ein breites falsches Lächeln. *„Ist das so?“*, fragte er spöttisch.

Knolle ließ Andrew los und stellte sich dicht vor Duddys Gesicht. „Ooooh, seid ihr zwei allerallerbeste Freunde? Lackiert ihr euch gegenseitig die Fußnägel und hört euch Boygroups an?“

Dick wandte sich wieder an mich. „Ich habe dich etwas gefragt, Poabdecker. Gehörst du zu denen?"

Auch ich zitterte jetzt, versuchte aber, es mir nicht anmerken zu lassen. Ich schaute von Tim zu Andrew und dann zu Duddy. Er hatte die Augen aufgerissen, sie waren feucht und so auf mich fixiert, als würde er jeden Moment einen reißenden Fluss hinuntergetrieben werden und ich wäre der Einzige auf der Welt, der eine Schwimmweste besaß.

„Ich …"

Dick schnappte mich am T-Shirt und zog mich zu sich heran. „*Antworte* mir!"

„Nein!"

Sobald ich das Wort laut ausgesprochen hatte, ließ er mich los und ich fiel ein paar Treppenstufen hinunter.

„Beruhigt euch", sagte jemand im Befehlston. Knolle und Dick traten einen Schritt zurück. Als ich nach oben sah, war dort, wie aus dem Nichts, Max aufgetaucht. Er stieß Duddy aus dem Weg. „Poabdecker sagt, er kennt dich nicht, Alter."

Und dann hielt er mir die Hand hin.

Ich nahm sie und Max half mir auf die Füße.

„Danke", murmelte ich und vermied es, Duddy dabei in die Augen zu sehen.

Max zuckte mit den Schultern. „Dafür sind Freunde doch da, Kumpel."

Ich hatte Glück. Es klingelte und alle drängten ins Schulgebäude, noch bevor sich Duddys und mein Blick kreuzen konnten. Ich lief sofort auf die Jungentoilette und drückte mich fünf Minuten lang in einer der Kabinen herum, um nicht mit Duddy reden zu müssen, dann schlüpfte ich gerade noch rechtzeitig in die Klasse, bevor Mr Kascher noch einmal über die Naturwissenschaftsprojekte sprach. *Uff.*

„Ich werde jetzt durch die Reihen gehen – vielen Dank übrigens, dass ihr euch alle woandershin gesetzt habt als gestern – und schnell eine Liste machen, woran ihr für eure Präsentation arbeiten werdet. Ihr habt immer noch die Möglichkeit, das Thema zu wechseln, aber da es ein einwöchiges Projekt ist, drängt die Zeit und ihr solltet unbedingt in die Gänge kommen."

Während Mr Kascher sich die unterschiedlichen Projektthemen notierte, sah Max zu mir herüber und formte mit den Lippen lautlos: „Sorry, Alter."

Ich nickte.

Max flüsterte: „Knolle und Dick machen einfach gerne Blödsinn, aber ich habe ihnen jetzt klargemacht, dass du Teil der Gang bist. Wird nicht wieder passieren, versprochen. Du weißt ja, du kannst dich auf mich verlassen." Bei diesen Worten deutete er auf den Rucksack, der über seiner Stuhllehne hing, wie um zu unterstreichen, dass die Toddlianer da drin gesund und munter waren.

Ich seufzte – Max' Methoden mochten rau sein und ich würde mich nachher noch bei Duddy entschuldigen müssen, aber es sah ganz so aus, als ob er wirklich versuchte, nett zu mir zu sein. Und wenn er bereit war, mich vor seinen Freunden in Schutz zu nehmen – zuerst bei mir zu Hause und jetzt in der Schule –, dann würde er wahrscheinlich auch gut auf die Toddlianer achtgeben.

Zumindest hoffte ich das.

Sein Flüstern hatte aber die Aufmerksamkeit von Mr Kascher auf sich gezogen. „Max", sagte der. „Woran wirst du mit Todd arbeiten?"

Max zwinkerte, dann verkündete er stolz: „Wir nennen es ‚Flohzirkus 2.0'."

Mr Kascher sah verwirrt aus, nickte dann aber bedächtig und schrieb unser Thema auf. „Sehr schön. Nun, was hält unser nächstes Projektteam für uns bereit?"

Während Mr Kascher weiter die Reihen abschritt und sich Notizen machte, versuchte ich immer wieder Duddys Blick einzufangen, doch er schien völlig vertieft, in was auch immer er dort auf seinen Notizblock kritzelte. Bis zu dem Moment, als Mr Kascher ihn ansprach. „Duddy, an was werdet du und Ernie arbeiten?"

„An einer Ameisenfarm", erwiderte Duddy teilnahmslos. Ich drehte mich zu ihm um. So wenig begeistert hatte ich ihn noch nie gesehen, wenn es um seine Ameisen ging. Er seufzte und sah verzweifelt zu Ernie hinüber, der der

ahnungslosen Katie Sharkey etwas aus dem Rucksack stibitzte. Duddy tat mir wirklich leid. Aber dann sah ich, wie Max mich angrinste und mit meiner Socke wedelte. Wieder zwinkerte er mir zu, und anscheinend musste ich einen lauten Schrei ausgestoßen haben, weil Mr Kascher fragte, was los sei.

„Schluckauf", antwortete ich und hickste noch ein paarmal. Das brachte Mr Kascher dazu, uns einen langen Vortrag über die körperlichen Ursachen des Schluckaufs und seine Linderung zu halten. Ich hörte ihm überhaupt nicht zu, musste ununterbrochen an die Toddlianer denken. Daran, dass es sich wohl wie ein Tornado anfühlte, wenn man so herumgewedelt wurde, und daran, was sie auf der Wakefield noch Schlimmeres erwarten könnte. Wenn die Middle School schon für ein durchschnittlich großes Kind wie mich hart war, wie brutal musste es dann erst für … Ich konnte den Gedanken nicht einmal zu Ende bringen.

Ich atmete tief ein und aus. *Max muss einen Plan haben*, sagte ich mir. Er hatte versprochen, die Toddlianer zu beschützen, und da unser Naturwissenschaftsprojekt davon abhing, dass sie am Leben blieben, würde er ganz bestimmt auf sie aufpassen.

Bis zum Mittagessen hatte ich keine Gelegenheit mehr, mit Max zu sprechen. Und dann wurde ich auch noch von Duddy, Tim und Andrew aufgehalten. „Todd, hast du schon gesehen, was es heute zu essen gibt?“ Duddy war so aufgeregt, dass er quiekte.

Er redete noch mit mir? Ich war so überrascht, dass ich eine ganze Weile brauchte, um zu verstehen, was er gesagt hatte. Dann warf ich schnell einen Blick auf eine der Schüsseln, die an mir vorbeigetragen wurden. Über die braune Pampe darin zog sich ein nukleargrüner Film. Lecker.

„Ist das zu fassen?“, sagte Duddy, eine Spur zu laut. „Dieses Chili sieht *genauso* aus wie der radioaktive Schleim, den Mongee-Poo in *Der Zorn des Mongee-Poo* aus den Nasenlöchern bläst[8], um Wespa zu vertreiben! Und Tim sagt, dass auch er alles Mögliche aus seinen Nasenlöchern schießen kann! Wir könnten etwas von dem Chili mit auf den Schulhof nehmen und einen echten *Dragon-Sensei*-Kampf austragen.“

Tim nickte. „Einmal habe ich eine Spaghetti aus dem einen und ein Hackfleischbällchen aus dem anderen Nasenloch abgefeuert. UUU UUU UUU HI-JAA!“

Bevor Tim noch mehr ins Detail gehen konnte, tauchten Max und seine Freunde auf. „Ähem“, sagte Max. „Tut mir leid, wenn ich störe, aber die Zoo-Gang erwartet dich.“ Er zeigte auf die Tische am Fenster, dann pikste er mit demselben Finger gegen Dicks Arm.

8 Ich sag’s ja!

„ ’tschuldigewegeneben“, murmelte Dick undeutlich.

„Ja, ’tschuldige“, kam das Echo von Knolle.

„Sieh es als eine Art Aufnahmeritual“, fügte Max hinzu. „Die Jungs hier sind einfach nur aufgeregt, weil wir ein neues Mitglied in unserer Gang haben.“

„Genau – wir wollten dich nur ganz freundlich empfangen“, bestätigte Knolle. „Komm, setz dich zu uns.“

Ich schluckte. Als Duddy und ich an unserem ersten Tag an der Middle School versucht hatten, einen Tisch am Fenster zu bekommen, wären wir fast gelyncht worden. Ich machte den Fehler, zu Duddy zu schauen – er ließ den Kopf so tief hängen, dass ich seine Augen nicht sehen konnte.

Ich musste eine Entscheidung treffen. Auf der einen Seite stand Duddy, der beste Freund, den ein Junge sich nur wünschen konnte – aber zu ihm gehörten auch jahrelange Demütigungen und Haarwäschen im Klo. Auf der anderen Seite stand Max, der, wie ich langsam zu erkennen glaubte, tief im Innern gar kein so schlechter Kerl war. Und wenn ich mit ihm befreundet wäre, würden die Jahre auf der Middle School ein Kinderspiel für mich sein. Vielleicht würden sogar die Highschool-Jahre ein Kinderspiel werden, ja vielleicht mein ganzes Leben.

Wenn ich mich jetzt für Duddy entschied – mich zu ihm und den anderen Langweilern setzte –, würde Max nie wieder etwas mit mir zu tun haben wollen. Und das würde bedeuten, dass ich die Toddlianer nie mehr wiedersähe.

„Äh, geht ihr schon mal vor, Jungs“, sagte ich und warf kurz einen Blick auf Max’ Rucksack. „Ich muss mir noch mein Essen holen.“

Max nickte zustimmend. „Alles klar“, meinte er, „geben wir unserem Neuen ein bisschen Zeit.“

Als sie gegangen waren, wandte ich mich an Duddy. „Hey, Kumpel, es tut mir leid.“ Duddy sah mir in die Augen und lächelte matt. „Es ist nur so, dass wir gestern verabredet haben, heute zusammen zu essen.“

Tim und Andrew waren so rücksichtsvoll, uns allein zu lassen. Sie reihten sich in die Warteschlange vor der Essensausgabe ein und beobachteten uns von dort aus.

Duddy sagte sanft: „Ist schon okay, Todd. Ich hab verstanden. Du willst cool sein. Max und seine Freunde sind cool. Ich bin es nicht.“

„Ich …“ Wie hätte ich darauf reagieren sollen? „Vielleicht kann Max uns vor Ernie beschützen“, antwortete ich schließlich. Ich konnte ihm dabei nicht in die Augen sehen. *Mich* würde Max vielleicht beschützen, Duddy aber würde er ganz sicher nicht helfen.

„Alles cool, Podecker. Das ist deine Chance! Außerhalb der Schule werden wir immer noch Freunde sein, ja?“

Ich sah ihn an und lächelte. „Natürlich!“, platzte es, vielleicht etwas zu laut, aus mir heraus.

Duddys Miene hellte sich auf, was mich zusammenzucken ließ. „Toll! Vergiss nicht, dass wir uns heute Nachmit-

tag treffen, um an den *Dragon-Sensei*-Kostümen für meine Party zu arbeiten. Die Leuchtstäbe und Puppenköpfe, die ich im Internet bestellt habe, sind endlich geliefert worden, und auch der Goldsamt für Sakis Umhang. DAS BESTE KOSTÜM ALLER ZEITEN, Mann!"

„Alles klar, nach der Schule, bei dir …", murmelte ich und sah geistesabwesend zur Essensausgabe hinüber. Ernie Eschenwald hatte sich in die Milchschlange eingereiht, das heißt, andere Kinder aus dem Weg geschubst. „Tut mir leid, dass du zusammen mit Ernie an deinem Projekt arbeiten musst", sagte ich.

Duddy zuckte mit den Schultern. „Das wird schon werden. Ich werde es ertragen und meine Saki-Kräfte nutzen, um sein Gehirn zu verformen."

Ich grinste, ignorierte das nagende Gefühl in meinem Bauch und boxte Duddy leicht gegen den Arm. „Du bist der Hammer, Duddy."

„Yepp. Und Ameisen mag doch jeder gern. Ich seh dich dann nach der Schule, Kaiser." Er stieß die Fäuste in die Luft. „Oo-ra! Oo-ra! Oo-ra!"

Ich nickte zum Abschied und ging zu Max' Tisch hinüber. Gerade wollte ich die Zoo-Gang mit einem gemurmelten „Hallo" begrüßen, als mir auffiel, dass ich immer noch kein Mittagessen hatte. *Na super!*

Ich kehrte wieder um und stellte mich in die Essensschlange, obwohl mir nicht wirklich nach essen zumute war.

KAPITEL 10

Auf der anderen Seite der Cafeteria war das Leben ein völlig anderes. Die Jungs von der Zoo-Gang waren laut und grob, sie scherten sich nicht darum, was andere über sie dachten, und mit ihnen abzuhängen war echt cool. Max erzählte mir, dass die drei schon seit der dritten Klasse in der Mittagszeit einen Wettbewerb laufen hatten. Heute schien Dick Nixon zu gewinnen – er war groß genug, um uns Sichtschutz vor den Lehrern zu geben, während er wie eine Rasensprenkleranlage Paprikastücke aus dem Mund schoss. Aber dann konnte ich sie alle mit meiner beachtlichen Gefüllte-Cremetörtchen-Handgranaten-Nummer beeindrucken, die leuchtend weiße Sahnespritzer auf Knolles T-Shirt hinterließ.

„Gut gemacht, neuer Kumpel!“, rief Knolle und klatschte mich ab.

Supercool!

Aber während des Mittagessens nagte so einiges an mir.

Zum Beispiel der Hunger – das Essen, das wir uns geholt hatten, tatsächlich zu essen schien nicht erwünscht zu sein. Zum anderen hatte ich nicht ein einziges Mal mit den Toddlianern gesprochen, seit Max sie sich ausgeliehen hatte. Jedes Mal, wenn Max sich darauf konzentrierte, Pudding oder Makkaronisalat nach jemandem zu werfen, linste ich in seinen Rucksack und überlegte, ob er es wohl merken würde, wenn ich den Reißverschluss aufmachen und schnell nach den Toddlianern sehen würde. Aber Max behielt den Rucksack nah bei sich, und selbst wenn er mit Essen um sich warf, hielt er mit einem Fuß Kontakt, so als hätte er Angst, dass jemand danach greifen würde. Es sah ganz danach aus, als müsste ich auf eine andere Gelegenheit warten.

Einmal lief Ernie Eschenwald an uns vorbei und bekam große Augen, als er mich entdeckte. Er stellte sich ans Tischende und mein Herz rutschte in die Hose.

„Hey, Dumpfbacke", sagte er und verteilte dabei seine Spucke auf Dicks Maisbrot.

„EY, MANN!", brüllte Dick und stellte sich in seiner vollen Größe vor Ernie auf. (Für mich sah es aus, als wäre er tausend Meter hoch. In Wahrheit war er wohl höchstens zehn Zentimeter größer als Ernie.) „Was soll das werden?"

„Lass mich das regeln", sagte Max, der ebenfalls aufgestanden war. Er sah Ernie finster an und lehnte sich über den Tisch wie eine Hyäne kurz vor dem Sprung. „Was glaubst du eigentlich, wer du bist, unseren neuen Freund Todd so anzulabern?"

Ernie starrte ihn an und verstand nur Bahnhof. „If bin Ernie Efenwald", sagte er, und verteilte beim „sch" noch mehr seiner Gratisspucke. „Fuperftar der Roofevelt-Grundfule? If hatte da daf Fagen." Er nickte in meine Richtung. „Der da ift ein Riefenlangweiler. Fweifellof."

Knolle lachte hämisch. *„Fweifellof?"*, äffte er Ernie nach. „So hat man wohl auf der Roosevelt-Grundschule gesprochen?! Langweiler – das sagt der Richtige, Mann."

Dick schnaubte. „Ja, du Loser. Ich glaub, du wirst schon noch merken, dass *wir* von der Newton-Grundschule ein bisschen *kultivierter* sind."

Während er das sagte, schoss Knolle seine restlichen Paprika in Ernies Richtung und man konnte beinahe hören, wie ein Stück davon mitten auf Ernies orangefarbener Schwammfrisur landete – wie die Dekokirsche auf einem Sahnetörtchen.

Ernie sah aus, als würde er jeden Moment in Panik ausbrechen – eine Art von „Das ergibt doch alles keinen Sinn"-Panik. „Waf *redeft* du da, Mann? Haft du mif nift *verftanden*?" Er deutete mit seinem fleischigen Zeigefinger auf mich. „Diefer Typ fieht Koftüme auf japanifen Comicbüfern an! Daf ift abfolut dämlich!"

Je mehr Ernie in Rage geriet, umso schneller redete er. Die Spucke flog aus seinem Mund wie aus einem Maschinengewehr. Max und die Zoo-Gang sahen sich angewidert an.

Dick streckte den Arm aus und schob Ernie ein Stück nach hinten. „*Alter*. Bleib trocken.“

Max nickte. „Ja. Wir werden schon noch sehen, wer hier der Langweiler ist – Todd ist es jedenfalls nicht.“

Ich konnte nicht glauben, was gerade geschah.

Ich, Todd Podecker, war cooler als Ernie Eschenwald.

In Ernies Augen sah man, dass auch ihm diese Erkenntnis langsam dämmerte. Er schüttelte den Kopf und trat einen Schritt zurück. Da fiel mir ein, wie ich mein zweites Cremetörtchen perfekt zum Einsatz bringen könnte, und warf es gegen Ernies Schulter. Es legte in der Luft einen perfekten Bogen hin, bevor es neben seinem Ohr explodierte und sich die Cremefüllung in seinem Haar, über seinen Hals und seine Schulter verteilte.

Die Zoo-Gang brach in schallendes Gelächter aus. „DAS WAR 1A, NEUER KUMPEL!“, brüllte Knolle und klatschte mich wieder ab. Max grinste mich an. Mit einem Mal wirkte sein Grinsen gar nicht mehr so furchteinflößend.

„Gut gemacht, Poabdecker“, sagte er. „Wenn ich es bisher noch nicht gesagt habe, dann lass es mich jetzt sagen: Willkommen in der Gang.“

Ernie schien wie in Trance. Er drehte sich um und ging zu einem freien Tisch im hinteren Bereich, wo er einen

Tetrapack Milch und seine braune Tüte abstellte (ich wusste, dass seine Mom ihm jeden Morgen Brote mit gehackter Leber schmierte – auch deswegen hatte er einen so grauenhaften Mundgeruch), sich hinhockte und an seiner Zahnspange saugte.

Einen Augenblick lang fühlte ich mich fast schlecht.

Fast.

Am Ende gewinnen immer die Guten. Ich sah mich immer wieder automatisch um und sprang vom Stuhl hoch, noch bevor ich überhaupt begriff, wen ich suchte oder was ich tat.

Duddy – nach *ihm* hielt ich Ausschau. Es war zu schade, dass er nicht gesehen hatte, was gerade passiert war.

Plötzlich flog mir ein Stück Maisbrot an den Kopf.

„Komm schon, neuer Kumpel, zeig uns noch mehr von diesem Poabdecker-Zauber!“, rief Knolle und riss mich damit aus den Gedanken über meinen ehemals besten Freund.

So ging unser Wettstreit noch weiter, bis ein paar Minuten vor dem Klingeln Max verkündete: „Lasst uns rausgehen und Steine auf die Tauben im Hof schmeißen.“ Dann wandte er sich an mich: „Kommst du?“

Ich schüttelte den Kopf. „Nö, ich glaube, ich werde mal nach den“ – ich zeigte mit dem Kinn auf seinen Rucksack – „du weißt schon, sehen.“ Bevor er etwas erwidern konnte, flüsterte ich ihm zu: „Keine Sorge, ich bin ganz vorsichtig.“

„Wie du willst“, meinte er achselzuckend.

Sobald die Zoo-Gang um die Ecke verschwunden war, machte ich Max' Rucksack auf und vernahm sofort ein zartes Stimmchen: „Rette uns, Großer Todd!"

Mit klopfendem Herzen kramte ich im Rucksack, bis ich die Socke gefunden hatte. Ich legte sie auf den Tisch und beugte mich so weit nach unten, dass ich auf Augenhöhe mit ihr war. Ich kniff die Augen zusammen und konnte kleine schwarze Punkte mit Armen und Beinen ausmachen. „Lewis, bist du da?" Ohne Mikrobrille konnte ich sein Gesicht nicht erkennen.

„Ja, Großer Todd, und wir brauchen deine Hilfe!"

Moment mal … Ich drehte mich zur Wand und bückte mich noch weiter runter, damit niemand sah, wie ich mit einer schmutzigen Socke sprach. „Wie um alles in der Welt habt ihr über Nacht meine Sprache so perfekt gelernt?"

„Max hat uns vor einem Sechzig-Zoll-TV-Plasmabildschirm in Full-HD-Qualität abgelegt. Genauso einem wie die, die es auch im Teleshopping gibt und die", plötzlich sprach Lewis mit der tiefen Stimme eines Fernsehsprechers, „NUR DREI TAGE LANG für neunhundertneunundneunzig Dollar und neunundneunzig Cent erhältlich sind. Wähl einfach folgende Nummer: 1-888-945-7777!" Lewis räusperte sich und fragte mit seiner normalen Stimme: „Großer Todd, was ist eine Kreditkarte?"

Wow. Lucy hatte recht: Sie waren verdammt schlau! „Hast du nicht gesagt, ihr braucht meine Hilfe?"

Lewis nickte. „Das tun wir auch. Und Daniel aus *Der Bachelor* braucht sie auch. Wir haben zugesehen, wie er vor die Entscheidung der Liebe gestellt wurde. Oh, Daniel! Wir haben deine Sprache gelernt, indem wir uns den Inhalt aus dem Zusammenhang erschlossen haben. Aber Todd: Daniel sollte Lena nicht heiraten. Er sollte Anna heiraten. Sie liebt ihn wirklich, während Lena doch offensichtlich nur hinter seinem Reichtum her ist. Du musst ihn warnen! Er schenkt seine Liebe der Falschen!“ Die Toddlianer, die hinter ihm standen, begannen plötzlich im Chor zu rufen: „Rette Daniel! Rette Daniel!“

Mal sehen. Ich war jetzt cool und dennoch sprach ich mit einem Haufen Miniaturmenschen, die auf meiner stinkigen Baseballsocke lebten, über den *Bachelor*. Konnte dieser Tag noch verrückter werden? Ich schüttelte den Kopf. „Ich dachte, *ihr* braucht meine Hilfe.“

„Das stimmt! Du musst uns retten, Großer Todd! Gib uns nicht an Max zurück. Wir erleiden Schreckliches!“

„Rette uns, Großer Todd. Rette uns!“, kam es im Chor von den Toddlianern.

„Weshalb nennt ihr mich immer ‚Großer Todd‘?“

„Weil du unser oberster Anführer bist!“

Klar. Ein Anführer.

„Max verkauft uns an seine Freunde“, fuhr Lewis fort. „Er hat Hermann an den mit den furchtbaren Haaren verkauft.“

„Meinst du Dick?"

„Genau den! Er sollte mal zu den ‚Haar-Profis' gehen und etwas an seiner Frisur machen lassen. Schnell, einfach und stylish. Terminvereinbarung nicht erforderlich. Und wenn er Frizz-easy benutzt, wird sein Haar auch innerhalb eines Tages so geschmeidig und weich wie das von Eva Longoria."

„Konzentrier dich, Lewis. Wen hat Max noch verkauft?"

„Knolle hat Persephone bekommen. Er hat sie für 10 Dollar verkauft. Ich frage dich: Sind wir denn nicht mehr wert als das? Beim Teleshopping kostet allein der Versand der heißesten Wildlederpumps dieser Saison in den Trendfarben Bleu, Sand und Türkis schon neun siebenundneunzig! Ich bin mir nicht sicher, was mit Versand gemeint ist, aber sind wir nicht mehr als zehn Dollar wert, Großer Todd?"

„Ich weiß nicht, was …"

Lewis redete immer schneller, er kreischte fast. „Wenn du uns nicht beschützt, werden wir vermutlich den Flammentod sterben. Hatte ich erwähnt, dass Max uns durch brennende Ringe springen lässt? Das ist wahr! Ich habe schon keine Augenbrauen mehr! Ich habe sie mir gestern Abend versengt, als ich gezwungen wurde, durch den Reifen des feurigen Unheils zu springen!"

„Feuriges Uuuuuunheil!", wiederholten die Toddlianer im Chor.

Lewis klang, als wäre er kurz vorm Durchdrehen. „Wie soll Persephone, also … ich meine … wie soll ich jemals eine Verlobte finden, wenn ich keine Augenbrauen habe? Ich will nicht respektlos sein, Großer Todd. Aber du musst etwas tun!“

„Lewis, ich versuch’s, ich verspreche es, aber …“ Das zweite Klingeln ertönte und rettete mich fürs Erste davor, mir eine Entschuldigung einfallen zu lassen. „Jetzt müsst ihr erst mal wieder zurück in den Rucksack. Ich lass mir was einfallen, okay?“

Lewis nickte und ich legte die Socke behutsam zurück in den Rucksack, ganz oben, auf die Bücher. Dann zog ich den Reißverschluss zu.

Das war übler, als ich gedacht hatte. Arme kleine Toddlianer. Und Lewis schien ein echt cooler Typ zu sein. Das hatte er nicht verdient.

Aber was sollte ich Max sagen? „Hey, ich will meine Insektenmenschen wiederhaben, weil …“ Wenn ich es so hinstellte, als hätte er etwas falsch gemacht, würde er mich zurück an den Langweiler-Tisch katapultieren und ich würde für den Rest meines Lebens gefoltert … genau wie die Toddlianer.

Aaah! Ich musste etwas tun, aber was?

Noch bevor ich eine Entscheidung treffen konnte, stolzierte Max durch die Tür der Cafeteria und legte mir seinen schwitzigen Arm um die Schulter. „Du hättest mit uns rauskommen sollen“, sagte er. „Wir haben die neuen Bäume vom Hausmeister platt gemacht, und dann …“

Jetzt oder nie. „Max, ich … ich …“

Meine Augen wanderten umher, während ich nach Worten rang. Schließlich blieb mein Blick an Knolle hängen – der gerade gegen einen Mülleimer trat – und an Dick, der danebenstand und lachte.

„Ich weiß“, sagte er und nickte zu seinen Freunden hinüber. „Diese Typen benehmen sich manchmal wie Loser, aber ich hänge trotzdem mit ihnen ab, weil wir uns schon ewig kennen.“ Er warf sich den Rucksack über die Schulter, wobei sich mir der Magen umdrehte. „Ich würde lieber mit dir abhängen. Aber egal, lass uns zum Sportunterricht gehen und ein paar Körbe werfen, kleiner Kumpel!“ Er lachte über sich selbst und ich kicherte nervös.

Jetzt gerade konnte ich nichts unternehmen, ohne uns alle zu gefährden. Das würde niemanden weiterhelfen. Ich musste Max als meinen Kumpel behalten. Wenn die Toddlianer sich eine Existenz auf meiner verschwitzten Socke aufbauen konnten, mussten sie hart im Nehmen sein. Auch Knolle und Dick würden keinen Toddlianer umbringen, wenn sie dafür 10 Dollar gezahlt hatten, richtig?

Außerdem, Max würde keine Eins bekommen, wenn er ihnen etwas antat.

Die Präsentation rückte ja auch immer näher. Ein paar Tage, dann hatten sie es überstanden.

KAPITEL 11

Opa Lewis räusperte sich. „Ihr fragt euch jetzt sicherlich, was sich der Große Todd zu unserer Rettung hat einfallen lassen. Nun ja, um ehrlich zu sein, ganz so schnell wurde er leider nicht aktiv. Auch wenn der Große Todd mächtig und allwissend ist, so schien es, dass Zusammengewachsene Augenbraue irgendeine Art Macht über ihn hatte."

Hermann unterbrach ihn: „Lewis, alter Freund. Ich denke, es ist an der Zeit, dass ich berichte, wie es mir ergangen ist, nachdem ich von euch getrennt wurde. Die Kinder sollten aus erster Hand erfahren, was wir durchgemacht haben auf dem Weg zum Hier und Jetzt. Haltet euch fest, ihr Lieben, denn auch der weise Hermann wäre nicht so weise, wie er heute ist, wenn nicht Folgendes passiert wäre." Hermann hustete noch einmal in seine Hand, bevor er sich aufrichtete und voller Dramatik in der Stimme seine Geschichte begann:

„‚S-s-sooo k-k-kalt', flüsterte ich durch klappernde Zähne, wenn auch nur, um mir zu beweisen, dass ich noch nicht erfroren

war. Ich versuchte, mich in den riesigen Seiten des aufgeschlagenen Buches einzuwickeln, auf dem ich saß, aber es hatte keinen Zweck. Die modrigen, vergilbten Blätter waren zu dünn, um die Kälte abhalten zu können, und sie raschelten spöttisch, während ich bibberte.

Ich kroch noch tiefer in die Ritze zwischen den riesigen Seiten des Lexikons – diese Bezeichnung stand auf den Büchern, die sich neben mir stapelten. Ich saß in Band 1 A–D. Dem Band, dem ich noch nicht allzu viel Beachtung hatte schenken können. Einige andere Bände lagen aufgeschlagen auf dem schmutzigen Fußboden und ich hatte meine Zeit als Gefangener in diesem großen, grauen Zimmer damit zugebracht, mir ihren Inhalt durchzulesen. Als ich schließlich fürchtete, mir eine Hypothermie, wie es in Band 3 G–I genannt wurde, also eine Unterkühlung zuzuziehen, entschloss ich mich, den Bücherberg zu erklimmen, um nicht zu erfrieren.

Doch, ach, weder die Kletterpartie noch das Papier konnten mich warm halten. Ich würde zwischen den Seiten versinken, allein, als stiller Held. Leb wohl, Hermann. Du musst jetzt tapfer sein, *dachte ich bei mir und machte mich für das Ende bereit.*

Zuerst hatte ich gedacht, dass der Hunger mein ärgster Feind wäre. In den letzten drei Tagen hatte ich nur abgestorbene Hautzellen aus Dicks unappetitlicher Schmutzwäsche gegessen. Aber seine mütterliche Person hatte die Kleider mittlerweile in das Maul einer riesigen weißen Maschine gesteckt, die beim Kauen und Verdauen brummte und rauschte. Mein eigener Magen knurrte und rumorte und ich riss ein Stück der Buchseite ab und mampfte den modrigen Happen! Mein Mund war zu trocken, um ihn hinunterzuwürgen, und so spuckte ich den Klumpen vom Bücherberg hinunter.

Ich rollte mich auf einem farbigen Schaubild zusammen, über dem ‚Motorisierung' zu lesen war. Das Schaubild war glatt und kühl, was mich noch eine Weile wach halten würde. Schläfrigkeit gehört zu den Symptomen einer beginnenden Hypothermie.

Ich ratterte Fakten aus den anderen Bänden herunter, um meinen Geist wach zu halten – Napoleon Bonaparte oder auch Kaiser Napoleon I. war ein französischer General und Diktator gewesen (ich wollte eigentlich das Wort Diktator noch nachschlagen), die Titanic *war am 14. April 1912 gesunken – und ich sagte Gedichte berühmter Lyriker wie Goethe, Johann Wolfgang von, oder Hesse, Hermann, auf (unsere Namensbruderschaft war ein kleiner Lichtblick in diesen trostlosen Stunden gewesen).*

‚Schlaaaaaf einfach eeeiiin', summte eine Stimme in mir. ‚Hör auf zu denken und schließ deine kleinen Äuglein.' Mir fielen die Augen zu und ich sah meine mütterliche Person vor mir, die mir das Schlaflied der Toddlianer sang:

Toddlantis, Toddlantis, unsere Heimat gibt Halt.
Toddlantis, Toddlantis, Socke mit Berg und Wald.
Vom salzigen Schweißfluss bis zum Talgdrüsenmeer,

Toddlantis, Toddlantis, verlassen will ich dich nimmermehr.

Beim Gedanken an meine mütterliche Person verlor ich die Fassung. Sie würde furchtbar traurig sein, wenn ich niemals wiederkäme. Ihretwegen musste ich stark bleiben.

Ich riss mich zusammen, stand auf und rieb mir die Augen, dann lief ich zum Rand der Buchseite, um einen besseren Überblick über meine Umgebung zu bekommen. Wissen war Macht! Ich musste meinen Verstand benutzen – meine einzige Waffe gegen dieses Ungeheuer, an das ich verkauft worden war.

Zu meiner Linken hingen alle möglichen Instrumente, es schienen Werkzeuge zu sein. Ich konnte einen Hammer, Zangen und Schraubenzieher ausmachen. Unterhalb der Werkzeuge befand sich ein Regal mit einer großen, kreisrunden Platte, die gefährlich gezackte Zähne hatte. Sie glänzten im Mondlicht und ich erschauerte.

An der Wand rechts von mir hing – aber was war denn das? Mein Blick fiel auf ein gigantisches rotes Monster am Boden. Es sah mich mit schräg gestellten, funkelnden Augen an.

Das Monster glänzte und war flammend rot, wie der Bauch der Rotbauchunke, über die ich in Band 7 R–S gelesen hatte. Aber anders als die Rotbauchunke, die sich bei Gefahr pfeilschnell fortbewegen konnten, hockte dieses Monster einfach nur da. Zweifellos wartete es nur darauf, dass ich nah genug kommen würde, um mich zu verschlingen.

In diesem Moment erhellte sich der ganze Raum. Dicks vä-

terliche Person kam durch die Tür und ging auf das Monster zu. Er öffnete eine Seite und kletterte hinein, ließ das Biest aufheulen und brachte es dazu, ein übel riechendes Rauchgas aus seiner hinteren Öffnung auszustoßen. Dann schob sich hinter der Kreatur eine Klappe nach oben und sie rollte rückwärts aus dem Raum. Die Klappe schloss sich wieder.

Ich taumelte zurück bis zur Mitte der Buchseite und versuchte, mir einen Reim auf das Geschehen zu machen. Was immer das für ein rotes Biest gewesen war, Dicks väterliche Person hatte keine Angst vor ihm gehabt. Tatsächlich schien es so, als habe er es gezähmt, als gehorche es ihm. Der Rauch deutete auf eine wie auch immer geartete Wärme im Innern hin … Moment! Über ‚innere Verbrennung' hatte ich gerade auf der Seite etwas gelesen, auf der ich stand.

Ja! Da stand es unter meinen Füßen! Das Licht brannte immer noch, sodass ich das Schaubild unter der Überschrift MOTOR MIT INNERER VERBRENNUNG gut betrachten konnte. Ich las mir schnell die Informationen über den Motor durch und begriff bald, dass das gefährliche Monster, das mir einen solchen Schreck eingejagt hatte, nur eine Maschine war, die man Automobil oder einfach ‚Auto' nannte.

Ich lachte erleichtert in mich hinein. Hermann, du Dummerchen. Du musst noch viel lernen! *Aber eines wusste ich: Wenn ich nach seiner Rückkehr in das Auto hineingelangen könnte, müsste ich nicht mehr frieren!"*

KAPITEL 12

Während des Sportunterrichts hatte ich keine Gelegenheit, Max zu bitten, mit den Toddlianern vorsichtiger umzugehen. Dafür wurde ich als *Dritter* gewählt, als wir uns zum Basketballspielen in zwei Mannschaften aufteilen sollten. Das war das Zweitcoolste, was mir bis dahin jemals passiert war.

Das Allercoolste war, mit Max befreundet zu sein.

Man hört immer davon, WIE vorteilhaft es ist, beliebt zu sein. Aber es am eigenen Leib zu erfahren war etwas ganz anderes. Zum Beispiel: Als ich mit Frankie Brusthaarschon-mit-elf-Ludevick zusammenstieß, der sich gerade an einem letzten Korbleger versuchte, entschuldigte *er* sich bei *mir*, nicht umgekehrt!

Daran könnte ich mich gewöhnen.

Das einzig Uncoole am Sportunterricht war, dass Max und einige andere der größeren Sechstklässler Tims SpongeBob-Schwammkopf-Unterhose klauten und sie zu ihm unter die Dusche warfen. Ich weiß nicht, was er den Rest des Tages unter seinen Klamotten trug – ich meinte mich zu erinnern, dass Duddy eine Extraunterhose versteckt hatte, die er ihm leihen konnte –, aber Tim tat das einzig Sinnvolle, um seine Würde nicht komplett zu verlieren, und lachte mit den anderen mit. Noch vor ein paar Tagen hätte ich derjenige mit nasser Unterhose sein können.

Wo ich gerade von Duddys neuen Freunden rede: Eine Stunde später lief ich mit etwa einem Wohnblock Abstand hinter den dreien her nach Hause. Von der Art, wie sie mit den Beinen durch die Gegend kickten und mit den Armen um sich schlugen, wurde deutlich, dass sie tief im *Dragon-Sensei*-Spiel steckten.

Ich wollte gerade loslaufen, um sie einzuholen – ich hatte Duddy ja versprochen, dass wir uns nach der Schule treffen würden –, als mir jemand so fest auf den Rücken haute, dass ich fast nach vorne umgekippt wäre. Als ich mich umdrehte, hatte ich Max' Achselhöhle vor der Nase. „Hey, kleiner Kumpel, wo willst du denn hin? Alter, wir müssen an unserem Spezialprojekt für den Naturwissenschaftsunterricht arbeiten."

„Oh, okay. Ja sicher!", sagte ich zu der Achselhöhle. „Wir könnten zu dir nach Hause gehen. Wo wohnst du denn?" So hatte ich wenigstens die Chance, die Toddlianer noch mal zu sehen und ihre Lage vielleicht ein bisschen zu verbessern.

„Nö, keine gute Idee. Mein Bruder hat heute sein wöchentliches Treffen mit seinem Bewährungshelfer. Lass uns lieber zu dir gehen. Außerdem habe ich unsere Einser-Garantie gleich hier." Max zog die Socke aus seiner Hosentasche, ich konnte die Toddlianer schreien hören. Wahrscheinlich würden sie ihr gesamtes Dorf ein weiteres Mal komplett wieder aufbauen müssen.

Mom war ganz begeistert, als ich mit Max nach Hause kam. „Wie schön, dass du schon neue Freunde gefunden hast, Todd." Sie hatte Daisy in die Wanne gesetzt und wusch ihr klebrig-flüssige Eierpampe mit Schalen und allem aus den Haaren. Tarni saß auf der Anrichte und knabberte mit großer Lust an einem Haufen Cornflakes herum. Die Mehlwürmer hatte er wohl langsam satt. „Ich werde Daisy nicht in dein Zimmer lassen, während ihr Jungs spielt."

Als ich Prinzessin von Wuff endlich von Max' Bein weggezerrt hatte, liefen wir den Flur hinunter.

Ich legte die Socke flach auf meinen Schreibtisch und setzte die Mikrobrille auf, damit ich mir die Bescherung ansehen konnte, ohne mich zu sehr anstrengen zu müssen. Das Dorf war eine Ruine. Aber anstatt ihre Hütten zu reparieren, vollführten die Toddlianer … „Zirkustricks?"

„Ja! Ist das nicht geil?“ Max zog eine DVD aus seinem Rucksack und gab sie mir. Auf der Vorderseite der Hülle prangte ein verrückt aussehender Clown, auf der Rückseite sah man einen Haufen muskulöser Kerle, die Verrenkungen machten. Den Filmtitel konnte ich nicht lesen, weil er in einer fremden Sprache war. „Was steht da?“

„*Cirque de Soleil.* Es ist die DVD meiner Mom. Die Zirkusartisten da machen ein paar krasse Stunts. Ich habe die DVD für die Insektenleute eingelegt, als ich ins Bett gegangen bin, damit sie sich das Ganze über Nacht ansehen konnten.“

„Äh, müssen sie nicht auch schlafen?“

„Alter, die können schlafen, wenn wir unsere Eins bekommen haben. Pass mal auf!“

Ich plumpste auf meinen Stuhl, während Max die Toddlianer anwies, es „krachen zu lassen“.

Und das taten sie! Ein paar von ihnen drängten aus einer der Hütten, die immer noch intakt waren, während einer der Jungen mit hoher Stimme irgendeine bizzare Opernarie anstimmte. Sie hatten sich herausgeputzt und ihre Haare in allen Farben des Regenbogens gefärbt. Auch ihre Togen waren jetzt schillernd bunt. Drei von ihnen bildeten einen Toddlianer-Turm, während zwei andere ein Stückchen Gummiring in die Länge zogen, so weit es ging. Dann nahm ein kleines Toddlianer-Mädchen auf dem Gummiband Anlauf, sprang und – *wusch!* – katapultierte sich selbst auf den Dreierturm. Ich klatschte so begeistert, dass der Toddlianer-Turm zusammenbrach. „Entschuldigt“, sagte ich, „aber das war genial!“

Die Toddlianer rappelten sich auf und verbeugten sich vor mir. „*¡Gracias, El Magnifico!*“

Ich drehte mich zu Max um. „Die sprechen Spanisch?“

Er zuckte mit den Schultern. „Vielleicht kam eine spanische Telenovela im Originalton, nachdem die DVD zu Ende war.“

Wie aufs Stichwort erschien radschlagend ein Toddlianer-Mädchen in gelbem Trikot in der Mitte der Socke und verbog ihren Körper auf unvorstellbare Weise. Sie sprang herum wie eine vierbeinige Spinne – ihre Arme waren dort, wo eigentlich ihre Beine hätten sein sollen, und ihre Beine, wo ihre Arme hingehörten. Das Gesicht war verzerrt. Spaß machte ihr das offenbar nicht.

„Okay, ich hab genug gesehen“, sagte ich, bevor sie sich noch das Rückgrat brach. „Beeindruckend biegsam.“

Sie entknotete sich, machte eine Verbeugung und sagte: „*El gusto es mio, Señor Todd.*“

„Äh, *no comprendo*.“ Im Spanischunterricht hatte ich nicht gut aufgepasst.

„Es war mir eine Freude, Großer Todd.“ Sie lief wieder in die Hütte zurück und zwei männliche Toddlianer in Leopardenmuster-Shorts schoben einen Apparat herein, der aussah wie ein rostiges Hamsterrad.

„Das wird dir gefallen“, sagte Max. „Sie nennen es ‚Todesrad‘.“

Die Toddlianer verbeugten sich und kletterten in das Rad. Max setzte es in Bewegung und das Rad quietschte und knirschte, während es sich drehte. Die Toddlianer sprangen von Sprosse zu Sprosse, versuchten mitzuhalten, während Max das Rad schneller und schneller drehte. Als er einem von ihnen ein Stück Faden zuwarf, kletterte der Toddlianer auf die *Außenseite* des Rades und hüpfte dort seilspringend von Sprosse zu Sprosse. Ich konnte nicht hinsehen.

„Aaahhh!“, schrie der Seilspringer, als er auf den Schreibtisch fiel. Sein Freund sprang aus dem Rad und half ihm aufzustehen. „*Lo siento*“, sagte der Verletzte zu mir, dann humpelte er in die Hütte zurück. „*Estoy muy cansado.*“

„Was sagt er?“, wollte ich von Max wissen.

„Als ob ich das wüsste. Wahrscheinlich, dass er es noch mal versuchen will und es dann hinkriegen wird.“

„Er sagt, dass er erschöpft sei“, erklärte eine vertraute zarte Stimme. Lewis trat aus der Hütte. Er trug etwas, das genauso aussah wie der Fetzen eines blauen Luftballons. Seine Haare hatte er sich lila gefärbt, sie hatten jetzt dieselbe Farbe wie seine Sommersprossen. Er kam auf mich zu. „Wir alle sind erschöpft, Großer Todd. Max hat uns ohne Unterbrechung angetrieben und wir müssen uns ausruhen.“

„Oh, gut!“, sagte Max, als er Lewis entdeckte. „Lardo, der flammende Insektenjunge, ist bereit für seinen Auftritt!“

„Bitte, zwing mich nicht, es noch einmal zu versuchen!“, flehte Lewis/Lardo. „Ich bin so müde.“ Er hob die Arme vor mir in die Höhe und jammerte: „Großer Todd, hilf mir!“

Max schien es nicht zu hören. Er tauchte den Ring eines Seifenblasenfläschchens in eine Flüssigkeit, die wie das Zeug roch, mit dem wir im Kunstunterricht immer unsere Pinsel säuberten.

„Was ist das?“, fragte ich.

„Terpentin“, sagte er und tropfte prompt auf meinen Schreibtisch. „Jetzt kommt das große Finale. Genieß es!“

Lewis trottete zum anderen Ende der Socke, wo er auf ein Stück Eisstiel stieg, das auf den vier Rädern eines Matchbox-Autos lag – wie eine Art Skateboard. Er gab Gas, fuhr auf eine Rampe und hob ab. An diesem Punkt sollte er eigentlich durch den Ring am Ende des Seifenblasenstiels springen, doch stattdessen krachte er genau dagegen und warf ihn um.

„*Versager!*“, sagte Max. „Vielleicht sollten wir den Ring in Brand setzen, dann wirst du …“ Als ich erschrocken nach Luft schnappte, unterbrach Max sich sofort und schloss die Augen. Dann atmete er tief durch. Als er die Augen wieder öffnete und zu sprechen begann, war seine

Stimme sanfter. „Was ich eigentlich sagen wollte“, erklärte er, indem er auf Lewis hinuntersah, „ich möchte dich ermutigen, es noch einmal zu versuchen, Kumpel.“ Lewis sah verwirrt aus, als Max sich zu mir drehte und flüsterte: „Wir müssen ihr Selbstvertrauen stärken. Dann bleiben sie am Ball. Ich habe die Management-Bücher meines Vaters gelesen.“

Ich wusste nicht, was ich darauf erwidern sollte, also schaute ich einfach nur hinunter zu meinem Lieblings-Toddlianer. Lewis sah mich mit großen Augen an. Er sagte nichts. Und das musste er auch gar nicht.

„Glaubst du wirklich, dass er bereit dazu ist?“, fragte ich mit pochendem Herzen. „Warum lassen wir ihn nicht eine Minute ausruhen?“

Max schnaubte. „Der Jahrmarkt findet dieses Wochenende statt, Kumpel. Der Insektenjunge kann sich ausruhen, wenn wir diese Armbänder für die Freifahrten gewonnen haben.“ Max kramte ein Feuerzeug hervor und setzte den Ring in Brand.

Lewis hob sein Skateboard auf und trottete wieder zum anderen Ende der Socke. Er seufzte und stieß sich mit dem Fuß in Richtung Rampe ab. Dieses Mal schaffte er es tatsächlich *durch* den Ring. Sein Luftballon-Umhang aber überhitzte und explodierte, wodurch Lewis zu nah an den Ring geriet.

„Halt an, lass dich fallen und wälz dich auf dem Boden!“, schrie ich und suchte nach etwas Nassem. Ich griff nach einer Dose Cola vom Tag zuvor, die noch auf meinem Schreibtisch stand, und schüttete ein paar Tropfen der Flüssigkeit über Lewis. Das Feuer erlosch. „Lewis, alles klar?“

Dort lag er auf dem Rücken, nackt bis auf seine Unterhose, aber es gelang ihm, seinen Kopf anzuheben. „Das wird es dank dir bald wieder sein, Großer Todd.“ Sein Kopf sank zurück auf die Socke, dann hob er ihn noch einmal an und leckte sich über die Lippen: „Was ist das für eine köstlich süße Flüssigkeit?“

„Cola“, erklärte ich ihm. „Vorsicht, das kann süchtig machen.“ Ich streckte ihm meinen kleinen Finger hin und er hielt sich dran fest und setzte sich auf.

Max gönnte den Toddlianern eine fünfminütige Pause, und sobald er außer Hörweite war, begannen sie um Hilfe zu bitten. „Wirst du uns retten, Großer Todd?“, bettelte der winzige Junge, der die Opernarie gesungen hatte. „Ich bin so müde! Ich kann … nicht weitermachen.“ Er rieb sich die Augen und gähnte.

„Ich werde tun, was ich kann“, versprach ich, wütend darüber, dass ich Max die Toddlianer überlassen hatte. Sie sahen alle heruntergekommen und traurig aus, ihre Togen waren schmutzig oder angesengt und sie hatten klitzekleine Ringe unter den Augen. „Aber ihr müsst geduldig sein. Ich brauche Zeit, um einen Plan zu erarbeiten.“

Lewis leckte sich über die Lippen. „Dürfte ich, während wir warten, noch etwas von diesem köstlichen Nektar haben?“

Ich holte eine weitere Dose Cola aus meinem Rucksack und gab ihnen allen davon zu trinken. Koffein konnte ja in diesem Fall nicht schaden.

Sobald die fünf Minuten vorüber waren, scheuchte Max die Toddlianer wieder zurück zum Training. Lewis übertrug er jetzt, nachdem dieser wieder getrocknet war, eine etwas ungefährlichere Nummer – er ließ ihn Styroporbällchen jonglieren. Dabei stellte Lewis sich jedoch nicht geschickter an als bei dem Stunt mit dem Skateboard.

Irgendwann verbrannte Max sich beim Anstecken des Flammenrings den Finger und rannte ins Bad, um ihn mit kaltem Wasser zu kühlen. Während er weg war, sagte Lewis: „Wie geht es mit deinem Plan voran, Großer Todd? Ich möchte deine grenzenlose Weisheit nicht anzweifeln, aber selbst Max muss doch sehen, dass dies hier mehr ist, als wir ertragen können.“

Ich hörte mein Herz schneller schlagen. Ich wusste, dass Lewis recht hatte, aber ich konnte rein gar nichts tun. Nicht zu diesem Zeitpunkt jedenfalls. Sahen die Toddlianer das denn nicht?

„Es wird noch etwas länger dauern, Lewis“, antwortete ich. „Und ich kann nichts versprechen. Ich meine … ich werde mein Bestes tun.“

Lewis schaute mich aus großen Augen an und sagte sanft: „Aber du bist doch allmächtig."

„Wie bitte? Wie kommst du denn darauf? Nein … Das bin ich … *nicht*!" Mir wurde ganz heiß im Gesicht, als sich der Krampf in meinem Magen in Wut verwandelte. Ich war nicht irgendein Gott! Warum wollte das nicht in ihre winzig kleinen Köpfe gehen? „Ich bin nur ein Sechstklässler, verdammt noch mal! Ich muss vor zehn ins Bett! Ich bekomme bestimmt NICHT alles wieder hin! Mein Zimmer sieht aus wie eine Müllhalde. Und normalerweise bin ich der Fußabtreter von Jungen wie Max. Ich habe euch nie darum gebeten, euer Anführer oder Herrscher von Toddlantis oder was auch immer zu sein! Bei mir überlebt nicht mal ein blöder *Einsiedlerkrebs*!" Mein Flüstern war zu einem Schreien geworden. Die Toddlianer starrten mich aus unglaublich großen Augen und mit offenen Mündern an.

„*So* muss man mit ihnen reden", sagte Max und klopfte mir mit seiner nassen Hand anerkennend auf die Schulter. „Man muss sie unter Kontrolle halten und sie mürbemachen, sonst werden sie sich gegen dich verschwören. Zeig ihnen, wer hier das Sagen hat!" Er ließ die Fingerknöchel knacken und grinste die Toddlianer auf dem Schreibtisch böse an.

Ich zog die Mikrobrille ab und schluckte schwer. Es tat mir schon wieder leid, dass ich gerade so ausgeflippt war. Die Toddlianer konnten ja auch nichts dafür, dass sie da waren. „Vielleicht sollten wir das mit dem Zirkus einfach sein lassen und etwas anderes versuchen?"

Max legte den Kopf schief, wie Hunde es tun, die eine hohe Stimme hören. „Du meinst so was wie ein Mini-Karambolage-Derby mit Matchbox-Autos?"

„Nein, was ich meinte, war …"

„Wir könnten den Boden der Autos ausbauen und sie könnten sie mit den Füßen antreiben wie Fred Feuerstein."

Ich sah den Metallbaukasten auf meinem Schreibtisch. „Oder … wir könnten eine große Figur bauen mit einem Motor innen drin, damit sie laufen kann!", platzte ich heraus.

Max blähte die Nasenlöcher auf. „Was ist das denn für ein Langweilerkram, Poabdecker? Willst du mich hängen lassen?"

Mein Gesicht fühlte sich jetzt genauso heiß an wie der Reifen des brennenden Unheils. Vermutlich hatte Max recht. Eine laufende Metallfigur? *Tolle Idee, Todd!* Auf so eine Idee kann nur ein Loser kommen. Max ließ sich auf mein Bett fallen und schlürfte den Rest aus der Coladose. Er klang jetzt weniger aggressiv. „Außerdem werden wahrscheinlich alle anderen in der Klasse irgendwas mit ihren Metallbaukästen anstellen. LANG-WEI-LIG." Er zerquetschte die leere Dose in seiner Faust. „Aber eine brandneue Zivilisation, die supercoole Zirkustricks draufhat?

Also, ich kann die Eins schon förmlich riechen." Er verschränkte die Hände hinter seinem Kopf und streckte sich.

Ich drehte meinen Stuhl zu ihm um. „Ähm, kann ich dich was fragen, Max?"

Er grunzte.

„Weshalb bist du so scharf auf diese Eins? Ich meine – und versteh das jetzt nicht falsch –, du wirkst nicht gerade wie jemand, der sich Sorgen um seine Noten macht."

Er seufzte. „Du kennst meine Eltern nicht", erklärte er. „Mein Bruder ist in alle möglichen Schwierigkeiten reingeraten und hat keinen Schulabschluss, und da ich das einzige andere Kind bin … Wenn ich mir keine Eins aus den Rippen leiere … na ja, werden sie mir nicht die versprochene Spielkonsole kaufen. Und da ist die neueste Version von *Madden NFL* drauf."

„Ah, verstehe! Alles klar!"

„Ja. Also, tut mir leid, wenn der Insektenjunge ein paar Auas kriegt, aber ich werde diese Eins einkassieren. ‚Flohzirkus 2.0' geht weiter, egal wie. Wie mein Dad immer sagt: ‚Du musst Prioritäten setzen, Junge. Prioritäten.'"

KAPITEL 13

Jemand klopfte an die Tür und ich sprang auf. Ohne eine Antwort abzuwarten, steckte Mom den Kopf durch die Tür. „Rate, wer von deinen Freunden auch noch zum Spielen rübergekommen ist: Lucy!“

„MOM! Zum Spielen? Ernsthaft? Ich glaube nicht …“

Noch bevor ich den Satz zu Ende bringen konnte, stolzierte Lucy in mein Zimmer und tänzelte hinüber zum Schreibtisch, wobei sie Max demonstrativ keinerlei Beachtung schenkte. „Ich dachte nur, ich komm mal vorbei und sehe, wie es den Toddlianern seit *gestern* so ergangen ist.“ Sie hob eine Augenbraue und ich wusste genau, worauf sie anspielte.

Max richtete sich auf, mein Bett quietschte unter seinem Gewicht. „Es geht ihnen gut, aber es würde ihnen noch besser gehen, wenn sie bereits ihre Zirkusnummern draufhätten. Willst du sehen, was sie schon gelernt haben?“

Lucy runzelte die Stirn. „Zirkusnummern?“ Sie suchte

meinen Blick, aber ich wandte mich ab. Man musste keinen so hohen Intelligenzquotienten wie Lucy haben, um sich auszumalen, was sie von der ganzen Sache halten würde. Ich reichte ihr die Mikrobrille und Max ließ die Toddlianer alle Kunststückchen gleichzeitig aufführen, damit es noch mehr wie in einem echten Zirkus wirkte. Ich sah nicht hin, aber Max jubelte, als Lewis es lebend durch den Reifen des brennenden Unheils schaffte. Ich schätze, dass er ohne seinen Luftballonumhang besser hindurchpasste. Jetzt tat er mir noch mehr leid – es musste demütigend sein, nur in seiner Unterwäsche vor einem gigantisch großen Mädchen herumzuturnen.

Lucy wurde währenddessen ganz bleich. Bei der Fliegende-Toddlianer-Nummer brach das Trapez, und als Max in seinem Rucksack herumkramte, um es mit einer Büroklammer zu reparieren, beugte sich Lucy zu mir herüber. „Todd! Einer der Toddlianer hat mich gerade gebeten, dich davon zu überzeugen, diese ‚elendige Pest' zu beenden und ihn und sein Volk zu ihrem rechtmäßigen Zuhause unter dem Bett zu bringen – *auf Spanisch*."

Max kam mit der Büroklammer zurück und bog sie zurecht. „Bitte schön, ihr kleinen Käfer, fliegt!" Er grinste Lucy an. „Cool, oder?"

Sie warf ihm einen bösen Blick zu und sah mich dann eindringlich an. „Todd, weshalb quält ihr beiden diese armen Wesen so? Das ist krank."

„Naturwissenschaftsprojekt", erwiderte ich und hoffte, dass sie es dabei bewenden lassen würde.

„Du wünschst dir, *du* wärst darauf gekommen, stimmt's?", fragte Max.

„Nein, das tue ich nicht. Erstens: Ich gehe auf keine öffentliche Schule. Zweitens: Was ihr da macht, ist unmenschlich."

„Unmenschlich, hm?", sagte Max spöttisch. „Schau dir die kleinen Käfer doch mal an. Die lieben es." Max hielt einer Gruppe Toddlianerinnen ein Stück Zahnseide hin. Diese wirbelten daran herum, ließen sich hinabgleiten und krabbelten wieder daran hoch. Sie sahen aus, als sei ihnen übel.

„Todd, dafür muss es doch noch eine andere Erklärung geben."

„Ähm, falls wir gewinnen, dürfen wir dieses Wochenende am Forscherwettbewerb auf dem Topsfield-Jahrmarkt teilnehmen." Es klang lahm, das wusste ich selbst.

Lucy verdrehte die Augen. „Amateurveranstaltung."

„Erzähl ihr, was wir gewinnen, wenn wir Erste werden, Poabdecker."

„Äh, wir können das ganze Wochenende umsonst Achterbahn fahren."

Sie kam dicht an mein Gesicht heran. „Du willst mir also erzählen, dass du das Leben der Toddlianer riskierst, um dich mit Süßigkeiten vollstopfen zu können und sie anschließend bei irgendeiner Achterbahnfahrt wieder auszukotzen?"

„Na ja, also ..." Ich suchte nach einer Antwort. „Nicht ganz. Wir ..."

„Du tust gerade so, als ob wir sie gefährden würden", warf Max ein. „Wir würden den kleinen Käfern sicher nichts zuleide tun. Wie sollten wir denn die Freifahrten gewinnen, wenn sie tot sind?"

Bei diesen Worten schnappte Lucy nach Luft. „Ich habe dir schon einmal gesagt, sie sind sehr empfindlich."

„Mach dir darüber keine Sorgen!", meinte Max und schüttelte die Zahnseide, sodass die Kletterer hin und her schwangen. „Ich habe zu Hause einen kompletten Erste-Hilfe-Kasten zusammengestellt, nachdem sich einer von ihnen an dem Drahtseil geschnitten hatte."

Lucy schauderte und ihr Gesicht war nun nicht mehr weiß, sondern leuchtend rosa.

„Aber ich habe dabei gelernt, dass Jod ihre Haut blau färbt." Er ließ die Zahnseide in schnellen Kreisen herumwirbeln. Die Toddlianerinnen schrien und klammerten sich in Todesangst an ihr Seil. „Ich glaube, das wird eine echt aufregende Show."

Lucy atmete tief durch, dann sagte sie mit zusammengebissenen Zähnen: „Haben sie etwas gegessen? Sie brauchen reichlich Nährstoffe."

Max ließ die Zahnseide los. Die Toddlianerinnen torkelten zunächst etwas benommen herum, dann brachen sie zusammen. „Klar hab ich sie gefüttert. Gestern Abend habe ich ihnen Tortilla-Chips und Cola gegeben. Daraufhin sind sie wie wild herumgehüpft. Ich werde ihnen davon auch etwas geben, bevor die Show losgeht, damit sie aufgedreht sind und gut drauf."

Lucy wimmerte.

„Sie haben nicht viel gegessen", fuhr Max fort, „aber das war ganz cool, denn dadurch blieb mehr für mich übrig. Es wurde also nichts verschwendet." Er beugte sich vor, um die „Tauchnummer", wie er es nannte, vorzubereiten, und schickte mich ins Badezimmer. Ich sollte nach etwas suchen, das als Wasserbecken benutzt werden konnte.

Ich ließ gerade Wasser in einen kleinen Pappbecher laufen, als Lucy zu mir kam und die Tür hinter sich schloss. „Was tust du da? Todd, ich weiß, dass irgendwo tief in dir eine warmherzige und mitfühlende Person steckt."

Ich sah auf. „Tatsächlich?"

„Kannst du diesen Todd mal hervorholen, damit ich mit ihm reden kann?" Sie kam mir so nahe, dass sich unsere Nasen berührten.

„Äh … vielleicht?"

Sie seufzte dramatisch. „Erinnerst du dich noch an den Tag, als du Daisy Breakdance beigebracht hast?"

„Das hast du mitbekommen?"

„Ich wohne gegenüber“, erwiderte sie, als sei das eine logische Erklärung. „Die Übungsstunde ging nach hinten los und Daisys Nase war blutverschmiert, nachdem sie versucht hatte, den Wurm zu machen, aber du hast die Blutung mit deinem eigenen T-Shirt zum Stillstand gebracht, und das war“ – sie machte eine Pause und legte ihre Hand auf meine – „süß.“ Ich schauderte. Lucy sah mir direkt in die Augen. „Bitte sag diesem großherzigen Todd, dass er sein Volk aus den Händen von Max befreien muss, der es vielleicht gut meint – eventuell –, aber keinen Stein versorgen könnte, nicht einmal, wenn er eine Anleitung dazu bekäme.“

„Lucy, ich bin derjenige, der die Sache mit Leonardo da Zwicki vergeigt hat, nicht …“

Max stieß die Badezimmertür auf und ich sprang von Lucy weg.

„Boah! Der kleine Käfer mit den Zöpfen hat gerade die Landung geschafft!“ Er sah zu Lucy, dann schaute er in mein leuchtend rotes Gesicht. „ ’tschuldige, Alter. Ich wollte euch nicht bei eurer Knutscheinlage stören, aber wir müssen hier eine Show auf die Beine stellen.“

„Wir haben nicht …“

„Ja, wie auch immer.“ Er boxte mir gegen den Arm. *Autsch.* „Komm schon, rummachen kannst du in deiner Freizeit. Jetzt zeigen wir ihnen, wie man den Platscher des Todes hinlegt.“

Max griff nach dem kleinen Pappbecher und lief zurück in mein Zimmer.

„Toll", sagte ich. „Jetzt denkt er *wirklich*, du wärst meine Freundin."

„Wen interessiert's? Wir haben größere Probleme. Todd, du musst etwas unternehmen!", forderte Lucy. „Er wird sie umbringen – sie können nicht schwimmen!"

Ich verschränkte die Arme. „Was soll ich tun?"

„Wirf ihn raus. Es ist dein Haus."

Richtig. Es war *mein* Haus. Weshalb zur Hölle ließ ich mich also von ihr herumkommandieren und mir vorschreiben, wie ich meine Freunde zu behandeln hatte?

Ich hatte für dieses Schuljahr auf eine Veränderung gehofft. Und diese Veränderung entwickelte sich gerade, dank Max. Für wen hielt sie sich? Und was noch entscheidender war: Für wen hielten sich diese Lebewesen, dass sie meine Socke einnahmen, mein Zimmer, mein *Leben*? Es war ja nicht so, dass ich mich gelangweilt und sie gebeten hätte, eine Zivilisation zu gründen, damit ich meine Zeit damit verschwenden konnte, ihr Gott zu sein.

„Todd, hörst du mir überhaupt zu?" Sie schnipste mit dem Finger. Das brachte das Fass zum Überlaufen. Durch meine Adern rann scharfe Chilisoße. Ich rastete aus. Verwandelte mich in den Todd-Hulk, ein fieses, grünes, riesenhaftes Monster.

„*Du hast mir nicht zu sagen, was ich tun soll, Fidoto!* Es ist ja nicht so, als ob wir Freunde wären. Du bist nichts weiter als die nerdige Klavierschülerin meiner Mom, und ich bin es leid, mich *IN MEINEM EIGENEN HAUS* von dir herumkommandieren zu lassen!"

Max kam zurück, vermutlich um die ‚Action' live mitzuerleben. Er wirkte begeistert und boxte mich wieder gegen den Arm. *Autsch!* „Poabdecker! Nicht schlecht!"

Irgendwie hatte ich erwartet, dass Lucy mich genauso angehen würde, so, wie sie es am Tag zuvor bei der Zoo-Gang getan hatte. Sie war hart im Nehmen, zäher als ich, wenn ich ehrlich bin. Aber als ich sie ansah, war ihr Gesicht ein trauriges Etwas. Ihre dunklen Augen blickten glasig. Ihr Kinn bebte und sie öffnete den Mund, um etwas zu sagen, schloss ihn aber wieder.

Ich fühlte mich schlecht, doch andererseits: Was hatte sie erwartet, wenn sie so mit mir redete? Du kannst den Leuten nicht immer die Wahrheit ins Gesicht klatschen. Kein Wunder, dass sie keine Freunde hatte.

Dann begriff ich: Das war wahrscheinlich der Grund, weshalb sie so traurig aussah.

Bis eben war sie davon ausgegangen, dass wir Freunde waren.

„Lucy, ich …" Lucy drehte sich zu mir um und hob tapfer den Kopf, aber ihre Stimme zitterte, als sie sagte: „Von jetzt an kannst du sehen, wie du alleine klarkommst, Todd Jameson Podecker."

Max schnaubte. „Er heißt Po*ab*decker, Langweilerin. Herrje. Ich dachte, du wärst so wahnsinnig klug?“

Sie rannte den Flur hinter. Eine Sekunde später folgte ich ihr. „Lucy, warte!“ Aber sie blieb nicht stehen. Von der Anrichte aus beobachtete Mom, wie Lucy an der Küche vorbei und zur Haustür hinausrannte.

Für einen Moment hörte sie auf, Brokkoli klein zu schneiden, sah mich an und hob die Augenbrauen. Daisy saß auf dem Küchenfußboden und quietschte und klatschte, während Tarni sich durch einen Hindernisparcours aus Küchenrollen und Haferflockenschachteln hindurchmanövrierte.

Ich sah Mom an, zuckte die Achseln, machte kehrt und lief den Flur hinunter. „Mädchen!“

Als ich mein Zimmer betrat, versuchte Max die Toddlianer gerade davon zu überzeugen, in den kleinen Pappbecher zu springen. „Guck mal! Ich dachte mir, es wäre nach seinem Unfall mit dem Flammenring eine nette Abwechslung für Lardo.“

Ich setzte mich neben Max – meinen neuen, coolen (überaus starken und mächtigen) Freund.

„Hier ist sie: unsere Einser-Garantie!“, verkündete Max. Lewis stand auf der Spitze von Max’ fleischigem Zeigefinger, den er über den Pappbecher hielt. „Trommelwirbel, bitte.“ Max nickte mir zu und ich klopfte gehorsam mit den Fingern auf die Schreibtischplatte.

„Eins, zwei, drei!“, rief er, dann drehte er den Finger um und ließ Lewis ins Wasser fallen. „VOLLTREFFER!“

Ein paar Sekunden später tauchte Lewis, nach Luft japsend, wieder an der Oberfläche auf.

„Er kann nicht schwimmen!“

„Ach, er wird’s schon lernen. So hat es mir mein Dad auch beigebracht!“, sagte Max lachend.

Lewis ging wieder unter. Ohne nachzudenken, stülpte ich den Pappbecher verkehrt herum auf meine Handfläche und ließ das Wasser in den Papierkorb laufen. Als ich den Becher anhob, lag Lewis triefnass zwischen meinen Fingern und schnappte nach Luft.

„Jetzt muss ich noch mal Wasser holen gehen. Alter, wieso hast du das gemacht?“

„Ähm, weil er sonst ertrunken wäre?“

Max verdrehte die Augen und stand auf. „Sei nicht so ein Weichei, Poabdecker.“ Während er im Bad den Pappbecher füllte, setzte ich Lewis auf meine Schulter. „Kriech in meine Haare“, flüsterte ich. „Es wird ihm nicht auffallen.“

Das musste ich Lewis nicht zweimal sagen. Bevor Max den Wasserhahn zugedreht hatte, war er schon hinter mein Ohr gekrabbelt. „Ich danke dir, Großer Todd“, sagte er. „Ich wusste, dass ich mich auf dich verlassen kann.“

„Ja, klar“, erwiderte ich. „Ich bin froh, dass du das weißt.“

Zumindest wusste es einer von uns.

KAPITEL 14

Opa Lewis holte tief Luft und wollte gerade davon berichten, was nach seiner Rettung durch den Großen Todd geschehen war, als Oma Persephone ihn unterbrach: „Entschuldige mal, Schnuckelschnäuzchen, aber ich habe damals auch das ein oder andere Abenteuer erleben müssen bei diesem räudigen Kojotenschwanz! Ich denke, es ist besser, wenn ich jetzt mal MEINEN Teil der Geschichte erzähle. Also, aufgepasst, Greenhorns, eure Oma Persephone war damals ein ganz schön wildes Cowgirl! Wo fang ich an? Ach ja.

Max hatte mich gerade an seinen Kumpel Knolle verkauft. Und vermutlich hätte ich Knolle nicht beißen sollen. Aber was war mir anderes übrig geblieben?

Knolle hatte mich mit seiner massigen Hand gepackt und ich geriet in Panik. Wenigstens kam ich noch in den Genuss, ihn fluchen zu hören, bevor er mich in die alles verschluckende dunkle Tiefe seiner Tasche verbannte. Ich nahm mir vor, ihn noch fester zu beißen, sobald ich erst geflüchtet wäre.

Im Dunkeln konnte ich in dem Fach neben mir einen langen, gelben Stab ausmachen. Ich kletterte an ihm hinauf und setzte mich auf seine weiche Spitze. Was würde mit den restlichen Toddlianern geschehen? Würde man sie auch in Fächer wie diese stecken? Und was w*ar mit Lewis? Er war ein guter Freund von mir. Ich hatte ihm nie gesagt, wie süß er aussah, wenn er lachte und die Sommersprossen auf seinen Wangen tanzten.“ Die Kinder kicherten und Oma Persephone zwinkerte Lewis zu. Lewis faltige Wangen kriegten einen rosigen Schimmer.*

Doch dann sprang Oma Persephone hoch und fuhr mit lauter Stimme fort: „WUMM! Knolle bewegte sich plötzlich ruckartig und ich verlor den Halt und fiel auf den Boden des Fachs. Das kommt davon, wenn man gefühlsduselig wird, Persephone. Vergiss die tanzenden Sommersprossen. Konzentrier dich auf deine Flucht, *schärfte ich mir selbst ein.*

‚Hey, Kleiner!‘, schrie Knolle. ‚Lass mich mal mit deinem Dreirad fahren!‘

‚Lasst mich in Ruhe!‘, hörte ich eine piepsige Stimme jammern. ‚Das gehört mir. Das hab ich zum Geburtstag bekommen!‘

‚Oh, wie goldig. Er hat es zum Geburtstag bekommen!‘ Die Tasche bewegte sich heftig und ich fiel flach auf den Rücken. ‚Ich werd jetzt eine Runde drehen, Kleiner. Hau ab.‘

Aber dann schrie Knolle plötzlich: ‚AAAHHH!‘

Und ich fiel nach unten. Ich landete auf etwas Hartem und mir wurde schwarz vor Augen. Als ich aufwachte, saß ich auf dem Boden des Faches und alles tat mir weh.

Wie lange war ich bewusstlos gewesen?

Die Tasche wurde geöffnet und umgedreht, ich taumelte ans Licht und landete in einer Schüssel mit seltsamen elastischen Seilen. ‚Viel Spaß, Mädel', brummte Knolle, verließ das Zimmer und schlug die Tür hinter sich zu. Ich erkundete die neue Umgebung, sah etwas, das ich für Knolles Bett hielt.

Die Dinger in der Schüssel waren bunt und gummiartig. Sie erinnerten mich an das lange, zähe Essen, das die Personen in Max' Fernseher immer im ‚Nudelgarten' gegessen hatten. Ich knabberte an einem der Stränge – EKELHAFT! Ich zog ein blaues Ding heraus, wobei ich entdeckte, dass es sich um keine einzelnen Stränge, sondern um Ringe handelte. Ich streckte die Arme, so weit es ging, zur Seite, um ein Stück des Rings glatt zu ziehen. Der Ring war unglaublich elastisch! Ich hatte eine fantastische Idee.

Ich hielt den Ring gut fest. Dann sprang ich immer höher und höher hinauf auf den weichen Ringteilen, bis ich aus der Schüssel hüpfen konnte und auf einem sehr unordentlichen Schreibtisch landete. Auf der Holzoberfläche vor mir ragte ein großer Knubbel hervor. Ich schlang den Ring um den Knubbel, dann stieg ich hinein und lief so lange nach hinten, bis der Ring straff gezogen war. Tief durchatmen! Anspannen!, *sagte ich zu mir. Dann lehnte ich mich gegen den Ring. Ich hob erst den einen Fuß vom Boden, dann auch den anderen.*

‚Freiiiiiheiiiiit', schrie ich, als ich durch die Luft schoss und der Wind mit meinen Zöpfen spielte.

Das sagenhafte Gefühl währte leider nicht lange. Der Boden kam rasend schnell näher und ich fiel kopfüber in einen dichten Wald aus fusseligen braunen Bäumen. Ich setzte mich langsam auf und bewegte Arme und Beine. Nichts schien gebrochen zu sein. Und ich war wie gewünscht ziemlich weit geflogen.

In der Ferne hörte ich unbekannte Stimmen und so rannte ich Richtung Tür. Es war höchste Zeit, dass unser vermeintlicher Anführer die Wahrheit darüber erfuhr, was mit uns geschehen war. Und mir war etwas eingefallen, wie man diesen Anführer erreichen konnte – den ‚Großen Todd', wie Lewis ihn nannte.

Endlich kam ich in dem anderen Raum an, der sehr lang war. Ich blieb stehen, um zu Atem zu kommen. Am Ende flackerte ein eigenartiges Licht. Und wenn ich die ganze Nacht damit zubringen würde, mich durch den fusseligen Wald zu kämpfen, ich würde dieses Licht und diese Stimmen erreichen! Für Lewis und für alle Toddlianer!

Die Stimmen wurden immer lauter und ich hörte auch knallende Geräusche und ein Grunzen. Verbissen kämpfte ich weiter. Und nach einer gefühlten Ewigkeit erreichte ich mein Ziel.

Eine Riesenausgabe von Knolle thronte auf einem langen, weichen Sitzdings mit goldorangefarbenen Blumen. Bei näherer Betrachtung waren seine Haare grauer als bei Knolle und er hatte auch nicht viele – nur einen kleinen Kranz – wie eine Girlande um seinen Kopf geschlungen. Der faulige Gestank seiner Füße hielt mich davon ab, ihm näher zu kommen. Er er-

stickte beinahe an einem der weißen Knäule, die er aß, bevor er es wieder hochwürgte und ausspuckte. ‚Mannomann', gluckste er, ‚hehehe.'

Ich lief näher zum Bildschirm, um nachzuschauen, wer oder was dieser Mannomann *war. Ich sah einen männlichen ausgewachsenen Menschen, der eine große Kopfbedeckung mit breiter Krempe trug. Er trug die coolsten und spitzesten Stiefel, die ich je gesehen hatte, und was am erstaunlichsten war: Er saß auf einem besonderen Thron, hoch oben auf einem prächtigen kupferfarbenen Wesen mit vier Beinen. Dieser* Mannomann *musste magische Kräfte besitzen, um ein solch edles Wesen überzeugen zu können, ihn umherzutragen!*

Als er seine klaren blauen Augen zusammenkniff und seine von Haaren überdeckten Lippen öffnete, um zu sprechen, stand für mich fest: Dies konnte keine gewöhnliche Person sein. ‚Niemand führt mich hinters Licht, niemand beleidigt mich und niemand fasst mich an. Ich behandele andere Menschen nicht so, und dasselbe erwarte ich auch von ihnen.'

Mein Herz klopfte wild, als ich diese Worte auf mich wirken ließ. Seit Todd mein Volk ans Licht geführt hatte, war uns Unrecht geschehen und wir waren verletzt worden. Todd, von dem Lewis glaubte, er kümmere sich um alles, hatte zugelassen, dass wir unter seinen barbarischen Freunden litten. Ich wollte an ihn glauben, so, wie Lewis es tat, aber er machte es einem wirklich schwer. Ich würde nicht tatenlos zusehen. Ich würde mich nicht so behandeln lassen, genau wie Mannomann *es gesagt hatte.*

Ich sah mich im Zimmer um und entdeckte schnell, wonach ich gesucht hatte. Während Riesen-Knolle von den Abenteuern des Mannomanns *gefesselt war, kletterte ich hinüber zu der großen Holzkonstruktion, auf der das stand, was Max einen ‚Computer' genannt hatte.*

Ich musste irgendwie dorthinauf. Komme, was wolle!

Aber bevor ich mit meinem Aufstieg begann, blickte ich noch einmal zu dem Fernseher hinüber, auf den Riesen-Knolle starrte.

Vielleicht könnte ich noch etwas von diesem Mannomann *lernen!*

KAPITEL 15

„Was ist das für ein furchtbares Geräusch?“, fragte Lewis. Wir lagen auf meinem Bett – das heißt, er hockte auf meiner Schulter – und sahen uns *Dragon-Sensei*-Episoden an, um uns von Max’ und Lucys Besuch zu erholen.

Es klingelte laut und ich entdeckte ein Symbol auf dem Bildschirm. Jemand lud mich zum Skypen ein: *Knollebojambo*. „Knolle will mit mir reden?“ Ich hätte Lewis beim Aufrichten fast von meiner Schulter geworfen. Glücklicherweise konnte ich den kleinen Kerl gerade noch rechtzeitig auffangen. „Sorry!“, murmelte ich.

„Du musst dich nicht entschuldigen, Großer Todd“, meinte Lewis zitternd, als er sich wieder aufgerappelt hatte, „aber ich denke, wir sollten uns den Schrecklichen, genannt Knolle, nicht ins Haus holen.“

„Schhh … alles wird gut“, erwiderte ich. Aber dann hob ich Lewis hoch und setzte ihn neben mir auf dem Bett ab, nur für alle Fälle.

Ich griff nach der Maus, um den Anruf entgegenzunehmen, aber als das Skype-Fenster aufploppte, saß dort auf der anderen Seite gar niemand, es waren nur ein Schreibtisch zu sehen und eine leere Tastatur. Was zum Teufel war da los? In der oberen Ecke des Bildschirms erschien ein winziges Bild von mir, meine Webcam funktionierte also einwandfrei. Ich ging dicht an den Bildschirm heran, um nachzuschauen, ob mir irgendetwas entgangen war.

„*AAAAAAHHHHH!*"

Ein winziger Punkt sprang auf Knolles Tastatur in die Höhe, dann knallte er gegen die Kamera.

„Persephone?", rief Lewis. „Bist du das? Todd, nimm mich hoch."

Ich hob Lewis wieder auf meine Schulter. Es war die Toddlianerin mit den Zöpfen, die mich angestarrt hatte, nachdem Tarni sie erschreckt hatte. „Jetzt pass mal auf, Cowboy!" Sie zog das Wort „Cowboy" in die Länge wie einen Kaugummi und sprach mit einem merkwürdigen Akzent. „Ich und mein *Knarrenbruder* Hermann wurden an diese armseligen *hombres* Dick und Knolle verkauft. Während wir hier sitzen und plaudern, hocken diese verdammten Viehdiebe im Büro von Knolles Ma und googeln (was zur Hölle das auch immer ist) nach dem Wort *Hinterteil.*"

Ich kicherte und setzte Lewis auf meine Schulter, damit er Persephone besser sehen konnte. „Lewis, du hast mir gar nicht gesagt, dass einige deiner Leute aus dem Wilden

Westen stammen." Bei Knolle zu Hause musste irgendjemand oft und gerne Western schauen.

Prompt ging sie auf mich los. „Oh, du glaubst also, das wäre lustig, du räudiger Präriehund?" Sie kam mit ihrem Gesicht noch näher an die Kamera und stieß zwischen ihren kleinen Zähnen hervor: „Diese miesen Kojoten spielen uns übel mit und lassen uns alle möglichen Sachen tun, die nicht richtig sind."

„Welche Sachen?" Lewis klang besorgt.

„Zahnstocher-Schwertkämpfe zum Beispiel. Und sie geben uns Cola zu trinken, bis wir betrunkener als miese Stinktiere sind und nicht mehr wissen, wo hinten und vorne ist. Und sie lassen uns in ihren widerlichen Nasen nach Goldnuggets graben. Und …"

„Stopp!", schrie Lewis. „Ich kann mir das nicht anhören. Großer Todd, du musst eingreifen, um meine Freunde zu retten."

Mein Magen zog sich mal wieder zusammen. „Ich weiß ja. Hör mal, es tut mir wirklich leid … ähm …"

„Persephone", half Lewis mir auf die Sprünge.

„Persephone", sagte ich. „Aber was soll ich tun? Diese *hombres* sind älter und viel größer als ich."

Sie seufzte. „Nun, was bist du? Eine Maus oder ein Mann?"

„Ich bin kein Mann. Ich bin ein Sechstklässler."

„Aber du willst unser Anführer sein", warf sie ein.

„Was ist das bitte für ein Anführer, der seine Herde verlässt, wenn der Puma schon auf der Lauer liegt?“

Lewis rutschte an meinem Ärmel hinunter und lief zum Bildschirm. Natürlich war er auf diese Weise nicht mehr im Bild zu sehen. „Oh Persephone! Sag doch nicht so etwas. Sicherlich weiß der Große Todd, was das Beste für dich und Hermann ist.“

Sie blieb völlig unbeeindruckt. „Ach ja? Glaubt er im Ernst, das Beste für uns wäre, nichts zu essen zu bekommen außer vergammelten Fischresten, nach denen wir uns fühlen, als ob wir gleich ins Gras beißen?“

Lewis japste nach Luft.

Persephone sprang auf und ab und schimpfte: „Dieses *Greenhorn* mit dem Kopf voller Stroh mag dich für eine Art Gott halten, aber ich bestimmt nicht. Woher sollen wir wissen, dass du kein Scharlatan bist, der nur zufällig über eine dreckige Socke gestolpert ist?“ Ihr Blick schoss Giftpfeile in meine Richtung. „Hmmm? Sieh’s ein, Lewis, hier draußen in der Wildnis ist jeder auf sich gestellt. Du kannst dich nicht darauf verlassen, dass dieser zu groß geratene Daumenlutscher seine verängstigten Knochen bewegt.“

Ich wollte ihr gerade antworten, dass ich nicht mehr Daumen lutsche, seit ich fünf war, als Mom mich zum Abendessen rief. „Das ist meine Mom, ich muss gehen!“, verkündete ich, froh, eine Entschuldigung zu haben, um von diesem durchgedrehten Cowgirl wegzukommen.

„Ja, genau. Versteck dein Bleichgesicht nur hinter Mamas Schürze. Komm schon, Todd! Jede Schlacht wird von ängstlichen Menschen geschlagen, die lieber woanders wären! Weißt du nicht, was Tapferkeit bedeutet? Sich aufs Pferd zu schwingen, auch wenn man dem Tod ins Gesicht sieht!“

Ich beugte mich wieder zum Bildschirm. „Sieh mal, du stellst es so hin, als ob ich euch nicht helfen *will*. Ich will euch aber helfen. Es ist nur so: Wenn ich mich in dieser Angelegenheit gegen Max stelle, wird euer Großer Todd dem Erdboden gleichgemacht! Bitte versucht einfach, bis zum Jahrmarkt durchzuhalten. Morgen werden schon die ersten Naturwissenschaftsprojekte vorgestellt, es ist also nicht mehr lange hin.“

Sie schnaubte, was ich als Antwort interpretierte.

„Äh … Nacht“, sagte ich, legte auf und trottete in die Küche. Lewis ließ ich auf der Tastatur zurück. Ich brauchte ein wenig Zeit für mich allein.

Nachdem ich meinen Thunfischauflauf verschlungen und die Erbsen dabei in meiner Serviette versteckt hatte, kehrte ich wieder an den Computer zurück. Lewis sah mich schweigend an, dann kletterte er auf meine Hand und den Arm hinauf bis auf meine Schulter. „Ich weiß, dass du dein Volk retten wirst, Großer Todd“, sagte er leise, beinahe traurig.

Bevor ich mich wieder in Schuldgefühlen verstrickte,

klickte ich mit der Maus den letzten Download von *Dragon Sensei* an: *Der Verrat an Kaiser Oora*. „Die musst du dir ansehen. Das ist eine tolle Episode“, erzählte ich Lewis. „Oora bekommt, was er verdient. Er jammert immerzu, dass er als jüngstes Kind keine eigene Macht besitzt, also zieht er los und klaut sich die aller anderen.“

„Vielleicht braucht er einen Freund“, sagte Lewis. „Niemand sollte allein durchs Leben gehen müssen.“

Ich öffnete eine Cola und Lewis krabbelte auf meinen Arm, um die Dose zu betrachten. „Oh, die braune Medizin!“ Er kicherte über seinen eigenen Witz und es klang so lustig, dass auch ich lachen musste.

„Ich hab dir ja gesagt, dass es süchtig macht“, sagte ich und träufelte etwas in den Kopf einer Lego-Figur, damit Lewis daraus trinken konnte.

„Wo wir gerade von Sucht reden“, sagte er, nachdem er den Kopf in den Kopf gesteckt hatte. „Ich habe beobachten können, dass ihr *grande* Menschen *mucho* Zeit damit verbringt, euch kleine Menschen auf euren Bildschirmen anzusehen. Kein Wunder, dass ihr kaum Muskeln habt.“

Ich ignorierte den Kommentar zu meinem unsportlichen Äußeren. „Du benutzt schon wieder spanische Wörter.“

„Tue ich das?“ Lewis rülpste so laut, dass, hätte er Normalgröße gehabt, die Fensterscheiben geklirrt hätten. Er riss die Augen auf. „Was war das?“

„Du hast gerülpst. Du solltest ‚Entschuldigung' sagen."

„Warum?"

„Das nennt man Manieren."

„Aber ich konnte nichts dagegen tun. Weshalb sollte ich mich für etwas entschuldigen müssen, das ich nicht kontrollieren kann?"

Wie oft schon hatte ich versucht, das meiner Mutter klarzumachen? „Keine Ahnung. Mir wurde immer erzählt, dass höfliche Leute so etwas tun."

„Dann sind Max und seine Freunde keine höflichen Leute. Sie rülpsen aus ihrem Hintern und entschuldigen sich nie dafür. Tatsächlich glauben sie sogar, es wäre ganz wundervoll. Und der Geruch dabei ist widerlich."

Ich kicherte. Dieser kleine Kerl war wirklich witzig. Ich fragte mich, ob alle Toddlianer so lustig waren.

„Hör mal, ich möchte mir jetzt dieses Video ansehen. In dieser Episode wird Saki, Ooras Nichte, den Zauberschnurrbart ihres Vaters im Sumpf der Seelen finden und sich als ihr Vater verkleiden, um seinen Tod zu rächen." Ich klickte auf *Play*.

Lewis legte den Kopf schief und schob seine Brille gerade. „Ich möchte deine Weisheit nicht anzweifeln, Großer Todd, aber weshalb schaust du dir die Episode an, wenn du schon weißt, was geschieht? Ist das nicht Zeitverschwendung?"

„Genau darum geht es ja", sagte ich und stapelte ein

paar Taschentücher, auf die er sich setzen konnte. „Ich will mich dabei entspannen."

Aber die Wahrheit war, dass es mir schwerfiel, mich zu konzentrieren. Normalerweise konnte ich die Augen nicht vom Bildschirm abwenden, wenn *Dragon Sensei* lief. Aber jetzt wanderte mein Blick im Zimmer umher und in Gedanken war ich bei Persephones Worten … *Was ist das bitte für ein Anführer, der seine Herde verlässt, wenn der Puma schon auf der Lauer liegt?*

Lewis starrte auf den Bildschirm, wo Saki weinte und an dem Ort kniete, an dem ihr Vater gestorben war. Giftige schwarze Pilze mit Totenkopfgesichtern sprossen aus dem Boden, wo auch immer ihre Tränen hinfielen.

„Das sind Boom Shrooms", erklärte ich ihm. „Sie trägt sie in ihrem Umhang bei sich und schleudert sie auf ihre Feinde."

„Die Gestaltung dieser Show ist … *einzigartig*", meinte Lewis. Ich schätze, er wollte einfach etwas Postives sagen. „Großer Todd, versteh mich bitte nicht falsch, aber … ich habe das Gefühl, dass Max kein Fan von *Dragon Sensei* ist."

„Äh …" Ich klickte auf die Maus, um das Video anzuhalten, und dachte: *Vielleicht sollte ich mir das besser nicht ansehen. Das Letzte, was ich gebrauchen konnte, war, dass sich einer der Toddlianer verplappert und Max erzählt, was für ein großer* Dragon-Sensei-*Fan ich bin.* „Nein, das ist er nicht."

Lewis sah verwirrt aus. „Aber du und Meister Duddy – *ihr* beide seid Fans?“

Ich runzelte die Stirn, überrascht, dass er überhaupt wusste, wer Duddy war. Ich musste ihn wohl erwähnt haben, ohne dass es mir bewusst gewesen war. „Na ja, ich meine, wahrscheinlich bin ich schon ein bisschen zu alt dafür, aber Duddy ist tatsächlich …“ In diesem Augenblick traf mich fast der Schlag. „OH NEIN!“

Lewis sprang auf. „Großer Todd?“

„Halt dich fest“, wies ich ihn an und rannte zur Tür. „Partyvorbereitungen bei Duddy!“, schrie ich Mom noch über die Schulter zu, als ich das Haus verließ.

Die drei Wohnblocks bis zu Duddys Haus nahm ich im Schweinsgalopp und achtete nicht auf Lewis’ Flehen, dass ich „zum Wohle aller winzigen Dinge“ langsamer laufen sollte.

„*Ohneinneinneinnein*“, keuchte ich auf dem Weg. Ich klingelte an Duddys Haustür und sicherheitshalber klopfte ich auch noch. Keine Antwort, aber ich konnte Stimmen aus dem Garten hören. Ich klopfte noch einmal.

Dieses Mal ging die Tür einen Spalt weit auf.

Duddy steckte die Nase heraus, als ob er etwas erschnuppern müsste. Bevor er die Haustür wieder schließen konnte, stellte ich meinen Fuß dazwischen. „Hey, Duddy! Tut mir leid, dass ich zu spät bin, aber ich war so beschäftigt mit …“

Die Tür wurde noch ein Stückchen weiter geöffnet. „Mit was?“ Duddy sah mich stirnrunzelnd an und verschränkte die Arme.

Ich schluckte schwer. „Meine Mutter brauchte – AUA!“ Lewis hatte mir ein Bündel Haare samt Wurzeln herausgerissen. „Hör damit auf!“, zischte ich. Für wen hielt er sich – mein Gewissen?

Duddy machte ein finsteres Gesicht. „Mit wem sprichst du?“

„Äh …“ Ich erinnerte mich an Max’ Warnung, keinem von den Toddlianern zu erzählen. „Mit niemandem … mir selbst.“ Lewis zog wieder an meinen Haaren und ich zuckte zusammen. „Ähm … weißt du, Max war bei mir, wir haben an unserem Naturwissenschaftsprojekt gearbeitet. Ich hab völlig die Zeit vergessen. Tut mir leid.“

Duddy seufzte und ließ die Schultern hängen. Er sah hinüber zum Zaun, in Richtung der Stimmen, die aus dem Garten kamen. Jetzt wusste ich, zu wem sie gehörten.

Tim und Andrew. Ich hoffte wirklich, dass Tim mittlerweile wieder Unterwäsche anhatte.

„Jetzt lass mich schon rein“, sagte ich und griff nach dem Türknauf.

„Ist schon gut, Todd.“ Duddy blickte auf meine Schuhe. „Ich weiß jetzt, wer meine wahren Freunde sind.“

Während ich noch an meinem Comeback bastelte, schlug er mir schon die Tür vor der Nase zu.

Eine ganze Weile stand ich einfach so da und hörte, wie Duddy zu Tim und Andrew nach draußen in den Garten lief.

„Da bist du also wieder, du zu groß geratene Eidechse!", rief Tim, dann kreischte er: „Bereite dich auf den Tod durch radioaktiven Schleim vor und auf die Tapferkeit des Mongee-Poo!" Jetzt war ein gewaltiges Röcheln zu hören, als sauge er einen riesigen Propfen aus seinem Hals, gefolgt von „Ha…ha…TSCHIII!".

„Aaahhh!", schrie Duddy. „Du Narr! Ich werde dir zeigen, was mit denen geschieht, die der mächtigen Saki in die Quere kommen! Und ich bin ein Riesensalamander, keine Eidechse!" Er machte Explosionsgeräusche und der grüne Rauch einer Stinkbombe waberte ums Haus herum bis in die Einfahrt, in der ich stand.

„Uiii!", rief Lewis in mein Ohr. „Großer Todd, das klingt nach viel Spaß, wenn ich das so sagen darf."

„Ja", erwiderte ich. „Das tut es."

Dann lief ich zurück zu mir nach Hause, während die Stimmen von Duddy und seinen neuen Freunden in meinem Kopf widerhallten.

KAPITEL 16

Nachdem Oma Persephone und Opa Lewis gemeinsam von ihrer Unterhaltung durch den Computer erzählt hatten, wurde Lewis nachdenklich: „Es schien, dass ich den Großen Todd verärgert hatte. Selbst meine Komplimente zu seinem Haarwirbel konnten seinen Zorn nicht besänftigen. Nachdem wir von Meister Duddy zurückgekommen waren, hatte er kaum mit mir gesprochen. Stattdessen hatte er sich auf sein Bett gelegt und war zurückgekehrt zu seinen Lieblingsgeschichten von Dragon Sensei. *Dann, als die Episode gerade einmal drei Minuten gelaufen war, hatte er verkündet: ‚Vergiss es' und mir gesagt, dass es Zeit zum Schlafengehen sei.*

Da lag ich also auf seinem Kissen und beobachtete meinen weisen und sanftmütigen Schöpfer beim Schlafen. Seine Nase, ein einsamer Berg, übersät von braunen Sprenkeln, sein Mund eine Grube, die enorme Geräusche und Erschütterungen hervorbrachte, sein verwirbelter Haarwald, die verwinkelten Höhlen seiner Ohren – all diese Merkmale, die den Großen Todd so mächtig machten. Dass er mich neben sich ruhen ließ, war eindeutig ein Beweis seiner Großzügigkeit und Güte. Seitdem ich bei ihm war, hatte ich mich wieder gänzlich von den schlimmen Erfahrungen bei Max erholt.

Ich überlegte gerade, wie ich den Großen Todd noch mal darum bitten könnte, Persephone, Hermann und den Rest der Toddlianer zu retten, als ich ein lautes Geräusch hörte.

Was war das? Ein Vogel? Ein Flugzeug? Nein! Es war Todds Schwester! Die Zimmertür öffnete sich und die Anbetungswürdige, die sie Daisy nannten, krabbelte ins Zimmer ihre Kuscheldecke im Schlafanzug wie einen Umhang.

Weshalb war sie um diese Zeit nicht in ihrem Käfig? Ah, hier musste das eingetreten sein, was Todds Mutter neulich seinem Vater verkündet hatte: ‚Daisy kann jetzt aus ihrem Bettchen klettern. Wir müssen uns was einfallen lassen, um das zu verhindern!'

Daisy warf einen Blick auf den Großen Todd, so als wollte sie sichergehen, dass er schlief, dann krabbelte sie hinüber zu seiner Bauecke. Hunderte von Metallbausteinen hatten zusammen etwas gebildet, das er ‚Wolkenkratzer' genannt hatte. Wollte Daisy daran hinaufklettern und sich gegen die Brust trommeln wie das haarige schwarze Monster, das ich in Max' Wohnung auf dem Bildschirm gesehen hatte?

Nein, sie kletterte nicht auf den Turm, sie sprach mit ihm. Ich seilte mich vom Bettlaken des Großen Todd ab und rannte hinüber in die Ecke, wo Daisy sich mit dem Gebäude unterhielt.

Ich konnte nicht glauben, was ich da hörte. Die Anbetungswürdige grunzte und gluckste in fließendem Toddlianisch! Kein Wunder, dass die Menschen nicht verstehen konnten, was sie sagte. Vielleicht könnte ich sie um Rat bitten, wie die Gunst ihres Bruders wiederzugewinnen war?

‚Genau, wie ich befürchtet hatte', murmelte sie und versuchte vergeblich, zwei Metallbausteine zusammenzufügen. ‚Mein idiotischer Herr Bruder hat so viele Bausteine verschlampt, dass ich niemals in der Lage sein werde, den DAISYNATOR 3000 zu bauen. Es sind nicht einmal genug Steine übrig, um einen Kuscheldecken-Bumerang herzustellen. Mist!' Sie legte die Bausteine zurück auf den Boden und stopfte sich ihr Beruhigungsgerät oder, wie sie es nannte, den ‚Schnuller' in den Mund. ‚Mjam, mjam, mjam, mjam.'

Nach ein paar Sekunden spuckte sie selbigen wieder aus – zum Glück war er mit einem Band an ihrem Schlafanzug befestigt. Sie grapschte in einem Haufen Bausteinen herum und murmelte: ‚Diesen zu groß geratenen Wichtigtuer werde ich lehren, meine Pläne zu durchkreuzen!'

Jetzt kamen mir Zweifel. Vermutlich war sie nicht gerade die Person, die mir einen Rat zur Besänftigung des Großen Todds geben konnte.

Aus den Tiefen des Teppichs sah ich, wie sie systematisch vor- und zurückkrabbelte und dabei spitze Metallstückchen auf dem Boden verteilte. ‚Hehehehe', kicherte sie. ‚Das wird ein böses Erwachen für diesen Unfähigen! Hehehehe!'

Mit größter Vorsicht krabbelte sie anschließend um die am Boden liegenden Bausteine herum zur Tür. Ich blieb wie erstarrt stehen, bis ich ihr ‚Mjam, mjam' nur noch vom Flur aus hörte. Dann machte ich mich daran, die einzelnen Metallstücke wieder einzusammeln.

Der Große Todd hatte einen Feind unter seinem Dach, von dem er nicht einmal etwas ahnte! Diese menschlichen Wesen waren kompliziert. Selbst von den kleinsten unter ihnen drohte Verrat. Aber Todd hatte Glück: Ich würde ihn beschützen!

So hinterhältig Daisy auch war, hatte sie mich doch auf eine Idee gebracht, wie ich ihrem edlen Bruder huldigen konnte. Mit großer Anstrengung gelang es mir, zwei der magnetischen Einzelteile so zusammenzubringen, wie sie es getan hatte. Aha! Es würde die ganze Nacht dauern und mich um meinen kostbaren Schlaf bringen, aber ich hatte endlich einen Weg gefunden, dem Großen Todd meine immerwährende Ergebenheit zu zeigen!"

KAPITEL 17

„Großer Todd …“

Ich hörte ein Flüstern an meinem Ohr.

„Großer Tooooodd …“

„Nur noch fünf Minuten …“

„Großer Todd!!!!!!!!!!“

Ich schlug die Decke zurück und sah jemanden am Fußende meines Betts stehen. *„Karamba!“*, stieß ich hervor.

„Ah, du sprichst also auch Spanisch, Großer Todd!“, sagte eine vertraute Stimme auf meiner Schulter.

Ich richtete mich auf. „Wie bist du da…? Wie ist *er*“ – ich zeigte auf den Mensch am Fußende des Betts – „dahingekommen?“

„Gefällt es dir? Es ist ein Denkmal zu deinen Ehren, Großer Todd. Ich habe die ganze Nacht daran gearbeitet, aber du bist es wert!“

Ich nahm meine Brille vom Nachttisch und rutschte vorsichtig zum Fußende, um es mir genauer anzusehen.

Jetzt begriff ich, dass Lewis recht hatte – dieser Mensch war gar kein Mensch. Wenn man genau hinsah, erkannte man, dass die Figur aus *Metall* bestand oder besser aus den Elementen meines Metallbaukastens. Durch die seltsamen Formen und schrägen Kanten machte es den Eindruck, als ob ihr die Gesichtszüge herunterrutschten. Aber jetzt konnte ich auch einen Haarwirbel und eine Brille ausmachen.

„*Ich* bin das?“, murmelte ich ungläubig.

Lewis kam auf die Beine. „Nimmst du meine Opfergabe gnädigst an?“, fragte er. „Kann ich sonst noch etwas für dich tun, eure Herrlichkeit? Möchtest du, dass ich deinem Abbild einen Freund erbaue?“

„Einen Freund?“, wiederholte ich, dann hatte ich mich wieder im Griff. „Nein, nein danke.“ Ich stand auf, stellte die Figur in den Wandschrank und drehte meinem Abbild den Rücken zu.

Mir war schlecht. Ich hatte das einfach nicht verdient.

Mr Kascher rieb seine Hände so schnell und heftig aneinander, dass ich schon fürchtete, er würde ein Feuer entfachen.

„SEID IHR BEREIT?“ Er brüllte beinahe vor Aufregung. Sein Schnurrbart schien die Vibrationen der Wörter aufzunehmen, denn er wackelte, als sei er genauso aufgeregt wie Mr Kascher selbst. „Weil es nun *Zeit ist*, Kinder.

In den nächsten beiden Tagen, wenn ihr eure Projekte präsentiert, wird sich zeigen, ob ihr Jungs und Mädchen oder Männer und Frauen seid …“

Mit einem breiten Grinsen sah er sich in der Klasse um. Dann zog er eine Mundharmonika aus der Tasche und spielte ein paar Noten. Danach sang er folgendes Liedchen zur Melodie:

„Oh, ’s ist Zeit fürs Naturwissenschafts-Rodeo!
Sattelt die Projekte, ’s ist Zeit, oh oh …“

Instinktiv drehte ich mich zu Duddy um. *Mr Kascher war ja so ein Spinner!* Aber Duddy sah mich nur kurz an, runzelte die Stirn und widmete sich dann wieder den Notizen zu seiner Präsentation, die er übereifrig auf seinem Pult angeordnet hatte. Duddy und Ernie würden die Ersten beim Naturwissenschafts-Rodeo sein.

Ich wünschte mir wirklich, dass sie es gut machten.

Vor der Schule hatte ich Duddy eingeholt, um mich noch einmal dafür zu entschuldigen, dass ich gestern nicht aufgetaucht war, aber bereits da hatte er mir nur einen flüchtigen Blick zugeworfen und war dann weitergegangen. Als Tim und Andrew mich entdeckten, hatten sie ihn wie Bodyguards umringt. Es hatte sich extrem merkwürdig angefühlt. Duddy und ich waren schon so lange miteinander befreundet, und doch konnte ich mich an keine einzige

Situation erinnern, in der er derart sauer auf mich gewesen war, dass er nicht mehr mit mir gesprochen hatte.

Ich war überrascht, wie furchtbar es sich angefühlt hatte und dass ich … äh, also, irgendwas musste zufällig in mein Auge geflogen sein.

Aber dann war Max zu mir gekommen und hatte mir erzählt, wie sehr sich die Toddlianer über Nacht verbessert hätten, dass seine neue „Wassernummer“ so gut wie perfekt sei! Es hätte mich aufmuntern sollen, stattdessen erinnerte es mich nur daran, dass ich die Toddlianer im Stich gelassen hatte. Ich tröstete mich mit der Gewissheit, dass Max und ich morgen unser Projekt vorstellen würden und ich die Toddlianer danach (hoffentlich) zurückbekommen könnte.

Gerade hatte Mr Kascher sein Lied mit einem lauten „OHHHHH, WISSENSCHAFT!“ beendet und seine Mundarmonika zur Seite gelegt. Er wischte sich über die Augenbraue und nahm sein Klemmbrett in die Hand. „Okay“, sagte er, „als Erstes sind Duddy Scanlon und Ernie Eschenwald an der Reihe.“

Ich drehte mich nach hinten, um Duddy einen mitfühlenden Blick zuzuwerfen, auch wenn ich wusste, dass er mir nicht in die Augen sehen würde. Doch er und Ernie hatten sich bereits auf den Weg nach vorne gemacht. Duddy hielt eine große, dünne ausklappbare Styroportafel in der Hand und Ernie trug die größte Ameisenfarm, die ich je im Leben gesehen hatte – eigentlich war es eher eine Ameisen*stadt*.

Vorsichtig bauten sie die Sachen auf Mr Kaschers Schreibtisch auf – auf der Styroportafel waren unter der Überschrift AMEISEN SIND COOL! Nahaufnahmen der Insekten zu sehen – und wandten sich dann an die Klasse. Duddy wirkte ruhig, sogar stolz. Ernie hatte ein noch röteres Gesicht als üblich, aber dieses Mal schien nicht Wut die Ursache zu sein – nein, er sah *aufgeregt* aus.

Duddy schaute auf seine Unterlagen und räusperte sich. „Ameisen", sagte er laut und selbstbewusst und blickte wieder auf, „sind cool."

Ernie hinter ihm nickte begeistert. „Ameifen", fügte er hinzu, „find tatfäflif *faugeil*."

In der Klasse brach Gelächter aus. Mr Kascher hob die Hand. „Ernie, bitte achte auf deine Wortwahl." Er machte eine Pause und runzelte die Stirn. „Ich meine, falls du *wirklich* gesagt hast, dass Ameisen …"

Ernie nickte erneut. „Daf hab if und ef tut mir leid, Mr Kaffer", erwiderte er, wobei er zur Seite trat und auf die Ameisenfarm deutete. „Aber haben Fie fif diefe Dinger mal angefehen?"

Mr Kascher lächelte. „Weshalb erzählt ihr uns nicht ein wenig darüber, was die Ameisen so cool macht, meine Herren?"

Das taten sie. Duddy und Ernie beackerten die gesamte

Faktenpalette, die ich in den letzten Jahren schon bei hunderten von Naturwissenschaftsprojekten gehört hatte: Ameisen sind soziale Tiere, die ihre eigenen Kolonien bilden. In den Kolonien hat jede Ameise eine bestimmte Aufgabe, es gibt zum Beispiel Arbeiter, eine Königin und Soldaten. Ameisen kommunizieren miteinander und lernen voneinander. Ernie war die ganze Präsentation über so aufgekratzt, dass man hätte meinen können, er sei schon mitten auf dem Jahrmarkt. Als sie uns alles darüber erzählt hatten, was diese Insekten so cool machte, erklärte Duddy, wie sie die Ameisenfarm gebaut hatten.

„Unsere größte Herausforderung bestand darin, sie zum Tunnelbau zu ermutigen. Normalerweise braucht man ein paar Wochen, bis man eine gute Gängestruktur bekommt. Also haben wir das Gefäß mit schwarzem Bastelpapier abgeklebt, um den Ameisen vorzugaukeln, sie befänden sich unter der Erde."

Ernie nickte schon wieder. „Wenn wir ein biffen mehr Feit gehabt hätten, hätten wir Plexiglaf fufammengeklebt und über die *Ameifenfan*-Webfite blaue Maffe beftellt. Damit hätte man die Gänge, die fie bauen, beffer fehen können. Daf verfuchen wir dann näfte Woche."

Nächste Woche?

Mr Kascher lächelte wieder. „Nächste Woche? Dann habt ihr beiden vor, die Ameisenforschung weiter zu betreiben?"

Ernie sah Duddy an. Der nickte.

„Ja“, erwiderte Ernie und nickte ebenfalls. „Mr Kaffer, daf war mein Ernft. Alf Duddy mit der Idee für ein Ameifenprojekt kam, dachte if fuerft, daf wird langweilig. If mag weder Infekten noch Naturwiffenfaften oder die Fule. Bitte nicht perfönlif nehmen.“

Mr Kascher zuckte mit den Schultern. „Du bist eben einfach ehrlich, Ernie. Sprich weiter.“

Ernie sah Duddy an, sein Gesicht ganz rosig vor Bewunderung. „Aber Duddy hat mir gefeigt, wie toll Ameifen find. Ef find nift einfach Infekten, die man auf Fpaf fertreten kann. Fie find flau und machen lauter coole Fachen.“ Duddy grinste. „In einer Ameifengefellfaft gibt ef jede Menge Regeln. Jeder weif, wo er hingehört. Daf gefällt mir.“

Mr Kascher nickte zustimmend. „Vielleicht bist du ja ein kleiner Entymologe.“

Ernie zuckte die Achseln. „Weif nicht. Meine Mom fagt, if bin Waffermann, aber ich glaube nicht an diefen ganfen Fternfeichenkram.“

Mr Kascher hob kurz die Augenbrauen, bevor er etwas in sein Notizbuch schrieb. „Ein Entymologe ist ein Insektenkundler, Mr Eschenwald. Und ich freue mich, dir mitteilen zu dürfen, dass du nicht nur ein neues Themengebiet entdeckt und einen Freund gewonnen, sondern auch eine Eins für das Projekt bekommen hast, genau wie Mr Scanlon. Hervorragende Arbeit, Jungs.“

Ernies Grinsen wurde immer breiter, ich konnte beinahe seine komplette Zahnspange sehen. Auch Duddy grinste. Mit einem Mal drehte Ernie sich um und packte ihn. Mein Magen krampfte sich zusammen, aber noch bevor ich aufspringen und meinem Freund zu Hilfe kommen konnte, begriff ich, dass Ernie ihm nicht wehtun wollte – er *umarmte* ihn. Und Duddy erwiderte die Umarmung.

Ernie Eschenwald war Duddys Freund.

Und ich war es nicht!

Ich spürte ein starkes Ziehen an der Kopfhaut. „Hey!“, zischte ich. Das Mädchen, das vor mir saß, drehte sich um und warf mir einen merkwürdigen Blick zu.

„Ameisen scheinen faszinierend zu sein, Großer Todd!“, hörte ich Lewis zarte hohe Stimme an meinem Ohr. „Du hast mir gar nicht erzählt, dass dein Freund Duddy ebenfalls eine Zivilisation anführt! Was für ein Zufall, oder?“

Ich sah, wie Duddy und Ernie sich auf dem Rückweg zu ihren Pulten ein High Five gaben. Von der anderen Seite des Klassenraums winkte Max mir zu.

Er zog die Socke aus dem Rucksack und wedelte damit herum, als wollte er sie lüften. „Morgen“, formte er lautlos mit den Lippen. „Das toppen wir.“

Ich hätte ihm so gerne geglaubt, dass es keinen Grund gab, sich Sorgen zu machen.

Aber unglücklicherweise war ich nicht wegen unseres Projekts besorgt.

KAPITEL 18

„Persephone, meine Prärieblume.“ Opa Lewis wandte sich seiner Frau zu, die gerade kurz davor war einzunicken und erschrocken hochfuhr. „Willst du den Kindern nicht weiter von deiner spektakulären Flucht berichten?“

Die Kinder bettelten: „Au ja, Oma, bitte!! Erzähl uns, wie du aus dem Haus des schlimmen Knolle entkommen konntest.“

Oma Persephone räusperte sich und wischte etwas Spucke aus dem Mundwinkel. „Ach so, ähem, ja natürlich. Macht euch bereit für einen weiteren wilden Ritt!

Heiliger Hengst, *dachte ich. Ich betrachtete meine nagelneue Cowgirl-Aufmachung in dem langen Spiegelglas in Knolles Waschstube. ‚Howdy, Partner! Du hast dich heute Abend aber fein rausgeputzt.‘*

Ich hatte mir eine tolle Cowboyhose und einen Cowboyhut aus Baumblättern gefertigt. Ich schätze, sogar der Mannomann *wäre beeindruckt gewesen von meinem Aussehen.*

Ich hatte begriffen, dass der Held in den Sprechbildern, die Knolles Vater immer anschaute, ein hombre *namens John Wayne war. Er hatte dutzende von Kämpfen geführt und war zäher als Dörrfleisch. Auch ich würde zäh sein müssen, wenn ich meine Leute aus den Fängen von Todd, diesem armseligen Abklatsch eines Gottes, retten wollte. Er steckte bis oben hin voll Viehdung und ich war es leid, mit diesem faulen Aas zu verhandeln. Jetzt gab es nur noch eine Entscheidung zu treffen: Revolution oder für immer schweigen. Todd war groß genug, um mich wie einen Fisch auszunehmen, aber ich war wendig und schnell wie eine Stechmücke.*

Ich übte, meine Revolver wie ein geölter Blitz aus den Halftern zu ziehen. ‚Nimm das, du feiger Viehdieb!' Ich blies den imaginären Rauch vom Lauf und ließ die Revolver als Zugabe ein paarmal in der Hand herumwirbeln. Okay, es waren eigentlich diese Klammern, mit denen man Blätter zusammenheften kann, und ich hatte sie nur zu Revolvern umgebogen. Aber ich konnte sie Todd sonst wohin stechen, wenn ich wollte – und würde nicht zögern, es zu tun.

Ich konnte mittlerweile nicht nur mit scharfen Waffen umgehen, auch andere geniale Tricks des Wilden Westens hatte ich mir angeeignet. So hatte ich Grillen zusammengetrieben und ihnen die Beine zusammengebunden wie den Rindern einer Viehherde, einige von ihnen hatte ich sogar mit einem ‚P' markiert. Außerdem verstand ich mich aufs Lassowerfen und fing alles ein, was sich bewegte. Dafür war ich auf das Schränkchen über dem Waschbecken geklettert, hatte mir Zahnseide abgerollt und sie mir als Seil über die Schulter geworfen. In meinem Köcher steckten jede Menge Zahnstocherpfeile und meinen Bogen bespannte ich gerade mit einem weiteren Stück Zahnseide – denn auch die Indianer, die Mannomann *immerzu jagte und bekämpfte, hatten einige nette Tricks drauf. Jetzt musste ich nur noch etwas auftreiben, auf dem ich reiten konnte.*

Dieses Etwas wartete dort drüben unter der Eiche auf mich, wo es Nüsse hortete, als wäre sein Kopf innen hohl. Sein buschiger Schwanz zuckte und flatterte im Wind und seine großen schwarzen Augen blickten aufmerksam. Es hatte mich bereits gewittert, erschrecken konnte ich das Viech also nicht mehr.

Ich verbarg das Lasso hinter meinem Rücken und schlich durchs Gras, wobei ich säuselte: ‚Lauf nicht weg, mein hübscher Mustang. Du hast wirklich den schönsten Schwanz im ganzen Westen! Ich hab dir eine Walnuss mitgebracht.' Ich zwitscherte dem Wesen zu. Es zwitscherte zurück, dass es allergisch gegen Nüsse sei. Dann wollte es sich aus dem Staub machen, aber da war es schon zu spät.

Ich griff nach dem Sattel aus Blättern und Zahnseide, den ich im Gras versteckt hatte, und ließ mein Lasso kreisen.

‚Jihaaaaaaa!'"

KAPITEL 19

An diesem Tag war ich bereits in der Schule am Boden zerstört gewesen, doch dann stellte ich zu Hause fest, dass Daisy sich über meinen Metallbaukasten hergemacht und auf dem Küchenfußboden irgendeine ziemlich ausgebuffte Schleuder gebaut hatte. Als ich aus meinem Zimmer in die Küche kam, um mir ein Glas Milch zu holen, zielte sie gerade auf Prinzessin von Wuff. Ich hatte nicht mal bemerkt, dass mir die Sachen fehlten.

„Daisy!", rief ich und lief hin, um ihr die Waffe abzunehmen. „Tu das nicht! Du machst Mom nur wütend!" Daisy hatte es immer auf Prinzessin von Wuff abgesehen. Der schreckliche kleine Hund wusste, dass Mom ihn umbringen würde, wenn er Daisy auch nur ein Haar krümmte, und das führte zu zugegebenermaßen unterhaltsamen Momenten der Pudelwut. Allerdings ließ Prinzessin von Wuff ihren Zorn dann für gewöhnlich entweder an mir oder am Wohnzimmerteppich aus, und so oder so machte

Mom, wenn es um Daisy ging, gerne mal aus einer Mücke einen Elefanten.

Daisy sah zu mir auf und brabbelte etwas in Babysprache.

„Komm schon“, sagte ich und nahm die Schleuder an mich. „Du weißt, dass ich recht habe.“

Aber es ist sinnlos, mit einem Kleinkind zu diskutieren. Im selben Augenblick, als ich ihr Werk auseinanderzunehmen begann, gab sie Geheul der Alarmstufe Rot von sich. Sie hob die Hände in die Luft, patschte nach der Waffe und stieß einen Schrei aus, als hätte ich ihr Haar in Brand gesetzt.

Die Badezimmertür flog auf und Mom stürzte in die Küche. „Todd! Was ist passiert?“ Sie rannte hinüber zu Daisy und versuchte, sie auf den Arm zu nehmen, aber Fräulein Sabber zappelte herum wie eine Forelle auf dem Trockenen.

Ich zeigte Mom die Überbleibsel der Waffe. „Sie hat damit gespielt und auf den Hund gezielt.“

Mom betrachtete lange die Schleuder und stöhnte. „Todd! Ich dachte, ich hätte dir gesagt, dass du deinen Metallbaukasten außer Reichweite von Daisy aufbewahren sollst!“

Ich bekam einen heißen Kopf. Gerade hatte ich den Pudel meiner Mutter und vermutlich auch ihren Wohnzimmerteppich gerettet, und das war nun der Dank dafür? Außerdem: „Für Daisy ist *nichts* außer Reichweite!“

Daisy trat jetzt um sich, erwischte ein Stuhlbein und warf den Stuhl um, was Prinzessin von Wuff aus der Küche trieb. (*Ja, bring dich in Sicherheit*, dachte ich.) Mom warf die Hände in die Luft und ächzte. „Bring sie einfach weg, Todd!"

Das war mal wieder total ungerecht, aber ich wusste, dass ich jetzt besser tat, was sie sagte. Also nahm ich die Reste der Schleuder, stapfte wütend in mein Zimmer und schlug die Tür hinter mir zu. Ich warf Daisys Werk in die Ecke und lief hinüber zum Bett, bereit, mich draufzuwerfen.

Und da hörte ich die Stimmen. „Persephone! Sei gegenüber dem Großen Todd nicht unhöflich!", rief jemand auf meinem Kissen. „Weißt du denn nicht, dass wir so überhaupt erst in diesen Schlamassel geraten sind? Wir haben ihn bereits genug erzürnt. Komm da runter und lass uns vernünftig darüber reden."

„Du kannst hier gern noch länger herumtrödeln, wenn du willst, ausgestreckt wie ein Hund in der Sonne, aber ich werde den Büffel bei den Hörnern packen. Und das hier, *Greenhorn*, wird mir helfen, dem eingebildeten Gockel Max die Schwanzfedern zu stutzen. Eins kann ich dir sagen, mir gefällt dieser feige Köter kein bisschen. Er klappert vielleicht wie eine Schlange, ist aber nichts weiter als eine feige Wüstenmaus."

Was tat Persephone hier? Ich räusperte mich und nahm die Mikrobrille vom Nachttisch. „Äh, hallo?"

„Oh nein!“, sagte Lewis. „Der Große Todd ist hier, Persephone. Ich war so von unserer Unterhaltung abgelenkt, dass ich seine prächtige Erscheinung nicht bemerkt habe! Bitte erweise ihm jetzt deinen Respekt.“ Ich setze mich auf meine Decke und spürte, wie Lewis auf meine Hand kletterte, dann begann er wieder zu reden – lauter diesmal. „Worüber beschwerst du dich, Persephone? Ich verstehe ehrlich kein Wort von dem, was du sagst. Wie bist du überhaupt von Knolles Wohnung bis hierher gekommen?“

„Ich hab mir mit dem Lasso ein Viech eingefangen, auf dem ich reiten konnte, und bin hergaloppiert. Mein Reittier kennt die Gegend Gott sei Dank wie seine Westentasche. Hatte keine Wahl, wenn wir Hermann retten wollen. Er ist so hilflos wie eine Katze ohne Krallen. Dick hat ihn vielleicht schon zerquetscht wie eine Kakerlake. Und dann ist da noch der Rest unseres Clans. Ich habe noch keine Stiefelspitze von ihnen gesehen, seit sie von Max zusammengetrieben wurden.“

Lewis kletterte auf seinen Lieblingsplatz auf meiner Schulter. „Was hast du da bloß an?“

„Gefällt es dir?“, fragte sie. „Das hier ist ein Cowboyhut, das sind Cowboyhosen mit Beinschützern und diese silbernen Dinger an meinen Füßen werden Sporen genannt.“ Dann führte sie einen kleinen Tanz auf und ich riss erstaunt die Augen auf. „Ich hab mich hübsch herausgeputzt, wenn ich mich mal selbst loben darf. Hübscher als ein Opposum beim Mitternachtstanz!“ Sie spuckte auf ihre eigenen Füße.

In diesem Moment erst fiel mir die Reihe von Zahnstochern auf, die in meinem Fensterrahmen steckten und bis zum Bett führten. An die einzelnen Zahnstocher war Zahnseide geknotet worden, die von einem zum nächsten führten. Wow. Persephone war nicht nur Knolles Fängen entkommen, irgendwie hatte sie es auch geschafft, bis zu meinem Haus zu gelangen, die Ziegelsteinmauer bis zu meinem Fenster hochzuklettern und mit Zahnstochern und Zahnseide eine Art Seilrutsche zu konstruieren, die bis zu meinem Bett führte. Zu meinem Volk gehörte also auch eine Mini-Ninja-Cowboy-Superfrau.

Zumindest zwei Toddlianer waren nun in Sicherheit. Es gab also nur noch Unmengen andere, die ich retten musste. Ich setzte mich aufs Bett, vorsichtig, um Persephone nicht zu zerquetschen, lehnte mich zurück und schloss die Augen.

Dann hörte ich ein Klingeln, und eh ich mich’s versah, riss Persephone an meinen Wimpern. „Oh nein, das tust du nicht, du faules Großmaul! Jetzt ist nicht die Zeit, sich auszuruhen. Meinst du, ich kann das Stinktier Max ganz alleine häuten?“

Ich richtete mich wieder auf und Lewis kletterte meinen Arm hinunter. „Bitte, Persephone“, flehte er, „bedenke, was du sagst. Spricht man so etwa mit einer Gottheit?“

„Allerdings – wenn die nur Stroh im Kopf hat."

Lewis stöhnte auf.

Wenn sie in ihrer Cowgirl-Aufmachung nicht so lustig ausgesehen hätte, wäre ich vielleicht sauer geworden. Sie zumindest war es ganz offensichtlich. „Ich merke, dass du echt wütend bist", begann ich, „aber ich habe dir gesagt, dass ich deine Leute nach dem Forscherwettbewerb auf dem Jahrmarkt zurückholen werde. Außerdem, *du* hast doch auch fliehen können, wo also liegt das Problem?"

Persephone schleuderte ihren Cowboyhut aufs Bett und zeigte mit dem Finger auf mich. „Ich fass es nicht. Hier geht es nicht um mich. Ich kann auf mich selbst aufpassen. Aber wer, zum Viehtreiber, wird Hermann retten? Sein Kopf ist voller netter kleiner Gedanken, aber er hat nicht für einen Goldnugget Verstand. Wer wird ihn retten, frage ich dich? Uns läuft die Zeit weg!"

Ich kratzte mir den Kopf. „Das ist sehr viel schwerer, als du denkst. Meine Freunde …"

„Hör mal, ich weiß, du willst keine schlafenden Kojoten wecken, und das kann ich dir nicht übel nehmen. Max und seine Hilfssheriffs sind schlechte Medizin. Ich weiß nicht, wieso du dich überhaupt mit diesen *hombres* eingelassen hast. Aber Hermann und meine anderen Leute werden da irgendwo versteckt, zittern wie die Präriehasen, wenn's donnert, weil sie sich Sorgen um mich machen, und ich werde sie finden, ob mit dir zusammen oder ohne dich."

Lewis seufzte. „Großer Todd, bitte vergib Persephone.“ Er zupfte an der Bettdecke herum. „Sie ist wütend, weil ich ihr gestern Abend vom Flohzirkus 2.0 erzählt habe. Wir haben noch am Computer gesprochen, nachdem du eingeschlafen warst.“

Persephone wurde so rot im Gesicht, dass selbst mir es auffiel. „Ich verwandele mich gleich in einen Tornado, wenn du weiter über diesen Affenzirkus sprichst, Lewis. Max ist eine hängebauchige Klapperschlange und ich würde ihm am liebsten eins mit der Pferdepeitsche überziehen.“ Sie hob ihren Cowboyhut auf und schüttelte die Faust in meine Richtung. „Und dir auch, wenn es nur zu irgendetwas nütze wäre.“

Lewis rannte zu ihr und legte ihr die Hand über den Mund.

Ich zuckte die Schultern. „Was soll ich denn tun?“

Sie schubste Lewis von sich weg. „Als ob ich das wüsste! Das ist deine Abteilung. Du hast doch hier die Muckis. Zieh dir gefälligst deine Cowboystiefel an und schick diese Söhne eines räudigen Kojoten mit eingekniffenem Schwanz nach Hause!“

Ich muss genauso verdattert dreingeschaut haben, wie ich mich fühlte, weil Persephone fauchte: „Komm, Lewis, genauso gut könnte ich mit einem tauben Pferd reden. Der da würde trotz unserer schlimmen Lage nicht mal was mit der Kneifzange anfassen.“

„Dann geh doch“, keifte ich. „Und viel Glück – eine ganze Zivilisation zu retten ist nämlich sehr viel schwerer, als du denkst.“

„Wenigstens bin *ich* bereit, es zu versuchen!“, stieß sie hervor.

„Ich versuche es doch *auch*! Im Augenblick arbeite ich gerade einen Plan aus, nur zu deiner Information.“

„Ja, klar.“ Persephone umklammerte die Zahnseide und hangelte sich in Richtung Fenster. „Während du wie eine alte Grandma beim Stricken dasitzt und Pläne schmiedest, werde ich jemanden auftreiben, der wirklich etwas unternimmt. Lewis, du weißt, wo ich zu finden bin.“ Sie schüttelte noch einmal den Kopf in meine Richtung, dann verschwand sie mit einem „Jihaaaaaa“ in die Dunkelheit.

Lewis ließ sich aufs Bett fallen und legte den Kopf in die Hände. Ich war mir ziemlich sicher, dass er mich jetzt für ein armseliges Würstchen hielt. Damit wären wir dann schon zwei gewesen.

„Willst du ein bisschen Cola?“, fragte ich.

Er schüttelte den Kopf und stand auf. „Großer Todd, ich hoffe, dir ist klar, dass ich immer noch daran glaube, dass du die richtigen Entscheidungen für unser Volk treffen wirst.“ Er schenkte mir ein halbherziges Lächeln. „Ich bin sicher, dass du einen Plan hast, was das Beste für unser aller Zukunft ist.“ Der kleine Kerl kletterte auf mein Kissen und klopfte auf den Bezug. „Du solltest dich jetzt ausruhen. Du wirst morgen all deine Kräfte für die Projektpräsentation brauchen. Im Morgenlicht wird alles schon viel freundlicher aussehen."

„Danke, Lewis." Ich legte mich wieder aufs Bett und schloss die Augen. Es dauerte nicht lange, da konnte ich sein zartes Schnarchen hören. Aber ich konnte nicht einschlafen. Persephones Worte spukten mir durch den Kopf: *Du hast doch hier die Muckis. Zieh dir gefälligst deine Cowboystiefel an und schick diese Söhne eines räudigen Kojoten mit eingekniffenem Schwanz nach Hause!*"

Das alles klang sehr aufregend, doch ich hoffte, dass es nicht so weit kommen würde. Morgen würden wir unser Projekt vorstellen, Max würde eine Eins kassieren, und warum sollte es ihn dann noch kümmern, was mit den Toddlianern geschah? Falls wir gewinnen würden, müssten wir sie noch einmal auf dem Jahrmarkt präsentieren, aber dafür brauchte er sie ja nicht weiter zu trainieren. Ich könnte ihn bitten, sie mir zurückzugeben, und trotzdem sein Freund bleiben. Bis dahin hatte er die Toddlianer vermutlich sowieso satt. Max würde also seine Eins bekommen, ich könnte die Toddlianer retten und mein Platz als neues Mitglied der Zoo-Gang wäre gesichert. Ich hatte für jedes Problem eine Lösung gefunden.

Vielleicht war ich letzten Endes doch kein so schlechter Gott.

Vielleicht.

KAPITEL 20

Am nächsten Tag kaute ich auf meinem Bleistift herum und wartete auf den Beginn der Naturwissenschaftsstunde.

„Bist du auch besorgt, Großer Todd?“, fragte Lewis, der auf meiner Schulter saß. „Hast du auch Angst, dass unser Volk in Max’ Zirkus zu Schaden kommt?“

Ich wischte den Bleistift an meiner Jeans ab. „Nein, es gibt keinen Grund, sich Sorgen zu machen. Ihr habt doch schon Erdbeben und Flutwellen überstanden … Hey, ihr habt sogar den Angriff eines Chamäleons überlebt. Was ist dagegen schon ein kleines Naturwissenschaftsprojekt?“ Ich bemühte mich, zuversichtlich zu klingen. In Wirklichkeit machte ich mir fast in die Hose vor Angst. „Max wird nicht zulassen, dass deinem Volk etwas zustößt. Er braucht euch doch, um eine Eins zu bekommen, schon vergessen?“

Jemand schlug mir auf die Schulter. Es war niemand anderer als Max. „Das stimmt, Poabdecker. Es wird garantiert eine Eins. Mit wem sprichst du?“

„Äh, mit mir selbst." Ich lachte gekünstelt. „Ist schließlich die einzige Möglichkeit, eine intelligente Unterhaltung zu führen, was?"

Er ließ die Fingerknöchel knacken. „Klar, ist ja auch egal. Ich hoffe, diese kleinen Käfer geben heute ihr Bestes." Er lachte grunzend.

Ich wollte ihn gerade fragen, ob ich die Toddlianer nach der Stunde wiederbekommen könnte, als es zum Unterricht klingelte und Mr Kascher – mit Schutzbrille – aus seinem Labor kam. Er zwirbelte an seinem Schnurrbart herum wie der Schurke in einem Comic. Dann sagte er: „Also gut, meine zukünftigen Nobelpreisträger, es wird Zeit für die Fortsetzung des Naturwissenschafts-Rodeos!"

Als er seine Mundharmonika herauszog und noch einmal sein Liedchen spielte, atmete ich tief durch. *Gleich hast du's geschafft, Todd – gleich ist es vorbei. Max wird die Toddlianer nicht mehr brauchen und du bekommst sie zurück. Duddy wird von den kleinen Leuten erfahren und kann dir helfen, sich um sie zu kümmern. Alles geht wieder seinen geregelten Gang.*

Das erste vorgestellte Projekt war ein Vulkan aus Pappmaschee, der nicht ausbrechen wollte. Mr Kascher rettete das Ganze, indem er irgendein Zeug aus einem Glasröhrchen in das Vulkanloch schüttete. Danach explodierte der Vulkan regelrecht und verteilte winzige Fetzen Pappmaschee und Leim im ganzen Raum.

Danach präsentierten zwei Mädchen ihre uralt wirkende

Insektensammlung, die ich schon aus dem Naturwissenschaftsunterricht der fünften Klasse an der Roosevelt-Grundschule kannte. Als eine von ihnen einen Monarchschmetterling in die Höhe hielt, fielen seine vertrockneten Flügel ab. Mr Kascher gab ihnen immerhin noch einen Extrapunkt, weil sie die Namensschilder der einzelnen Insektenarten so schön beschriftet hatten.

Ein anderes Team hatte Salzwasserkrebse in einem Goldfischglas angeschleppt, die darüberhängende Decke weggezogen, die die Tiere im Dunkeln hielt, und sie dann „Tricks“ mit der Taschenlampe machen lassen. Im Vergleich zu dem, was wir den Toddlianern beigebracht hatten, kam mir das alles ziemlich lahm vor, aber Mr Kascher schien es zu gefallen.

Auch Max muss sich Sorgen gemacht haben, dass die kitschige Salzwasserkrebs-Akrobatik unserer Nummer die Show stehlen würde, denn sobald Mr Kascher seine Lobeshymne auf die „Mühe, die es gemacht haben muss, Krebstiere so zu trainieren, dass sie auf Kommando etwas ausführen“ beendet hatte, fuchtelte Max mit dem Arm in der Luft herum, zum Zeichen, dass wir jetzt an der Reihe waren.

Max stellte das Aquarium auf einem Tisch vor der Klasse ab und ich half ihm, alle Utensilien für den Zirkus bereitzulegen. Ich hoffte, Max würde es nicht auffallen, dass Lewis fehlte – der hatte sich in meinen Haaren verkrochen und wollte nicht wieder herauskommen. Meine Kopfhaut juckte wie verrückt von seinem nervösen Herumgezappele.

Mir kam die wichtige Aufgabe zu, das FLOHZIRKUS-2.0-Schild hochzuhalten, während Max den Zirkusdirektor gab. Er hatte sogar seinen MP3-Spieler und zwei Lautsprecher mitgebracht, um mit seiner Heavy-Metal-Musik das Ganze noch „dramatischer" wirken zu lassen.

„Meine Damen und Herren!", schrie Max über die kreischenden Gitarren hinweg. „Freuen Sie sich auf den coolsten Zirkus, den es jemals gegeben hat!" Er zog die Socke aus der Tasche und legte sie ehrfürchtig in das leere Aquarium, dann spannte er die Zahnseide darüber. Mr Kascher schob seine Schutzbrille hoch in die Haare und kniete sich neben den Tisch.

„Um welche Art von Tieren geht es denn in dem Experiment, Jungs? Weil ich da drin gar keine Bewegung wahrnehme."

Max kniete sich neben Mr Kascher. „Sie müssen ganz genau hinsehen, Mr K. Es sind winzig kleine Leute." Er zeigte auf die Socke und ich linste von oben ins Aquarium hinein.

In meinen Haaren hörte ich Lewis japsen: „Sie sind verschwunden."

Vorsichtig hob ich die Socke hoch und hielt sie auf Augenhöhe, versuchte, etwas zu erkennen.

An der Socke klebten Dreck und Haare und irgendein

ekliges Zeug, das ich nicht identifizieren konnte, aber was die Toddlianer anging, hatte Lewis recht … *Nada.*

„Lass mich mal sehen." Max riss sie mir aus der Hand. „Was zum Teufel?" Er biss die Zähne zusammen und wedelte mit der Socke vor meinem Gesicht herum. „Poabdecker, wo sind sie?"

Ich nahm die Socke und drehte sie auf links. Sie *mussten* doch da sein. Sie mussten! „Hey, ihr!" Die Klasse kicherte und ich flüsterte der Socke zu: „Wenn ihr irgendwo dort drin seid, kommt raus … bitte!" Ich schüttelte sie über meiner anderen Hand aus, ohne Rücksicht darauf, was mit ihren Hütten geschehen würde. Ein Haufen abgestorbener Hautzellen fiel heraus, aber das war auch schon alles.

Max schnaufte wie ein wild gewordener Bulle. „Was hast du mit ihnen gemacht?"

Ich zuckte mit den Schultern. „Ich … also … *du* hattest die Socke doch." Nachdem das gesagt war, konnte ich nicht mehr aufhören zu zittern. So direkt hatte ich noch nie gegen ihn aufbegehrt und ich bekam eine Höllenangst.

Mr Kascher stand auf und sein Schnurrbart sank enttäuscht nach unten. „Soll das etwa witzig sein, die Herren? Wertvolle Unterrichtszeit zu vergeuden ist nämlich nicht nur alles andere als komisch, es hat euch auch noch eine dicke, fette Sechs eingebracht."

„WAS?", brüllte Max. „Wir haben eine Menge Arbeit da reingesteckt. Die Insektenmenschen haben stundenlang für ihre Stunts trainiert. Vielleicht sind sie einfach nur schüchtern." Er schnappte sich die Socke und forschte nach irgendeinem Lebenszeichen.

Mr Kascher legte den Kopf schief und sah mich an.

Ich nickte. „Es ist wahr. Ich weiß, dass es verrückt klingt, aber ich hatte zufällig einen Funken auf einer meiner Baseball-Glückssocke gesehen, und meine Nachbarin Lucy …"

Max flitzte los, holte eine der Lupen, die wir im Unterricht verwenden, und schob die Socke darunter. „Schauen Sie durch!", flehte er. „Eine winzige Zivilisation mit Hütten und allem!"

Mr Kascher seufzte und sah durch die Lupe. So verharrte er eine Sekunde, dann schüttelte er den Kopf. „Ich sehe Schmutz und Ablagerungen. Die vermutlich dreckigste Socke, die mir jemals unter die Nase gekommen ist."

„Diese Ablagerungen, das sind die Hütten!", erklärte ich. „Wenn Sie ein stärkeres Vergrößerungsglas nehmen, werden Sie sie erkennen, das verspreche ich Ihnen!"

Er sah noch einmal hindurch. „Ich sehe ein großes Loch, das an den Rändern angekokelt ist."

„Dort haben sie meinen Zehenkäse geröstet! Und als das Feuer außer Kontrolle geriet, löschten sie es mit …"

„Beruhigt euch wieder!", befahl Mr Kascher der Klasse, die in Gelächter ausgebrochen war. Sogar Duddy lachte.

„Der war gut, Todd!", sagte er kichernd. „Winzige, Zehenkäse essende Menschen! Ha!"

„Aber es ist wahr!“, beharrte ich.

„Ich habe genug gehört“, sagte Mr Kascher und warf die Socke zurück ins Aquarium. „Ihr zwei solltet mir dankbar sein, dass ich euch kein Nachsitzen aufbrumme, dafür, dass ihr versucht habt, uns einen Bären aufzubinden. Naturwissenschaften sind vielleicht nicht das Coolste, aber sie sind kein Witz.“ Er zog einen roten Stift aus der Tasche seines Laborkittels und malte eine große Sechs gleich oben auf die Blätter unserer Projektauswertung. Als er mir meines aushändigte, sagte er: „Von dir hatte ich mehr erwartet, Todd. Ich kann nur hoffen, dass du dich um Tarni besser kümmerst als um deine Noten.“

Ich ging zu meinem Pult zurück und legte den Kopf auf die Tischplatte. Das nächste Projektteam stellte mit ein paar Kieselsteinen und Wasser einen Tsunami im Aquarium nach. Leider war ihr Aquarium auf dem Weg zur Schule zerbrochen, sodass Mr Kascher Max und mich dazu zwang, ihnen unseres zur Verfügung zu stellen.

Was war mit den Toddlianern geschehen? Lewis bekam in meinen Haaren einen Nervenzusammenbruch, fragte sich, wo sie waren und ob er sie jemals wiedersehen würde … Er drehte vollkommen durch und ich konnte kaum glauben, dass niemand in der Klasse ihn hörte. Aber der Tsunami war ein Erfolg gewesen und für den Rest der Stunde schweifte Mr Kascher immer weiter vom Thema Projekte ab und redete stattdessen über Unterwasserbeben.

Ich hingegen hatte mit meiner eigenen Riesenwelle der Schuld zu kämpfen. Als wir Leonardo da Zwicki tot aufgefunden hatten, hatte ich mich mies gefühlt. Das tat ich immer noch. Aber eine ganze Zivilisation zu verlieren? Und das alles nur, weil ich zu feige gewesen war, Max die Stirn zu bieten.

Und was hatte ich jetzt davon? Eine dreckige Socke und eine dicke, fette Sechs. Ich hatte noch nie im Leben eine Sechs bekommen, selbst damals nicht, als ich bei Duddy übernachtet und mir dort Kopfläuse von seinem Cousin eingefangen hatte. Ich hatte schon drei Wochen Unterricht verpasst, als die Schulkrankenschwester meine Haare untersuchte und endlich verkündete, dass sie nissenfrei seien.

Auch jetzt juckte es mich, als hätte ich Läuse, weil Lewis durch meine Haare torkelte und um seine Familie weinte, die er niemals wiedersehen würde. Sobald es geklingelt hatte, rannte ich zur Jungentoilette, um Max aus dem Weg zu gehen. In einer der Klokabinen befragte ich Lewis. Hatte er noch einmal von Persephone gehört? Hatte er irgendeine Ahnung, wo die Toddlianer sein könnten? Doch Lewis zitterte nur und sprach aufgeregt auf Toddlianisch vor sich hin.

Da ich zur nächsten Unterrichtsstunde musste, steckte ich vorsichtig den Kopf durch die Toilettentür. Kaum hatte ich das getan, zerrte mich Max auch schon auf den Flur. Er schäumte vor Wut, hob mich am T-Shirt hoch und donnerte mit seiner Stirn gegen meine. „Was ziehst du hier für ein Ding ab, Podecker?“ Er hatte meinen richtigen Namen benutzt. Kein gutes Zeichen. „Wo sind diese kleinen Punker?“

Er warf mich gegen einen der Spinde und ich konnte nur noch beten, dass einer der vorbeilaufenden Schüler einen Lehrer holen würde. „Ich … ich weiß nicht. Du hattest die Socke. Wie hätte *ich* die Toddlianer verschwinden lassen können?“ Er dachte nach und wollte mich gerade loslassen, als Lewis plötzlich Schluckauf bekam.

„Was war das?“, fragte Max und scannte mein T-Shirt ab.

Ich hickste und presste mir als Zugabe einen Rülpser heraus. Max würde mir die Haare mit den Wurzeln ausreißen, wenn er wüsste, dass ich einen Toddlianer darin versteckte. Es klingelte und schließlich ließ Max mich los. „Wenn du einen dieser Käfer siehst“, knurrte er, „dann sagst du ihnen, dass Onkel Max ihre Schädel zerquetschen wird … einen nach dem anderen.“

Während er davonstapfte, stürzte ich den Flur hinunter in die Bibliothek, wo das Freie Lernen stattfand. Ich verbrachte die ganze Stunde damit, den bibbernden Lewis zu beruhigen. Dabei musste ich höllisch aufpassen, keinen Ärger zu bekommen, weil ich wie ein paranoider Idiot mit mir selbst sprach.

In der Bibliothek verbrachte ich auch meine Mittagspause. Max würde mich auf keinen Fall mehr bei der Zoo-Gang sitzen lassen, und Duddy und seine neuen Kumpels würden mich an ihrem Tisch auch nicht gerade willkommen heißen. Dick stellte mir während des Sportunterrichts einige Male ein Bein, aber es war mir egal. Mir ging nur noch ein Gedanke durch den Kopf:

Wo waren die Toddlianer?

KAPITEL 21

„Ja, Kinderlein, ich glaube, das waren die dunkelsten Stunden meines Lebens, als ich glaubte, dass ich euch alle niemals wiedersehen würde." Opa Lewis' Gesicht sah bei diesen Worten um Jahre gealtert aus. Die kleine Andromeda krabbelte auf seinen Schoß und gab ihm ein Küsschen auf die Wange. Der alte Toddlianer strahlte.

„Hermann, bitte berichte doch du für mich, was sich am Abend vor dieser schlimmen Zeit zugetragen hatte. Meine Stimme braucht eine kleine Pause." Lewis griff noch einmal beherzt zu seiner halb ausgetrunkenen Schweiß-Schorle und leerte sie in einem Zug.

Hermann der Weise richtete sich auf. Seine Augen glänzten, als er zu sprechen begann:

„Ich hatte einige Stunden ausgeharrt und in der Kälte gewartet, als Dicks väterliche Person zurückkehrte. Er drückte einen Knopf an einem Gerät, das in der Nähe des Autodachs hing,

dann stieg er aus und schlug die Wagentür zu. Die Klappe des Raumes schloss sich rumpelnd, aber kurz bevor sie ganz nach unten fahren konnte, wurde sie von einem runden Gegenstand, den Dick ‚Fußball' nannte, ausgebremst und klemmte. Ein Spalt blieb offen. Sollte ich versuchen, durch diesen Spalt zu flüchten? Noch viel größere Wesen als ich hätten dort hindurchgepasst … Vorsicht, Hermann, Vorsicht. Du hast keine Ahnung, wo genau sich Todds Haus befindet, und wenn du hier drinnen schon frierst …, ermahnte ich mich.

Die väterliche Person hatte das Deckenlicht ausgeschaltet, als sie hinausgegangen war, aber durch die hoch gelegenen Fenster schien etwas Sonne herein. Zwar nicht viel, aber es würde ausreichen, um meinen Plan in die Tat umzusetzen.

Ich nahm all meinen Mut zusammen und kletterte vorsichtig vom Bücherberg, dann rannte ich mit wackeligen Knien über den kalten grauen Fußboden zum Auto hinüber. Da stand es, bewegungslos, verströmte jedoch immer noch eine angenehme Wärme. Es schien, als gelangte ich nur ins Innere des Autos, wenn ich den nächsten schwarzen, kreisrunden Gegenstand namens ‚Reifen' erklimmen würde. Ich griff nach einer herausstehenden Noppe, hievte mich hoch und eroberte mir auf diese Weise langsam die Noppen und Rillen der schwarzen Oberfläche, wobei ich meinen zitternden Gliedern öfter eine Pause gönnen musste. Schließlich erreichte ich mit klopfendem Herzen den öligen Gipfel.

Unter dem Bauch des Autos war es wunderbar warm und es

roch gut nach Erde und Metall. Am liebsten wäre ich gar nicht weitergeklettert, aber ich wusste, dass das Metall bald abkühlen würde und dann genauso kalt wäre wie der Raum selbst.

Ein Verbindungsglied aus Stahl lief hinüber zu dem mit Millionen von Riemen, Schläuchen und Lüftern umgebenen Motor. Ich torkelte darüber hinweg, dann schwang ich mich an einem der schwarzen Riemen nach oben, um mir einen Überblick zu verschaffen.

Mein Ziel war es, in die von Glas umgebene Kammer des Autos zu gelangen, wo die warme Luft sich am längsten halten würde.

Ich suchte mir einen Weg durch das Labyrinth aus Schläuchen, bis ich einen schwarzen Rost erreichte, der auf einem komischen schwarzen Dings saß. Ich kroch durch einen der engen Schlitze ins Innere des Autos und kletterte bis ganz oben auf den Sitz, wo über einer Art Kopfstütze für den Menschen ein weicher Bezug angebracht war. Dort hatte ich auch einen guten Überblick rund um das Automobil.

Ah! Das gefiel mir schon besser! Ich grub mich tief in die weichen schwarzen Fasern und sog die Wärme in mich ein. Was hätte ich darum gegeben, jetzt noch ein Häppchen Nahrung zu finden …

Ich wollte mich gerade ein wenig im Innern des Autos umsehen, als ich sah, dass ein schwarz gekleideter Mensch sich vor der geöffneten Klappe des Raumes hinkniete und einen silbernen Stab ins Innere des Raums steckte. Wohin auch immer der Stab zeigte, erschien ein Lichtstrahl. Mein Herz klopfte wild vor Angst. Natürlich war unser furchtloser Anführer, der Große Todd, auch ein Mensch, aber es waren auch Menschen gewesen, die mein Volk in Unglück und Verzweiflung gestürzt hatten. War das dort drüben ein Todd-ähnlicher Mensch oder ein Max-ähnlicher Mensch?

Ich versuchte, mich in dem flauschigen Bezug zu verstecken, doch im nächsten Moment schlüpfte der dunkle Mensch durch die schmale Öffnung und richtete den Stab direkt ins Auto.

Ich starrte geblendet in den unglaublich grellen Lichtstrahl und schluckte. Bist du meinetwegen gekommen?“

KAPITEL 22

Nach Schulschluss hörte ich, dass Max, Knolle und Dick planten, jede Menge Autos mit Eiern zu bewerfen, also lief ich alleine nach Hause. Nun ja, nicht ganz allein. Lewis saß immer noch in meinem Haar, plapperte davon, dass er Persephone nie gesagt habe, was er für sie empfinde, und dass sie nun weg sei.

Ich war gerade an Mr Millers von Unkraut überwuchertem Hof vorbeigelaufen, als eine Art Ninja aus den Büschen sprang und mich fast zu Tode erschreckte.

„Suchst du *die* hier?"

Der Ninja war etwa so groß wie ich und sprach mit einer mir vertrauten Mädchenstimme. Er zeigte mir eine große Streichholzschachtel und schob sie auf. Ich verengte meine Augen zu Schlitzen und beugte mich über die Schachtel. Da saß Persephone und winkte mit ihrem Cowboyhut. Um sie herum standen dutzende Toddlianer. Lewis kreischte und kletterte aus meinem Haar den Arm hinunter bis auf meine Hand und sprang mit einem großen Satz in die offene Schachtel. Es folgten Umarmungen und Tränen und ich war so erleichtert, dass ich am liebsten selbst ein paar davon vergossen hätte. Ich konnte es nicht fassen, dass die kleinen Leute in Sicherheit waren!

Ich sah den Ninja an. Er trug einen schwarzen Trainingsanzug und eine schwarze Mütze mit zwei Gucklöchern drin, die über das ganze Gesicht gezogen war. Die langen schwarzen Zöpfe, die darunter hervorlugten, verrieten aber genug: Lucy war schneller gewesen als ich.

„Wie bist du an die Toddlianer gekommen?", fragte ich und wollte ihr die Streichholzschachtel aus der Hand nehmen.

„Oh nein, die bekommst du nicht!" Lucy hielt die Schachtel mit eisernem Griff fest und eine Sekunde lang berührten sich unsere Finger, was eklig war, aber dieses Mal würde ich die Toddlianer nicht wieder loslassen. Lewis half unterdessen Persephone und Hermann dabei, auf meine Hand zu kletterten. Dann liefen die drei meinen Ärmel hoch. Lucy ließ es geschehen.

„Gestern Abend bekam ich Besuch von einem verzweifelten Mädchen, das ihr Volk retten wollte, und zwar vor einem ‚störrischen Maulesel, der nicht für fünf Penny Grips hat'." An dieser Stelle zog Lucy die Mütze ab und zwinkerte Persephone auf meiner Schulter zu. „Die Toddlianer waren zuerst zu ihrem Anführer gegangen und hatten um Hilfe gebeten, aber der hatte sie im Stich gelassen. Deshalb habe ich es als meine Pflicht – und eine Ehre – betrachtet, mich durch eine Ausrede (ich habe Susan erzählt, dass ich an einem weiteren freien Projekt über Fotosynthese arbeite und draußen forschen müsste) diesem Monster Max stellen zu können, das sich als Sechstklässler verkleidet."

„Dieser räudige Köter!", brüllte Persephone.

„Also habe ich diesen widerlichen Abklatsch eines *Homo sapiens* heute auf seinem Weg zur Schule verfolgt und ihm, während er mit seinen Kumpanen böse Pläne ausheckte, die Socke aus dem Rucksack gezogen, die kleinen Geiseln davon überzeugt, dass ich ihnen nichts Böses will, und ihnen eine sichere Reise im Schutz dieser Streichholzschachtel versprochen."

Die Toddlianer in der Schachtel jubelten und applaudierten.

„Du bist in *diesem* Aufzug zur Wakefield Middle School gegangen?"

Lucy verdrehte die Augen. „Natürlich nicht! Ich war gekleidet wie eine ganz normale Schülerin. Diese schwarzen Klamotten habe ich mir erst für meine zweite Rettungsmission übergezogen. Die Toddlianer beschrieben Hermanns Entführer als ‚überfüttertes menschliches Wesen mit schlechtem T-Shirt-Geschmack', also wusste ich, dass Hermann in Dick Nixons Haus sein musste."

„Ich wäre ja selbst auf einem dieser Viecher mit den buschigen Schwänzen zu dir gekommen, um dich zu retten“, erklärte Persephone Hermann, „aber die sind alle davongerannt, als sie sahen, dass ich mich an sie heranschlich.“

Lucy nickte. „Dick, diese taube Nuss, hat den armen Hermann in die Garage gesperrt, wo er beinahe an Unterkühlung gestorben wäre. Glücklicherweise war das Garagentor nicht ganz geschlossen und wir konnten hineinkriechen und ihn befreien.“

„Hab dir ja gesagt, dass ich jemanden finde, der Mumm in den Knochen hat!“, sagte Persephone und grub ihre Sporen in meine Schulter.

„Aaauuu!“, jaulte ich auf. „Hör auf damit!“

„Aufhören womit?“, fragte hinter uns jemand schroff.

Bevor Lucy und ich wussten, wie uns geschah, hatte Max sich schon die Streichholzschachtel geschnappt. Aus dem Inneren hörte man die entsetzten Schreie der Toddlianer, die ihren Gott anflehten, sie zu retten.

Nicht schon wieder. Mein Magen machte einen dreifachen Looping und ich bekam keine Luft mehr. *Ich darf sie nicht noch einmal verlieren.*

Max stellte sich zwischen Lucy und mich. „Ich habe gesehen, dass ihr beide eine Schachtel festhaltet, und wollte mal nachsehen, was los ist. Und da stehst du und hast meine Eins in der Hand.“ Er drückte mir den Daumen gegen die Brust. „Ich dachte, du seist cool. Ich dachte, wir seien Freunde."

„Ich habe die Toddlianer genommen", sagte Lucy. „Todd hatte nichts damit zu tun."

Max drehte sich zu Lucy um. „Du nerdige kleine Langweilerin. Du hast mich um meine neue Konsole gebracht."

Persephone hieb mir wieder die Sporen in die Schulter. „Wirst du ihm in den Hintern treten oder soll ich das erledigen?"

„Psst", flüsterte ich, damit Max sie nicht entdeckte.

Max wirbelte herum. „Was meinst du mit *Psst*, Podecker? Versuchst du deine hässliche Superhirn-Freundin zu beschützen? Wie niedlich. Poabdecker und das Gehirn haben sich verbündet, um Max wie einen Vollidioten dastehen zu lassen."

„In dieser Hinsicht brauchst du keine Unterstützung." Lucy hatte scheinbar Todessehnsucht! „Außerdem, wie ich dir schon sagte: Todd hatte nichts mit dem Diebstahl der Socke zu tun."

Max legte ihr den Arm um die Schulter und zeigte ein für alle Mal sein wahres Gesicht. „Oh, das ist so süß. Du nimmst deinen kleinen Freund vor dem großen, bösen Mobber in Schutz, weil du weißt, dass es auf der ganzen Welt keinen anderen Kerl mehr geben wird, der eine hässliche Langweilerin wie dich küssen würde."

Das war zu viel. Lucy schossen die Tränen in die Augen

und sie versuchte, sich aus seinem Arm zu befreien, aber Max hielt sie nur noch fester. „Wie fühlt es sich an, wenn man so oberschlau ist? Furzt du im Lateinunterricht?"

Ich musste Persephone zurückhalten, die meinen Arm hinunterlief, um sich Max vorzunehmen. Er war zu sehr mit Lucy beschäftigt, um es zu bemerken.

Max zog an einem von Lucys Zöpfen und quietschte: „Oh, ich liebe deine Haare. Wer frisiert sie dir? Frankensteins Braut? Oder deine Uroma?"

Jetzt weinte Lucy. Da sie zu Hause unterrichtet wurde, war sie wahrscheinlich nicht daran gewöhnt, gehänselt zu werden. Sie gab keinen Laut von sich, aber die Tränen liefen ihr über die Wangen.

Ich suchte krampfhaft nach einem Weg, Max zum Schweigen zu bringen, aber ich fühlte mich wie Trockenobst – jegliche Kraft war aus mir gewichen, wie Wasser aus einer Rosine.

„Oh, hab ich jetzt deine Gefühle verletzt?" Er deutete auf die Mütze in Lucys Hand. „Weißt du, wenn ich so hässlich wäre wie du, Dodo-Mädchen, würde ich mir auch eine Mütze übers Gesicht ziehen."

In diesem Moment konnte sie sich losreißen. Schluchzend lief sie in Richtung unserer Häuser. Ich wollte ihr gerade folgen, als mir einfiel, dass die Toddlianer immer noch in Max' Fängen waren. Wenn ich jetzt ginge, würde ich sie mit Sicherheit für immer verlieren.

„Zieh ihm eins mit der Pferdepeitsche über!“, zischte mir Persephone ins Ohr.

„Äh, Max“, sagte ich lahm, „da wir sie ja jetzt zurückhaben, meinst du, dass Mr Kascher uns den Zirkus am Montag noch einmal präsentieren lässt?“ Ich hoffte immer noch, dass er mir die Toddlianer überlassen würde, wenn wir nur eine Möglichkeit finden würden, ihm seine Eins zu sichern. Es war nun klarer denn je, dass man sie ihm definitiv *nicht* anvertrauen konnte.

Max lächelte mich an. Es war kein freundliches Lächeln. „Woher wissen wir, dass sich die kleinen Kakerlaken nachts nicht doch wieder aus dem Staub machen?“ Er schüttelte die Streichholzschachtel, ich hörte noch mehr Toddlianer schreien. „Wie willst du mir garantieren, dass sie nicht wieder verschwinden?“

„Ich …“

„Du kannst es nicht! Deshalb habe ich eine bessere Idee – einen idiotensicheren Weg, um doch noch an meine Eins zu kommen.“ Max drückte mir den Finger auf die Nase. „Und *du* wirst mir dabei helfen.“

KAPITEL 23

Max lief zur Schule zurück und bedeutete mir mit dem Kinn, ihm zu folgen. „Hör mal“, sagte er im Gehen, die Schachtel in der Hand. „Ich weiß, ich war gerade etwas gemein zu deiner Freundin. Ich bin einfach im Stress nach dieser Sechs in Naturwissenschaften. Aber du wirst mir helfen, das wieder in Ordnung zu bringen.“

Ich wollte ihm erklären, dass Lucy nicht meine Freundin war, stattdessen aber fragte ich: „Wie?“ Ich würde mitspielen müssen, wenn ich die Toddlianer zurückhaben wollte.

„Wir klauen das Lösungsblatt für den nächsten Test.“

Klauen? Mir rutschte das Herz in die Hose. Ich hatte noch nie etwas gestohlen, nicht mal ein Bonbon. Ich mochte ein verpeilter Chaot sein, aber immerhin war ich ein ehrlicher verpeilter Chaot.

„Ich bin sicher, du wirst die richtige Entscheidung treffen, Großer Todd“, sagte Lewis neben meinem Ohr.

Ich räusperte mich, hatte das Gefühl, als steckte eine Bowlingkugel in meinem Hals. „Wie willst du denn an das Lösungsblatt kommen?“

„Nicht ich, kleiner Kumpel, *wir*. Ich habe es in der Mittagspause entdeckt, als ich und die Jungs die Lehrerautos mit Eiern beworfen haben. Aber ich brauche jemanden, der so klein ist wie du und sich hineinzwängen kann, um die Drecksarbeit zu erledigen. Das Lösungsblatt steckt in einer dieser beigen Mappen auf Kaschers Beifahrersitz. Ich habe es herausschauen sehen.“

Ich blieb stehen. „Du willst sein Auto aufbrechen?“

Max legte mir den Arm um die Schulter, in der anderen Hand hielt er immer noch die Streichholzschachtel. „*Wir* werden dieses Auto aufbrechen. Das wird ein Kinderspiel. Es ist ein alter VW. Ich schiebe das hintere Fenster einfach mit einem Kleiderbügel auf, dann kannst du hineinkriechen und dir das Blatt schnappen. Mein Bruder hat mir das beigebracht – da ist nichts dabei.“

Er gab mir einen Schubs und auf dem Weg zurück zur Schule wurde mir von Sekunde zu Sekunde übler. Ich musste eine Möglichkeit finden, aus dieser Nummer wieder herauszukommen. „Mr Kascher wird vermutlich schon weggefahren sein.“

„Nö, er trainiert doch die Fußballmannschaft, und heute ist Training, wir haben also jede Menge Zeit.“

Ich sah rüber zum Fußballplatz, der auf der anderen

Seite der Schule lag. Tatsächlich stand dort Mr Kascher mit seinem obligatorischen Klemmbrett in der Hand. Er drehte uns den Rücken zu und ließ die Fußballer gerade Dribbelübungen machen.

Es hieß also jetzt oder nie. Ich beschloss, es mit etwas zu versuchen, das ich mich noch nie zuvor getraut hatte: mit Max zu diskutieren. „Äh, weshalb lernst du nicht einfach für den Test, um eine gute Note zu bekommen? Ich könnte dir dabei helfen."

Ich konnte hören, wie Hermann sagte: „Ich auch!"

Max schnaubte. „Ich bin kein Wissenschafts-Freak wie deine Freundin. Ich brauche eine sichere Eins! Außerdem habe ich Wichtigeres zu tun, als stundenlang über getrockneter Lava oder was auch immer und diesem ganzen anderen dummen Zeugs zu brüten."

„Weshalb ist diese Note denn so wichtig für dich?" Ich steckte schon so tief drin, dass ich genauso gut direkt fragen konnte. „Bist du nicht langsam etwas besessen von dieser Eins? Kannst du nicht einfach auf eine Konsole *sparen*?"

Max warf die geschlossene Streichholzschachtel in die Luft und fing sie wieder. Die armen Toddlianer im Inneren drehten komplett durch. Auch die drei in meinen Haaren brüllten und Persephone grub ihre Sporen so tief in meinen Skalp, dass ich selbst fast geschrien hätte.

„Okay, ich werde dir die Wahrheit sagen", begann Max.

„Es steht wesentlich mehr auf dem Spiel als diese Konsole. Meine Eltern drohen mir damit, mich auf eine Militärschule nach Virginia zu schicken, wenn meine Noten nicht schleunigst besser werden."

„Was für ein Glück", murmelte Persephone.

Am liebsten hätte ich Max gesagt, dass der Einbruch in ein Lehrerauto und der Diebstahl eines Lösungsblattes ihm vermutlich eine Suspendierung einbringen würden, was für seine Noten auch nicht gerade förderlich wäre. Ich war mir allerdings nicht sicher, ob diese Argumente ihn wirklich beeindrucken würden.

„Diese Eins in Naturwissenschaften war so gut wie sicher, bis deine nerdige Freundin mir in die Quere kam."

Er drückte die Streichholzschachtel so fest zwischen den Fingern zusammen, dass ich fürchtete, er könnte die Toddlianer zerquetschen. Verzweifelt probierte ich etwas anderes aus. „Hör mal, ich fühl mich nicht gut bei der Sa…"

„Ich weiß, wie du dich fühlst", sagte Max nun mit ruhigerer Stimme. „Am besten bringen wir es schnell hinter uns, dann können wir in den Skatepark. Hast du nicht gesagt, du hast ein neues Skateboard? Vielleicht können Dick und Knolle dir ein paar Tricks beibringen. Du solltest Dicks Kickflip sehen, er hat's echt drauf."

Lewis bekam Schluckauf, was nichts anderes bedeutete, als dass er wieder um seine Toddlianer weinte. Ich hatte die

Nase voll. Ich atmete tief ein, wohl wissend, dass es genauso gut mein letzter Atemzug sein könnte, und sagte, so schnell ich konnte: „Ich helfe dir unter einer Bedingung: Gib mir die Toddlianer."

„Klare Ansage, Cowboy!", jubelte Persephone. Endlich hatte ich etwas Rückgrat gezeigt.

Aber Max blieb unbeeindruckt.

Er schob die Streichholzschachtel in seine Hemdtasche. „Du bekommst sie zurück, wenn ich den Test mit einer Eins bestanden habe. Verstanden?"

Schade, das wäre wohl zu einfach gewesen. „Okay."

Er klopfte mir auf die Schulter und lächelte. „Gut. Lass uns loslegen."

Wir hatten die Straße hinter der Schule erreicht, wo Kascher sein hellblaues Relikt von einem VW auf einem Hügel geparkt hatte. Einige der Autos neben ihm trieften noch von der Eierpampe – wenn die Lehrer uns erwischten, würden sie uns also auch dafür drankriegen.

„Halt dich da raus, Todd", bat Persephone dicht an meinem Ohr. „Wenn du dieses Lösungsblatt stiehlst, wird dich der lange Arm des Gesetzes erwischen. Denk an John Wayne!"

Ich war mir nicht sicher, was John Wayne damit zu tun hatte, aber ich hatte definitiv Angst vor „dem langen Arm des Gesetzes".

Nicht so Max. Er zog einen Drahtkleiderbügel aus dem

Rucksack und bog ihn gerade. „Gib mir Rückendeckung", sagte er und schob das gebogene Ende zwischen Türrahmen und Fensterscheibe.

Ich ließ den Blick über die Straße und den Fußballplatz schweifen, um sicherzugehen, dass uns niemand beobachtete. Ein paar kleine Kinder spielten im Sandkasten am Fuß des Hügels. Einige Mütter und Väter saßen auf den Parkbänken, aber sie waren alle mit ihren Smartphones beschäftigt oder unterhielten sich angeregt.

Mein Herz klopfte so laut, dass ich nicht verstehen konnte, was Max vor sich hinmurmelte. Seinem Gesichtsausdruck nach zu urteilen, fluchte er.

„Podecker!", kam es fauchend. „Jetzt komm endlich hier rüber!"

Er hatte das Fenster ein gutes Stück runtergedrückt.

„Du bist dran! Schieb dich durch das Fenster und hol das Lösungsblatt. Die Mappen liegen unter dem Laborkittel auf dem Fahrersitz."

Mein Herz klopfte wie wild. „Das – das kann ich nicht machen", stammelte ich. „Das ist ja richtig kriminell."

„*Ich* werde gleich kriminell." Max wollte sich auf mich stürzen, änderte dann aber seine Taktik. Er riss den Kopf herum und sagte: „Komm schon, ich dachte, du wärst cool. Es dauert nur eine Sekunde, danach können wir im Skatepark abhängen."

Ich sah hinüber zum Schulgebäude, dann die Straße

hinunter. „Und nach dem Test gehören die Toddlianer wieder mir. Jeder einzelne, und zwar lebend! Versprochen!“

„Ja, ja. Sobald alles vorbei ist. Jetzt rein mit dir!“

Ich steckte Kopf und Oberkörper so weit wie möglich ins Innere des Wagens. Max hob meine Beine hoch und schob mich ganz hinein. Mein linkes Bein fiel auf die Hupe, die so laut trötete, dass man es bis in den nächsten Bundesstaat hören konnte.

„Duck dich!“, schrie Max, als sich Mr Kascher auf dem Fußballplatz zu uns umdrehte. Nach etwa einer Minute hörte ich seine Stimme und sein Pfeifen – das Training ging weiter. Ich grapschte mir das Lösungsblatt aus einer der Mappen und drehte mich im Wageninneren, um wieder hinauszuklettern. Leider kam ich dabei mit dem rechten Knie gegen die Handbremse. „Oh NEIN!“

„Geh weg!“ Max schob den Arm durchs Fenster und wollte nach der Handbremse greifen. Doch als er die Hand danach austreckte, fiel ihm die Streichholzschachtel aus der Hemdtasche und purzelte unter den Fahrersitz. Max und ich bückten uns gleichzeitig danach und stießen prompt mit den Köpfen zusammen. Er fluchte und zog sich durchs Fenster zurück, gerade als das Auto den Hügel hinabzurollen begann.

Da hing ich nun, verknotet wie eine Brezel hinter dem Lenkrad, das Lösungsblatt zwischen den Zähnen, den Hintern in der Luft. Mein linker Fuß hatte sich im Beifahrergurt verhakt und ich bekam ihn nicht frei.

„Die Bremse!“, brüllte Max und klammerte sich ans Lenkrad des rollenden Wagens. Ich fischte nach der Streichholzschachtel, erwischte sie aber nicht, also drehte ich mich, zog meinen Fuß aus dem Gurt, schluckte und sprang aus der Beifahrertür. Nun versuchte ich zusammen mit Max, den Wagen zum Stehen zu bringen, indem ich meine Fersen in den Asphalt grub und mich an den Türgriff klammerte – aber es nutzte nichts. Das Auto war sehr viel schwerer als ich und rollte schneller und immer schneller den Hügel hinunter … direkt auf den Spielplatz zu.

Die Toddlianer in meinen Haaren schrien. Ich schrie. Als ich schließlich aufgab und stehen blieb, rollte der Käfer an mir vorbei. Meine Füße schienen mit der Straße zu verschmelzen und jetzt geriet ich vollends in Panik. Die Toddlianer würden sterben! *Oh Gott! Was sollte ich tun?*

Es gab keine Möglichkeit mehr, die Toddlianer aus dem Wagen zu holen, denn er nahm mit jeder Sekunde mehr Fahrt auf. Die schaukelnden und spielenden Kinder da unten ahnten nicht, was da auf sie zukam. Sie lachten und warfen mit Sand, als hätten sie die beste Zeit ihres Lebens.

Ich musste sie irgendwie retten!

„WEG DAAAAA!“, schrie ich und schob mich an Max vorbei, der die Arme verschränkte und sorglos pfeifend zur anderen Straßenseite schlenderte, als hätte er noch nie im Leben ein Auto aufgebrochen. Ich breitete die Arme aus wie Flügel und „flog“ so schnell den Hügel hinunter, dass ich beinahe kopfüber auf den Spielplatz gestürzt wäre. „GEHT AUS DEM WEG!“ Ich zeigte auf den Wagen, der direkt auf sie zu rollte, und fuchtelte mit den Armen wie ein Verrückter, dann brachte ich die Kinder unter der Rutsche in Sicherheit.

Ein Baby, etwa in Daisys Alter, saß ahnungslos und vor sich hin sabbernd im Sandkasten. Ich nahm es auf den Arm und brachte es zu der in Panik geratenen Frau, die seine Mutter zu sein schien. In diesem Moment kam das Auto am Fuß des Hügels an und verließ die Straße. Es segelte über den Bordstein auf den Bürgersteig und krachte in einen hölzernen Sichtschutzzaun.

Der Wagen hatte den Kinderspielplatz verfehlt, aber das hielt die Kleinen nicht davon ab, sich die Seele aus dem Leib zu brüllen. Sie klammerten sich aneinander und an ihren Eltern fest, die herbeigelaufen waren.

Die Mutter des Babys drückte mich so fest an sich, dass sie mir fast die Rippen gebrochen hätte, und wiederholte ständig, was für ein Held ich doch sei. Was die anderen sagten, während sie meine Hand schüttelten und mich auf die Wange küssten, konnte ich nicht verstehen. Schließlich befreite ich mich und lief benommen zum VW hinüber. Wie würden diese Eltern wohl reagieren, wenn sie wüssten, dass ihre Kinder *meinetwegen* beinahe von einem rollenden Auto erfasst worden wären?

Ich zitterte. Ich beugte mich durch das Fenster, kroch ins Auto und suchte die Schachtel unter dem Sitz. Max rief mir irgendetwas zu, aber mein Herz schlug so laut und schnell, dass ich ihn nicht verstehen konnte. Es schien immer wieder dieselbe Frage zu stellen:

Hatte ich die Toddlianer umgebracht?

KAPITEL 24

Lewis und seine Freunde hatten in meinen Haaren beinahe einen Herzanfall bekommen. Ich fand die Streichholzschachtel unter dem Bremspedal, zog sie heraus und öffnete sie ängstlich.

In der Schachtel herrschte Chaos, die Toddlianer schrien und liefen wild durcheinander.

Aber das spielte keine Rolle … Sie lebten! Sie klammerten sich aneinander, manche schienen kurz vor einem Herzinfarkt zu sein, aber sie waren in Sicherheit.

Max stapfte den Hügel hinunter und kam zu mir. „Was hast du dir dabei gedacht, Podecker?“, polterte er. „Weißt du nicht, was eine verdammte Handbremse ist? Alter, bist du überhaupt schon mal Auto gefahren?“

Ich sah hinüber zu der Rutsche. Zum Glück hatten sich alle zerstreut. Die Eltern setzten ihre geschockten Kinder in ihre Autos. Niemand schien mitbekommen zu haben, dass ich zum Wagen gelaufen war. Die Mutter des Babys saß in ihrer Familienkutsche, hatte uns den Rücken zugedreht und telefonierte. Es klang so, als beschreibe sie Mr Kaschers VW. Na, toll. Sie hatte die Polizei angerufen.

Max musste dasselbe gedacht haben. „Da hast du uns ja eine schöne Suppe eingebrockt."

Ich?! Was?

„Gut, dass keine Polizisten in der der Nähe waren", meinte Max. „Jetzt wird es so aussehen, als hätte Kascher einfach vergessen, die Handbremse anzuziehen."

Mein Blick ging hinüber zu dem kaputten Holzzaun. „Wer wird den Schaden übernehmen?"

„Die Versicherung! Die Versicherung zahlt für alles. Die muss jeder Autobesitzer abschließen. Erwachsene haben Millionen solcher Regelungen."

„Oh." Ich war zu erleichtert, um mehr herauszubringen.

„Wie auch immer, machen wir uns aus dem Staub." Max nahm mich am Arm und führte mich vom Auto weg zu einer kleinen Baumgruppe auf der anderen Seite des Parks. „Wie geht's unseren kleinen Käfern?", fragte er.

Als ich die Streichholzschachtel hochhielt, zitterte meine Hand. Ich war immer noch ziemlich durcheinander von dem ganzen Vorfall. „Es geht ihnen so weit gut … glaube ich." Einige der Toddlianer riefen: „Großer Todd, rette uns!" Ich schob die Schachtel einen Spalt breit auf und sagte: „Ist schon gut, ihr seid jetzt in Sicherheit."

Max nahm mir die Streichholzschachtel aus der Hand. Mein Magen verkrampfte sich. *Nicht schon wieder*. Nach alldem würde er sie mir doch nicht tatsächlich wegnehmen wollen?

„Onkel Max freut sich auch, dass es euch gut geht", besprach er die Streichholzschachtel. „Wie würde es euch kleinen Käfern gefallen, wenn ihr eure Zirkusshow am Wochenende auf dem Jahrmarkt vorführt? Ihr werdet berühmt werden!"

„NEEEIIIN!", kam es einstimmig von den Toddlianern zurück, aber Max schien das nicht zu stören.

Er grinste. „Super! Ich bin auch schon ganz aufgeregt." Einige der mutigeren Toddlianer versuchten, aus der Streichholzschachtel zu klettern, aber Max drückte sie wieder hinein und schob die Schachtel zu.

„Äh", sagte ich und hob den Finger, „das ist ein toller Plan, aber: Wir haben den Preis für das beste Projekt gar nicht gewonnen. Duddy und Ernie haben gewonnen, erinnerst du dich? Also haben wir uns auch nicht für den Forscherwettbewerb auf dem Topsfield-Jahrmarkt qualifiziert. Wir können nicht daran teilnehmen."

„Doch, das können wir." Max kniff die Knopfaugen zusammen. „Wir sind vielleicht nicht Teil des ‚offiziellen' Langweiler-Wettstreits, aber es gibt immer eine Möglichkeit, das zu bekommen, was man will, wenn man sich nur darum bemüht. Und ich will eine Eins, ich will diese dumme Militärschule vom Hals haben, ich will Freifahrten für den Jahrmarkt UND meine Konsole – unbedingt."

„Aber wir haben das Lösungsblatt im Auto gelassen." Ich zeigte auf den Käfer.

Max zuckte mit den Schultern. „Und dort muss es ja nun auch leider bleiben, ansonsten weiß Kascher, dass einer seiner Schüler das Auto aufgebrochen hat. Ich werde beim Test einfach von dir abschreiben, daran hätte ich gleich denken sollen. Dann bekomme ich schon eine gute Note. Und wir nehmen die Käfer mit zum Jahrmarkt, dann können sich die Besucher für fünf Dollar den Flohzirkus angucken, somit wäre auch meine Konsole gesichert."

„Neeeiiin!", drangen die gedämpften Schreie aus der Streichholzschachtel.

Ich öffnete den Mund, aber mir fiel nichts ein, was ich hätte sagen können.

„Großer Todd?" Lewis kletterte hinunter auf meine Schulter. „Bitte."

Ich schluckte. Es war Zeit, Max die Stirn zu bieten. Ob es mir gefiel oder nicht, ich hatte die Verantwortung für die Toddlianer und ich musste wenigstens versuchen, sie zu beschützen. Ich holte tief Luft.

„Nein. Dieser Plan wird nicht funktionieren. Die Toddlianer sind keine Zirkusakrobaten. Es sind winzige Menschen mit Gefühlen, und sie werden verletzt. Max, das muss aufhören."

Max starrte mich an. Seine zusammengewachsenen Augenbrauen fielen ihm fast auf die Nase. „Was hast du da gerade gesagt?“

„Es muss aufhören. Ich werde dir helfen, für den Test zu lernen, aber ich muss die Toddlianer wiederhaben.“ Ich streckte meine zitternde Hand aus. „Jetzt.“

Max’ Nasenlöcher blähten sich auf und ich machte mich auf eine Abreibung gefasst. „Komm schon“, sagte ich verzweifelt, „wir können das auf dem Weg zum Skatepark besprechen.“

Er legte den Kopf zurück und schnaubte. „Zum Skatepark? Machst du Witze? Weshalb sollte ich einen Loser wie dich an einen Ort mitnehmen, an dem die coolen Typen abhängen?“ Max schwieg kurz. „Alter, was glaubst du eigentlich, weshalb ich das Projekt mit dir zusammen machen wollte?“

Ich runzelte die Stirn. „Äh, weil du mich für cool gehalten hast, als ich mich gleich am ersten Tag im Unterricht gegen Mr Kascher behauptet habe?“

Max kam dicht zu mir heran und stieß mir den Finger zwischen die Augen. „Nicht für cool, sondern für *schlau*. Als du all diesen Müll über spontane Verbrennung oder was auch immer heruntergerasselt hast, dachte ich: *Max, dieser Junge da ist dein Freifahrtschein zur Eins.*“

Die Faust in meinem Magen wütete heftiger.

„Als ich das Dodo-Mädchen kennenlernte, war ich mir

sicher: Eure beiden Superhirne würden mir den Hintern retten.“ Er steckte die Streichholzschachtel in seine Hemdtasche und zeigte mir seinen fleischigen Bizeps. „Nur, dass du mir nicht geholfen hast. Du Schwachkopf hast alles kaputt gemacht. Also ist das Mindeste, was du jetzt noch tun kannst, deine kleinen Käfer mit mir zu teilen, damit ich mir was dazuverdienen kann.“

Ich ließ die Schultern hängen. Mir war, als hätte jemand einen Strohhalm in mich hineingesteckt und alles aus mir herausgesaugt. Ich hatte mich nie für schlau gehalten oder auch nur so getan, als ob ich es wäre. Aber für ein paar Tage hatte ich eine Ahnung davon bekommen, wie es sich anfühlte, jemand zu *sein*. Und es hatte mir gefallen. Jetzt wusste ich, dass nichts davon real gewesen war.

„Großer Todd“, wisperte Lewis wieder, „ich glaube an dich.“

In diesem Moment riss irgendetwas in mir. Ich war vielleicht nicht cool, aber eine ganze Zivilisation zählte auf mich, und mindestens einer von ihnen glaubte, dass ich alles konnte, und hielt mich für die tollste Person auf der Welt. Ich würde die Toddlianer retten oder bei dem Versuch sterben.

„Danke, aber: *Nein*, danke, Max.“ Ich streckte noch einmal die Hand aus. „Ich werde nicht mit dir auf den Jahrmarkt gehen. Ich nehme mir jetzt die Toddlianer und verschwinde.“

Die zusammengewachsenen Augenbrauen schnellten nach oben. Ich glaube, Max war regelrecht schockiert, dass ich ihm noch einmal widersprach. Da waren wir schon zu zweit.

„Du bekommst deine Käfermenschen zurück, wenn ich meine Konsole habe. Ende der Diskussion." Max wollte sich gerade davonmachen, als er sich noch einmal umdrehte. „Du kannst froh sein, dass ich dir nicht den Kopf abreiße, Poabdecker." Er schnaubte. „Was für ein Loser." Dann stapfte er davon.

„Oh nein!", rief Lewis. „Diesmal sind wir so dicht dran gewesen. Wird mein Volk denn nie wieder frei sein?"

„Es tut mir leid", sagte ich. „Ich habe es versucht. Ich habe es WIRKLICH versucht."

Persephone ließ sich aus meinen Haaren auf meine Schulter fallen und grub mir ihre Sporen in die Haut. „Ich hab dir doch gesagt, dass dieses Bleichgesicht zu viel Schiss in der Hose hat, um unser Anführer zu sein", schimpfte sie mit Lewis.

„Nein, nein", mischte sich eine dritte Stimme ein. *Hermann*. „Lasst uns nicht vorschnell urteilen. Man muss neuen Anführern die Chance geben, sich zu beweisen, besonders in Zeiten des Krieges. Denkt an die unvergänglichen Worte des britischen Staatsmannes Winston Churchill: ‚Gebt niemals auf. Niemals, niemals, niemals, niemals!' Ich bin sicher, der Große Todd hat eine Strategie, um unser

Überleben und das unserer gesamten Art zu sichern." Hermann machte eine Pause, ich vermute, um das erst einmal sacken zu lassen. Dann, in einem feierlichen und ernsten Ton, stellte er mir die Frage, die ich gerade eigentlich nicht hören wollte:

„Großer Todd, wie lautet dein Plan?"

KAPITEL 25

Opa Lewis beugte sich zu den Kindern vor: „Es waren wirklich aufregende Zeiten damals. Der Große Todd stand vor einer großen Aufgabe. Und musste sich erst einmal zurückziehen. Ich hatte in der Zwischenzeit einen guten Kontakt zu Todds Schwester aufgebaut.“ Die Kinder jubelten. Daisy war einfach etwas Besonderes und jeder Toddlianer verehrte sie. Opa Lewis fuhr also fort: „Die Anbetungswürdige, die sie Daisy nannten, grapschte mit ihrem runden, perfekten Händchen nach meinem Buntstiftsplitter. Farbe: Kaugummirosa. Sie gluckste, grunzte und gurrte in meiner Muttersprache. ‚Nein, Lewis, du bist einfach zu verkrampft. Der Schlüssel zur Schaffung eines grandiosen Kunstwerks liegt darin, die Seele durch die Finger fließen zu lassen, deshalb müssen sie locker sein: so etwa.‘

Seit der Nacht, in der sie am Bau des DAISYNATOR 3000 gescheitert war, gab die Anbetungswürdige mir Kunstunterricht. Sie hatte mich bei meinem plumpen Versuch beobachtet, eine Statue ihres Großen Bruders zu bauen (denn sie besaß nicht nur einen ausgezeichneten Blick für Kunst, sondern ‚Adleraugen', wie Hermann immer sagte, mit denen sie uns weit besser wahrnahm, als die älteren Menschen das taten). Da sie auch noch fließend meine Sprache sprach, hatten wir gleich einen innigen Kontakt (auch wenn wir, was ihren Bruder anging, unterschiedlicher Meinung waren). Sie half mir, meine Technik zu verbessern.

Ich war dankbar für ihre Anleitung, besonders jetzt, da unser Anführer so in Sorge war, dass nur die Kunst ihn aufheitern könnte. Nach der Geschichte mit dem fahrerlosen Automobil schien der Große Todd erschöpft zu sein. Als wir nach Hause gekommen waren, hatte er sich ins Bett fallen lassen und sich bis jetzt kaum gerührt. Ich hatte Hermann und Persephone in seinen Haaren zurückgelassen, damit sie ein Auge auf ihn hatten. Sie sollten mich holen, wenn sie mich brauchten.

Ich verließ mich auf die Anbetungswürdige. Mit ihrer Hilfe würde ich ein Werk schaffen, das die Seele des Großen Todd berühren und ihm neue Energie schenken würde. Seit der Schlappe mit der Statue hatte ich als Künstler bedeutende Fortschritte gemacht. Daisy jedoch war die wahre Meisterin. Sie hatte bereits fünfhundert Werke auf Flurwänden und Schranktüren geschaffen, ganz zu schweigen von ihren künstlerischen Kreationen mit Lebensmitteln. Sie war ein wahres Genie!

‚Wie die meisten großen Künstler werde ich gerade von denjenigen missverstanden, die mir am nächsten stehen', beschwerte sie sich. ‚Erst die Zeit wird die Genialität meiner Werke offenbaren.' Etwas Sabber tropfte ihr aus dem Mund.

Sie hatte wirklich Grund, sich zu beschweren. Die meisten ihrer Werke waren von ihrer gleichgültigen Mutter zerstört worden. Just an diesem Morgen hatte mich das Bild ‚Schmetterlinge in Rotgelb' aus Apfelmus, zerquetschten Erdbeeren und goldgelbem Honig noch zu Tränen gerührt, war es doch eine außergewöhnliche Wiedergabe des Rostfarbigen Dickkopffalters. Aber die Mutter hatte das Meisterwerk zerstört, mit Daisy wegen der ‚Panscherei' geschimpft und die herrlich platzierten Kleckse mit einer einzigen verheerenden Bewegung vom Fußboden gewischt.

‚Das zahle ich ihr heim', hatte Daisy gejammert. ‚Ich werde es ihnen allen heimzahlen. Diese Banausen!'

Auch über Todd musste sie sich häufig ärgern, der ihr Talent genauso wenig erkannte wie alle anderen. Dennoch glaubte ich, dass Daisy und Todd mehr gemeinsam hatten, als sie meinten. Beide erschufen etwas, sie waren Schöpfer. An jenem Tag versuchten sich die Anbetungswürdige und ich an einem Stillleben – ‚Die Kuscheldecke' – auf der Kühlschranktür. Die Mutter befand sich außer Reichweite im Zimmer nebenan, eifrig bemüht, einem kleinen Kind das Zählen beizubringen, während es mit den Fingern auf schwarze und weiße Tasten klopfen musste, die Töne von sich gaben.

Mit diesem Geräuschpegel im Hintergrund war es gar nicht leicht, sich in der Kunst zu verlieren, aber wenn die Lehrerin dazu in der Lage war, dann konnte es auch ihr Schüler. Ich versuchte, meine Hand zu entspannen, und ließ sie über die mit

Avocado verzierte Kühlschranktür gleiten, dann zeichnete ich rasch die Umrisse der Kuscheldecke nach. Ich nahm einen Buntstiftsplitter – Farbe: Verliebtes Lila – in die Hand und führte ihn über meine Zeichnung.

Die Anbetungswürdige nickte. ‚Ausgezeichnete Strichführung, Lewis. Du lernst schnell!'

Im Nebenzimmer legten die Geräusche eine Pause ein, sodass ich hören konnte, dass sich der Große Todd in seinem Zimmer rührte. ‚Ich muss jetzt los', sagte ich. ‚Der Große Todd braucht mich.'

Aber Daisy nahm mich gar nicht wahr. Sie kämpfte damit, das Bild der Kuscheldecke so hinzubekommen, dass sie zufrieden damit war. In einem Wutanfall biss sie den Buntstift entzwei und spuckte die beiden Hälften auf den Boden. ‚Alles Mist! So kann ich nicht arbeiten!'"

KAPITEL 26

Am Abend nach dem Einbruch in Kaschers Wagen konnte ich nicht einschlafen, aber ich war auch zu bedrückt, um aufzustehen. Egal, wie sehr ich versuchte, meine Gedanken abzuschalten, immer sah ich die Toddlianer vor mir, wie sie mir hilflos die winzigen Ärmchen entgegenstreckte. Ich hatte das Gefühl, alles verloren zu haben. Duddy, Lucy, Max, die Toddlianer – und auch meine Selbstachtung. Jammernd rollte ich mich zu einer Kugel zusammen. Ich wünschte mir, ich hätte die Zeit zurückdrehen und noch einmal alles anders machen können.

Aber die Vergangenheit lässt sich nicht ändern. Man kann nur in der Zukunft Sachen anders machen. Dieser Geistesblitz traf mich gegen Mitternacht, als ich versuchte, mich mit Toddlianer- statt Schäfchenzählen zu beruhigen. Vielleicht war es wirklich an der Zeit, „den Büffel bei den Hörnern zu packen“, wie Persephone sagte. Vielleicht war noch Zeit, um alles in Ordnung zu bringen.

Ich setzte mich auf und rief nach den drei Toddlianern, die ich vor Max hatte retten können. „Lewis? Persephone? Hermann? Kann ich kurz mit euch sprechen?“

Ich hörte, wie sich etwas regte, und dann sah ich Lewis über das Kopfkissen auf mich zulaufen. Ich nahm ihn mit dem Finger auf. „Ja, Großer Todd?“, fragte er mit einer Verbeugung. „Wie kann ich dir zu Diensten sein?“

„Vermutlich will er dich diesem Max ausliefern“, sagte Persephone und schnaufte wütend. „Hab dir gleich gesagt, er ist ein Verräter!“ Sie war aus Daisys Zimmer herübergekommen – und zwar auf Tarni! Anscheinend hatte sie ihn vollkommen gezähmt. Lewis sagte, dass Hermann in der Garage sei (er schien eine große Leidenschaft für Autos entwickelt zu haben), also lief ich los, um ihn zu holen, und setzte alle drei auf meinem Schreibtisch ab. Dann ging ich in die Hocke, um ihnen in die Augen sehen zu können. Nun ja, allen außer Tarni. Seine Augen schauten nie länger als zwei Sekunden in dieselbe Richtung.

„Äh.“ Ich räusperte mich. Es war schwerer, als ich dachte. „Hört mal, Leute, ich weiß, dass ich ein lahmer Anführer bin …“

Persephone schnaufte wieder, woraufhin Lewis ihr einen warnenden Blick zuwarf.

„Ja, also, ob es etwas hilft oder nicht, ich wollte euch nur sagen, wie sehr ich diesen ganzen Zirkus bedauere und wie leid mir die Sache mit Max tut.“ Jetzt war es heraus.

Lewis lächelte nur und meinte: „Danke, Großer Todd. Ich schätze deine Entschuldigung und nehme sie an."

Hermann wusste noch mehr zu sagen. Er verbeugte sich vor mir und zitierte:

„*Die Art der Gnade weiß von keinem Zwang.*
Sie träufelt wie des Himmels milder Regen
Zur Erde unter ihr; zwiefach gesegnet:
Sie segnet den, der gibt, und den, der nimmt.

Enzyklopädie, Band 7 R–S – Shakespeare. Aus *Der Kaufmann von Venedig*", erklärte er und breitete die Arme aus. „Ich vergebe dir voll und ganz."

Mit Persephone verhielt sich die Sache anders. „Eine Sekunde mal, Jungs. Ihr nehmt seine Entschuldigung schneller an, als ich mein Lasso werfen kann. Denkt daran, dass er die windige Klapperschlange war, die uns diesem räudigen Kojoten Max überhaupt erst überlassen hat."

Ich fürchtete schon, Lewis würde einen Herzanfall bekommen, so aufgeregt versuchte er, sie zum Schweigen zu bringen. „Ist schon in Ordnung", beruhigte ich ihn. „Sie hat recht. Ich habe euch an Max weitergereicht und das war ein großer, *großer* Fehler. Um euch zu zeigen, wie leid es mir tut, verspreche ich, alles zu tun, um euer Volk zu retten." Ich atmete tief ein. „*Mein* Volk. Mir fällt nur einfach nichts ein. Deswegen kann ich nicht schlafen."

Persephone stieg von Tarni herunter, die Zügel aus Zahnseide in der Hand, auf denen er herumkaute. „Genug von diesem Geschwätz. Es ist mehr als deutlich, wen wir brauchen. Lucy ist das cleverste Cowgirl jenseits der Prärie und die Einzige, die genug Mumm in den Knochen hat, um diesem vor Dreck stinkenden Büffel Max die Stirn zu bieten.“

„Ooooh!“, riefen Hermann und Lewis gleichzeitig. Sie schauten mich betreten an.

„Todd weiß, dass ich recht habe“, sagte Persephone.

Ich schwieg eine Weile. „Es stimmt“, sagte ich schließlich und zuckte mit den Schultern. „Ich hab nur Stroh im Kopf.“ Persephone lächelte ein wenig, als ich das sagte. „Lucy ist diejenige, die Grips hat – und wir brauchen ihre Hilfe.“

Für den Ausflug zu Lucy sprang das Dreiergespann in meine Haare. Wir schlichen uns aus der Garage, wobei wir den Hund weckten und fast erwischt worden wären. Aber Persephone kümmerte sich um Prinzessin von Wuff. Sie seilte sich mit Zahnseide an meinen Beinen ab und warf diese dann wie ein Lasso um die Pudelschnauze. Die Zahnseide würde bestimmt nicht lange halten, aber bis dahin wären wir schon lange auf und davon. Langsam fand ich Gefallen an diesem Cowgirl!

Zum Glück lag Lucys Labor, äh, Schlafzimmer im Erdgeschoss des Hauses. Ich klaubte eine Handvoll Kieselsteine aus dem Blumenbeet. Ich hatte ein mulmiges Gefühl im

Magen und hoffte, dass sie verstehen würde, weshalb ich bei den Toddlianern geblieben war, anstatt ihr hinterherzulaufen. Leider hatte sich die Mühe ja nicht einmal gelohnt.

Zehn Kieselsteine flogen, bevor die Jalousie sich einen Spalt breit öffnete und dann hochgezogen wurde. Als Nächstes ging das Fenster auf und Lucy steckte den Kopf heraus. Ihre Haare waren verwuschelt und standen nach allen Seiten ab.

Dann erkannte sie mich. „Hau ab, Todd! Ich …"

Ich sprach schnell. „Hör mal, Lucy, es tut mir leid. Ich war ein kompletter Idiot und verdiene deine Hilfe nicht. Aber die Toddlianer brauchen dich und ich auch. Max will die Toddlianer auf dem Jahrmarkt präsentieren und Geld dafür verlangen. Er wird sie morgen zwingen, gefährliche Zirkuskunststücke aufzuführen, und ich will das verhindern, aber mir fällt einfach keine Möglichkeit ein, wie ich die Toddlianer retten könnte, ohne dass er es merkt."

Als ich eine kurze Pause einlegte, um Luft zu holen, ergriff sie das Wort. „Du hättest in puncto Max von Anfang an auf mich hören sollen, anstatt dich die ganze Zeit wie sein Lakai aufzuführen. Ich hab dir gleich gesagt, dass er schlechtes Karma hat."

„Du hast ja so recht. Glaub mir, ich wünschte, ich hätte diesen Kerl niemals kennengelernt. Jetzt habe ich nämlich auch noch Duddy verloren. Den besten Freund, den man sich nur wünschen kann, und ich weiß nicht, wie ich ihn zurückgewinnen soll." Meine Stimme war immer leiser geworden. Ich vermisste Duddy wirklich sehr. „Ich wollte einfach kein Langweiler mehr sein. Du wirst zu Hause unterrichtet, du kannst dir nicht vorstellen, wie brutal es ist, in der Schule gemobbt zu werden. Max sollte mein Ticket in die Freiheit werden, doch statt cool zu sein, bin ich nun ein armes Schwein." Ich machte eine Pause und sah ihr in die Augen. „Ergibt das irgendeinen Sinn für dich?", fragte ich Lucy.

Sie schüttelte ihren Wuschelkopf. „Nein. Aber das spielt jetzt auch keine Rolle. Das Einzige, was zählt, ist, die Toddlianer vor Unheil zu bewahren. Und ich tue das nicht für dich, sondern für das unschuldige Volk, das du erschaffen hast. Versprichst du feierlich, dass du alles in deiner Macht Stehende tun wirst, um die Bürger von Toddlantis vor weiteren Gefahren zu beschützen?"

„Ich verspreche es."

Lucy streckte mir die Hand hin und ich schüttelte sie, so fest ich konnte.

Die Toddlianer jubelten. Lucy verschwand aus dem Fensterrahmen, dann tauchte sie wieder auf und schob ihre Tafel so vors Fenster, dass ich sie sehen konnte. „In Ordnung. Komm an die Hintertür, damit ich dich reinlassen kann." Sie wedelte mit ihrem Filzmarker in der Luft herum. „Es wird Zeit, einen Plan zu schmieden."

KAPITEL 27

Ich hätte nie gedacht, dass mir noch schlechter werden könnte als bei der Achterbahnfahrt auf dem Jahrmarkt im letzten Jahr. Aber mittlerweile war mir noch sehr viel schlechter, und dabei hatte ich weder Hotdogs noch Cremetörtchen, weder Zuckerwatte noch frittierte Quarkbällchen noch irgendeine andere Köstlichkeit gegessen (die ich mir während meiner letzten Jahrmarktbesuche genehmigt hatte). Es war eher die Art von Übelkeit, die einen überfällt, wenn man total nervös ist. Die Übelkeit eines Jungen, der weiß, dass er bald vor einer Menschenmenge zu Staub zermahlen wird.

Max hatte sich in einem riesengroßen rot-gelbgestreiften Zelt auf dem Jahrmarkt niedergelassen. An den Seiten des Zeltes hatte er mit Klebeband einige große Plakate aufgehängt, auf denen stand: BESUCHT DEN ZIRKUS MAXIMUS! KLEINSTLEBEWESEN FÜHREN TRICKS VOR! 5 DOLLAR! Auf dem Lageplan des Jahrmarkts war an dieser Stelle eigentlich eine Präsentation verschiedener Küchenmesser vorgesehen. Als ich Max darauf ansprach, wie er uns so kurzfristig für den Jahrmarkt hatte anmelden können, meinte er nur, ich sollte mich um meine eigenen Angelegenheiten kümmern. Aber er behielt die Hauptstraße des Jahrmarkts im Auge, als erwarte er jemanden.

Ich atmete tief durch. *Lass es gut sein, Todd. Du hast jetzt andere Sorgen.* Das Zelt lag direkt in der Mitte der Hauptstraße und von draußen hörte man Schausteller rufen, Leute lachen und ein *Ding!*, wenn wieder jemand ein Stofftier beim Reifenwerfen gewonnen hatte.

Vor mir stand das Aquarium. Ich hockte mich daneben und suchte nach den Toddlianern.

Von der anderen Seite der Glasscheiben starrte mich Max mit Furcht einflößender Miene an. „Wollte nur sichergehen, dass sie noch da sind", erklärte er, als er sich wieder aufrichtete. „Nach der Projektpräsentation im Unterricht will ich kein Risiko mehr eingehen."

Und er meinte es ernst: Das Aquarium hatte einen Deckel und dieser war mit einem Schloss verriegelt. Der Schlüssel steckte in seiner vorderen Jeanstasche, wo sich niemand dranwagen würde. Der einzige Toddlianer, der sich zu diesem Zeitpunkt in meinem Haar versteckte, war Lewis.

Mein Herz pochte im Rhythmus des Countrysongs, der von draußen hereindrang. Der allgegenwärtige Geruch von Zucker und Fett ließ meinen Magen rebellieren, aber ich schenkte den gefangenen Toddlianern das breiteste Grinsen, das ich zustande brachte.

Dann warf ich einen Blick auf die Transportkiste, in der Tarni saß, um sicherzugehen, dass mit ihm alles in Ordnung war. Nach dem gestrigen Treffen mit Lucy, hatte ich Max angerufen und ihm gesagt, dass das Finale der Zirkusshow meiner Meinung nach ein richtiger Clou werden müsste … und dass Tarni der Schlüssel dazu sei.

Max hatte unter der Bedingung zugestimmt, dass wir es einmal proben. Er wollte sicherstellen, dass nichts schieflief. „Obwohl ein Chamäleon, das die Toddlianer zum Mittagessen verspeist, die Show tatsächlich mit einem Clou beenden würde. Hehe."

Ich wollte gerade Tarnis Transportkiste öffnen, als zwei Köpfe sich durch den Zelteingang schoben. Es waren Lucy und Duddy.

„Die Show hat noch nicht angefangen!", kläffte Max.

Nichtsdestotrotz schob Lucy die Zeltplane zur Seite und stolzierte herein. „Duddy und Ernie sind gerade Dritte geworden bei dem Forscherwettbewerb, und wir haben drüben ein paar Muffins, um das zu feiern. Erzähl Susan nichts davon. Aber egal. Da ich bei der Entdeckung der Toddlianer geholfen habe, sollte ich doch wohl zumindest zusehen dürfen, was ihr Schwachköpfe mit ihnen anstellt, meint ihr nicht?"

Mittlerweile schien auch Max begriffen zu haben, was mir schon viel früher klar geworden war: Der beste Weg, Lucy wieder loszuwerden, bestand darin, sie das machen zu lassen, was sie wollte. „Von mir aus“, meinte er. „Aber beeil dich, meine zahlenden Kunden können jede Minute hier sein.“ Er pikste Lucy den Finger gegen die Stirn und seine Miene verfinsterte sich. „Und glaub ja nicht, dass du mich reinlegen kannst.“

Duddy folgte Lucy zum Aquarium.

„Äh, hey“, sagte ich unbeholfen. „Glückwunsch!“

„Hey“, murmelte er, sah mich aber nicht an. „Danke. Oh, ich hab dir die Fan-Fiction mitgebracht, die du zu *Dragon Sensei* geschrieben hast. Auf dem USB-Stick hier. Hatte keine Lust, dass sie weiter Speicherplatz blockiert.“

Duddy fischte etwas aus seiner Hosentasche und legte es in meine Hand. Ich nahm es und nickte ihm kaum merklich zu. „Ähm, okay. Danke.“

Er nickte zurück. „Kann ich sie sehen?“

Ich zuckte die Achseln und zeigte auf das Aquarium. „Klar.“

Duddy beugte sich vor und sah durch das Vergrößerungsglas, das Max vor das Aquarium gestellt hatte. „Oh Mann … oh Mann … Unglaublich! Sieh dir die an!“, flüsterte er. Ich musste lächeln. Ich hatte gleich geahnt, dass Duddy sie mögen würde. Und ich schien richtiggelegen zu haben. „Die sind ja der HAMMER!“

Max schnaubte. „Um einiges besser als deine dummen Ameisen, was?“ Er zog Duddy am T-Shirt nach oben und schob ihn Richtung Zelteingang. „Jetzt haut ab, ihr Loser. Wir müssen vor der Show noch einmal proben.“ Er warf wieder einen Blick auf die Hauptstraße, dann zog er den Schlüssel aus der Hosentasche, schloss das Aquarium auf und murmelte in meine Richtung: „Sieht so aus, als hättest du das mit den kleinen Kerlen nicht für dich behalten können, stimmt's, Podecker? Du kannst von Glück sagen, dass ich heute gute Laune habe, weil ich mit den Käfern endlich Kohle verdienen werde. Sonst würde ich dir jetzt zeigen, was ich mit Leuten mache, die ihre Versprechen nicht halten.“

Lucy und Duddy drehten sich um und verließen das Zelt.

„Okay, hol dieses Chamäleon und lass es uns durchziehen. Von einigen der Leute hab ich schon Eintritt kassiert. Hast du die Schlange draußen gesehen?“

Die hatte ich gesehen. Das hier sollte besser funktionieren, oder diese Menschen würden eine sehr viel *interessantere* Show erleben als die, für die sie gezahlt hatten.

Ich hob Tarni, der sofort begann, seine Augen in alle Richtungen zu drehen, aus der Transportkiste. Er wollte alles mitbekommen, was um ihn herum vor sich ging. Persephone hockte hinter seinem Kopf. „Weißt du noch, wie es geht?“, fragte ich mit gedämpfter Stimme.

„Natürlich tue ich das, du Hilfssheriff", plärrte sie mir entgegen. „Wir haben den Plan schließlich zusammen ausgebrütet!"

Max ließ den Deckel so lange auf der Seite liegen, dass ich genug Zeit hatte, Tarni im Aquarium abzusetzen und den Deckel anschließend selbst auf das Aquarium zu legen. Ich ließ das Schloss zuschnappen.

In diesem Moment kam es vor dem Zelt zu einem Tumult. „TIERQUÄLEREI!", schrie Lucy. „Diese armen Lebewesen werden misshandelt! Boykottieren Sie diese Attraktion!"

„Boykottieren Sie diese Attraktion!", rief nun auch Duddy.

„Was zum …", stöhnte Max auf und rannte nach draußen. Ich hörte, wie er sich Lucy vornahm. „Ich zerleg dich in deine Einzelteile, wenn du nicht sofort den Mund hältst!"

Ich drehte mich zum Aquarium. „Beeilt euch! Ihr habt nicht viel Zeit!", trieb ich die Toddlianer an. Max klang so wütend, als würde er Lucy jeden Augenblick in zwei Hälften teilen. Duddy war stärker, als er aussah – Himmel, er hatte sogar Ernie Eschenwald um den Finger gewickelt –, aber ich hatte Angst, dass er und Lucy aus dieser Nummer nicht mehr herauskommen würden.

Ich sah nach, was im Aquarium vor sich ging. Phase eins der Operation–TARNI – lief wie geplant. Ich hoffte nur, dass es noch nicht zu spät war. Lucy konnte Max nicht mehr länger hinhalten.

Sobald Phase eins abgeschlossen war, brüllte ich den Code: „OH NEIN! Max, komm schnell, Tarni *frisst* die Toddlianer!“

Das beendete den Tumult vor dem Zelt. „In Ordnung“, hörte ich Lucy sagen, „bis auf Weiteres werde ich still sein, aber sobald ich mitbekomme, dass du ihnen wehtust, sorge ich dafür, dass du dein Zelt dichtmachen kannst und eingesperrt wirst.“ Lucy hatte echt Mumm!

Max murmelte irgendetwas und rannte zurück ins Zelt. „Geht es ihnen gut?“, fragte er und schloss den Deckel auf. Er hob Tarni hoch und betrachtete ihn.

„Ich weiß nicht, er könnte ein paar von ihnen verschluckt haben. Es hat sich angehört, als würde er kauen oder so.“ Ich schloss meine Hand um den „USB-Stick“ in meiner Hosentasche. „Bring ihn besser mal dahinten ins Helle und sieh nach, ob ihm irgendwelche Beine aus dem Maul hängen. Ich bin mir ziemlich sicher, dass Toddlianer giftig für Chamäleons sind.“

Während Max versuchte, Tarnis Maul zu öffnen, begann ich mit Phase zwei der Operation, indem ich den Inhalt der Streichholzschachtel (also des „USB-Sticks“), die Duddy mir gegeben hatte, ins Aquarium schüttete. „Ach warte mal, jetzt sehe ich sie wieder! Sie hatten sich nur versteckt. Sieht so aus, als wären alle noch da.“

„Mann! Das war knapp, Podecker." Er setzte Tarni auf dem Kartentisch direkt neben dem Aquarium ab. „Behalt dein Chamäleon von jetzt an im Auge. Uns bleibt nur Zeit für eine Zirkusvorstellung – höchstens zwei."

Hmmmm. „Weshalb können wir nicht noch mehr Vorstellungen geben?", wollte ich wissen. „Der Jahrmarkt ist doch noch das ganze Wochenende."

Max sah mich an, seine Augenbrauen bildeten ein buschiges V. „Weil ich es sage", erwiderte er und sah wieder zum Zelteingang hinüber. „Und jetzt halt die Klappe!"

Ich nickte nur und bemühte mich, nicht zusammenzuzucken. *Halte dich an den Plan. Es ist ein guter Plan.*

Max schaute ins Aquarium. Neben dem Trapez wuselte eine Gruppe winziger Pünktchen herum. Er wirkte zufrieden. „Gerade noch rechtzeitig." Er warf einen Blick auf sein Smartphone. „Die erste Vorstellung beginnt in zwei Minuten und draußen steht eine kilometerlange Schlange. Ihr kleinen Käfer liefert besser eine Spitzenshow ab, oder ich verfüttere euch mit einem Klecks Ketchup an das fette Chamäleon!"

Während Max das Wechselgeld in eine Geldkassette steckte, leitete ich Phase drei ein. Mit der einen Hand setzte ich Tarni zurück in seine Transportkiste, mit der anderen strich ich vorsichtig mit der Streichholzschachtel über seinen Bauch. „Seid ihr alle da?"

„Yepp!", schrie Persephone. „Ich habe sie alle hier zusammengetrieben. Sie tun das, was ich sage, mach dir darüber keine Gedanken."

Ich schob die Streichholzschachtel in die Hosentasche. „Gut gemacht", sagte Lewis, der immer noch in meinen Haaren saß. Aber noch waren wir nicht heil und sicher zu Hause. In Wahrheit hatten wir den Teil, der meinen Magen rebellieren ließ, sogar noch vor uns.

„Treten Sie ein, kommen Sie näher!", grölte Max, während er die Zeltplane aufschlug. „Eine brandneue Spezies winziger Insektenmenschen wird Sie unterhalten!"

Wir hatten fünfzig Klappstühle aufgestellt, und die waren im Nu mit Kleinkindern, Erwachsenen und allem, was dazwischenlag, besetzt. Max kassierte den Eintritt und verlangte wie angekündigt fünf Dollar pro Person. Als alle fünfzig Stühle besetzt waren, ließ er noch ein paar Leute herein, die sich einfach dort hin stellten, wo gerade Platz war. Im Zelt wurde es brütend heiß, aber Max schien begeistert zu sein und winkte mir mit einem Stapel Geldscheinen zu. „Konsoooole!", formte er lautlos mit den Lippen.

Ich quetschte mich nach vorn, um mitzubekommen, wie sich alles entwickelte. Falls Max mich verfolgen würde, könnte ich vielleicht in der Menge untertauchen.

Der Lärm im Zelt erstarb, als er die Geldkassette abgeschlossen und unter dem Tisch verstaut hatte. „Hast du sie schon gesehen?", fragte der kleine Junge, der neben mir saß. „Sind es tatsächlich winzige Menschen?"

Bevor ich antworten konnte, drehte Max die Heavy-Metal-Musik auf und verkündete: „Willkommen im Zirkus Maximus!“ Er rückte das riesige Vergrößerungsglas vor dem Aquarium zurecht. „Die Besucher in der ersten Reihe können nun nach vorne kommen und staunen!“

Ich blieb stehen, während die Leute aus der vordersten Reihe zum Aquarium stürmten. Eine Minute lang hörte man nur das Jaulen der elektrischen Gitarren. Dann begannen die Leute zu lachen.

„Das ist keine neue Spezies!“, rief ein Mann.

„Das sind stinknormale Ameisen!“, sagte der Junge, der neben mir gesessen hatte. „Solche Ameisen hat mein Hund auch.“ Er zupfte an Max' Jeans herum. „Ich will mein Geld zurück.“

Immer mehr Menschen drängten sich um den Tisch. Einige lachten noch immer. Aber bald schon riefen alle gleichzeitig: „Gib uns unser Geld zurück!“ – „Das soll wohl ein Witz sein!“ – „Ich werde dich anzeigen!“ – „Betrüger!“

„Nein, warten Sie eine Minute! Beruhigen Sie sich!“ Als Max über die Heavy-Metal-Musik hinweg mit den Leuten diskutieren wollte, warf ihm jemand einen kandierten Apfel an den Kopf. „Hören Sie auf!“, bellte Max. „Vor einer Minute waren sie noch da, das schwöre ich!“

„Ach ja?“, sagte ein Teenager höhnisch. „Eine Horde Sechstklässler zu veräppeln hat dir wohl noch nicht gereicht, was? Ich habe von dem Scherz im Naturwissenschaftsunterricht gehört, den du an deiner Schule durchziehen wolltest. Und jetzt hast du sogar noch die Nerven, von den Leuten Geld dafür zu verlangen!“ Er warf seinen Getränkebecher nach Max und die rote Pampe darin entleerte sich auf Max’ T-Shirt.

Max’ Gesicht wurde so rot wie sein T-Shirt. „RUHE, hab ich gesagt!“ Er boxte die Fäuste gegeneinander.

„BETRUG!“, rief der Teenager stattdessen. Das kam an und schon bald skandierte die Menge: „BETRUG! BETRUG! BETRUG! BETRUG!“

Max wusste nicht mehr, wo er noch hinsehen sollte. Wenn er es nicht absolut verdient gehabt hätte, hätte er mir leidgetan. Aber dann ging er auf mich los und ich war nur noch damit beschäftigt, meinen eigenen Hintern zu retten. Max packte mich am T-Shirt. „Wenn du irgendetwas damit zu tun hast“, zischte er, „komme ich morgen bei dir vorbei und lösche dein Gesicht aus.“

Laut Plan war das der Augenblick, in dem ich in der Menge verschwinden wollte, aber Max hielt mich mit eisernem Griff fest.

Schluck. Ich wollte gerade den Mund öffnen, als ein gequält dreinblickender Mann im Anzug ins Zelt stürzte. Er schleppte einen Koffer, auf den mit Schablone die Aufschrift KENSINGTON-MESSER gemalt worden war, und hatte einen Wachmann im Schlepptau. *„Da ist er!“*, schrie der Mann und zeigte mit einem sommersprossigen Finger in Max' Richtung. „Das ist der Junge, der mir erzählte, dass mir jemand die Luft aus allen vier Reifen gelassen hat! Was geht hier vor? *Das ist mein Zelt!*"

Ich starrte Max an. Wirklich überrascht war ich nicht, dass er für dieses Zelt keine Standgebühr bezahlt hatte, aber er selbst schien absolut schockiert zu sein, dass sein Plan misslungen war. Der Wachmann kam zu uns herüber und packte Max an der Schulter. „Ich glaube, du kommst jetzt besser mal mit und beantwortest einige Fragen, Junge."

Die Mutter des kleinen Jungen, der so gespannt auf die Zirkusvorstellung gewesen war, tippte dem Wachmann auf den Rücken. „Er hat uns um unser Geld betrogen!", jammerte sie. „Das war das Geburtstagsgeld eines Fünfjährigen!" Sie griff zur Kasse und fing an, jedem Zuschauer seine fünf Dollar wieder auszuzahlen.

Das war meine Chance. Ich machte auf dem Absatz kehrt und flüchtete, rannte an dem wütenden Messertypen und an der Schlange von Zuschauern vorbei, die ihr Geld zurückverlangten, aus dem Zelt. Lucy und Duddy warteten schon an einem Picknicktisch ganz in der Nähe.

„Hat es funktioniert?", wollte Lucy wissen.

„Hört doch nur mal", brachte ich keuchend hervor. Aus dem Zelt waren immer noch „BETRUG!"-Rufe zu hören, dann ertönte die Stimme des Messertypen: „Wer will Zeuge werden, wie meine eindrucksvollen Kensington-Messer diese Blechdose öffnen?" Ich grinste meine Freunde an.

„Max hat gedroht, mich umzubringen. Aber wir haben es geschafft!"

Lucy hielt die Hand hoch und wir gaben uns ein High Five.

„Geht es *ihnen* gut?", fragte Duddy.

Ich zog die Streichholzschachtel aus meiner Tasche und schob sie auf. Dort drinnen standen etwa fünfzig Toddlianer, und sie alle riefen: „Ooooh!", als Licht auf sie fiel. Lewis lief meinen Arm hinunter, um sie zu begrüßen. Er schrie: „EHRE SEI DIR, GROSSER TODD", und die anderen stimmten mit ein.

„EHRE SEI DIR, GROSSER TODD! EHRE SEI DIR, GROSSER TODD! EHRE SEI DIR, GROSSER TODD!"

KAPITEL 28 

Obwohl Max versprochen hatte, mich am nächsten Tag dem Erdboden gleichzumachen, konnte ich in dieser Nacht wieder ruhig schlafen. Vermutlich, weil ich wusste, dass ich – endlich! – das Richtige getan hatte …

Am nächsten Morgen gab ich den tollen großen Bruder und ließ Daisy in meinem Zimmer mit Tarni spielen. Meine drei Toddlianer-Kumpel saßen auf meiner Schulter und beobachteten den Spaß.

Daisy legte Tarnis Schwanz um ihr Handgelenk, sodass es aussah, als trüge sie ihn als Armband. Tarni hob seinen zweizehigen Fuß und strich ihr damit übers Gesicht. Dabei sah er ihr in die Augen, na ja, zumindest eins seiner Augen blickte sie an. Sie schienen sich regelrecht zu unterhalten und ich hatte keine Ahnung, was sie ohneeinander tun würden, wenn Tarni ab Montag bei jemand anderem unterkommen würde. Vielleicht würde Daisy als Nächstes Prinzessin von Wuff zähmen?

Nein! Nicht einmal Fräulein Sabber könnte diesen Dämonenhund besiegen.

Es klopfte leise und die Tür ging einen Spalt auf.

„Hey, Mom! Komm rein."

Mom stieß die Tür auf und sah sich um. Ihr blieb der Mund offen stehen.

Es war einer dieser seltenen und wundervollen Momente, in denen Mom die Worte fehlten. Sie drehte immer wieder den Kopf und scannte mein gesamtes Zimmer ab.

„Soll ich dir bei irgendetwas helfen?", fragte ich sie.

Anscheinend konnte sie sich nicht mehr erinnern, was sie von mir wollte. Langsam ging sie zu Daisy und mir. „Was … was ist hier *geschehen*?"

„Äh, ich hab sauber gemacht."

Mom strich mit dem Finger über die glänzende Oberfläche meines abgestaubten Schreibtischs. Ihr Blick wanderte zu den Regalen, auf denen die hübsch aufgereihten *Dragon-Sensei*-Figuren standen. Sie öffnete die Schubladen der Kommode und japste nach Luft, als sie die sauber zusammengelegten Kleider sah. Kopfschüttelnd klappte sie die Türen des Wandschranks auf. „Ich glaube es nicht", murmelte sie mit einem Blick auf die ordentlich aufgehängten T-Shirts, die in Reih und Glied stehenden Schuhe. „Ich meine … ich *kann* es nicht glauben." Auf dem Boden des Wandschranks lagen meine alten Sportklamotten, aber Mom ließ den Blick einfach darüber hinweggleiten.

Mom machte die Schranktüren zu und drehte sich zu mir um. Dann schloss sie die Augen, legte den Kopf zurück und holte tief Luft. „Es riecht … Todd Jameson Podecker, es riecht tatsächlich gut hier drin. Dein Zimmer duftet wie eine Sommerwiese."

Ich stand auf und sah mich in meinem blitzsauberen Zimmer um. „Ja, also, ich hab mir was von deinem Raumspray genommen. Du bist doch nicht sauer, oder? Ich weiß, ich hätte erst fragen sollen, aber da steht drauf, dass es Gerüche überdeckt …"

Mom ließ sich aufs Bett sinken, wobei sie achtgab, dass sie die glatt gestrichene *Dragon-Sensei*-Tagesdecke nicht zerknitterte. Noch einmal ließ sie den Blick durchs Zimmer wandern. Sie schüttelte den Kopf.

„Gefällt es dir?"

„Ob es mir *gefällt*?" Mom legte mir beide Hände auf die Wangen und lächelte. Ich drehte mich ein bisschen von ihr weg, fürchtete, dass sie mir jeden Moment einen Kuss geben würde. „Ob es mir *gefällt*?"

Sie lachte und legte den Kopf zurück. Und da sah sie es. Vermutlich hatte sie nachschauen wollen, ob an der Decke noch immer dieser grüne Amöbenschimmel klebte, der sich monatelang dort ausgebreitet hatte. Was sie dort nun stattdessen zu sehen bekam, ließ sie schreien und aufspringen. „Was ist *das*?"

Ich musste zugeben, Lewis' Spezialprojekt schockierte.

Über Nacht war meine Zimmerdecke wie die Sixtinische Kapelle in Rom ausgemalt worden. In der Mitte des Zimmers sah man ein göttergleiches Porträt von mir. Ich streckte den Arm durch die Himmelssphären und sah echt scharf aus, weil ich nichts weiter trug als eine Toga und meine Brille. Meine Haare waren aufgebauscht und wehten im Wind und meine rechte Hand streckte ich aus, um Lucy zu berühren. Sie trug einen weißen Laborkittel, lag auf einer grünen Klippe (die Stelle, an der die Amöbenkultur gewesen war …) und hielt ein Mikroskop in der Hand. Eine nackige Daisy mit Flügeln flatterte neben meinem Kopf, die geliebte Kuscheldecke fest in der Babyhand. Unter uns breitete sich die Kuscheldecke wie eine bunte Wolke aus. Es gab sogar ein teuflisches Abbild von Prinzessin von Wuff, mit Reißzähnen, Hörnern und einem spitzen Schwanz. Meine Idee.

„Oh, das?“, erwiderte ich. „Das, äh, ist nur ein Projekt, an dem ich gerade arbeite.“

Die Toddlianer auf meiner Schulter kicherten und gurrten. Mom war zu verblüfft, um irgendetwas zu sagen.

„Weißt du, es ist gar nicht so schlecht, ein sauberes Zimmer zu haben. Ich finde alles auf Anhieb und ich muss keine Angst mehr davor haben, Pampe zwischen den Zehen zu spüren, weil ich mal wieder auf etwas Matschiges getreten bin. Mom?“

Ihr Mund stand immer noch offen, stumm zeigte sie auf

das Bild von Daisys Kuscheldecke. Es war ein getreues Abbild der echten, mit lila Tupfen und allem Drum und Dran.

„Mom?“ Noch einmal fragte ich sie freundlich, ob sie aus einem bestimmten Grund bei mir geklopft hatte.

„Hä? Ach ja. Draußen wartet ein Freund auf dich.“

„Duddy?“ Ich wollte schon zur Tür laufen.

„Nein, es ist dieser Junge, der schon mal hier war. Der große, haarige.“

Max! Okay! Es war so weit. Ich schluckte den Klumpen, der in meinem Hals steckte, hinunter und krächzte: „Mom, kannst du kurz bei Daisy und Tarni bleiben, während ich mit ihm rede?“

„Klar“, sagte sie und setzte sich wieder aufs Bett, ohne den Blick von der Decke zu nehmen.

Auf dem Weg zur Haustür kam es mir vor, als würde ich zu meiner eigenen Hinrichtung marschieren. Ich hatte erwartet, dass die Toddlianer in Panik geraten würden, aber stattdessen sprachen sie mir Mut zu.

„Großer Todd, du schaffst das“, flüsterte Lewis mir ins Ohr. „Wir glauben an dich!“

„Denk an Churchills Worte“, fügte Hermann hinzu. „‚Du hast Feinde? Gut. Das bedeutet, dass du dich irgendwann in deinem Leben für etwas eingesetzt hast.‘“

„Ein Mann, der eine eigene Armee besitzt, hat leicht reden“, murmelte ich.

„Überlass ihn *mir*!“, brüllte Persephone. „Ich kann’s

kaum erwarten, dieser zu groß geratenen Kakerlake den Revolver überzuziehen!"

„Danke, Freunde", sagte ich. „Aber es gibt Dinge, mit denen ich allein fertigwerden muss."

Ich holte tief Luft und öffnete die Tür. Dort stand Max mit seinen Kumpanen Knolle und Dick. Warum kamen sie zu dritt? Er glaubte doch wohl nicht, dass er bei *mir* Verstärkung brauchte?

Max drängte sich an mir vorbei in die Küche. „Du hast das echt durchgezogen, Podecker." Auf der Anrichte lagen Kekse. Er stopfte sich ein paar davon in den Mund und redete sofort weiter. „Also war es deine Spitzenidee, die Käfermenschen gegen einen Haufen Ameisen auszutauschen und mich wie einen Vollidioten dastehen zu lassen? Der Sicherheitsdienst des Jahrmarkts kam vorbei und ich musste fünfzig Dollar Standgebühr nachzahlen. Und die alte Hexe hat den Leuten allen Ernstes mein ganzes Eintrittsgeld zurückgegeben."

Er öffnete den Kühlschrank, nahm die Milch heraus und trank sie direkt aus der Flasche. Schließlich riss Knolle ihm die Milch aus der Hand und spülte die Kekse hinunter, an denen auch er sich bedient hatte.

Sie konnten sich mit mir anlegen, aber die Milch für meine Schwester war tabu. „Stell die Flasche hin!"

Knolle nahm noch einen besonders großen Schluck und rülpste. „Und was, wenn nicht, du Würstchen?"

Max stieß mich fest vor die Brust. „Ich dachte, wir hätten eine Abmachung gehabt?“ Er drängte mich an den Geschirrspüler. „Ich dachte, wir verstehen uns.“

Mit seinem Milchschnurrbart sah er aus wie ein großes Kind, und ich sagte mir, dass er genau das war – ein Sechstklässler, wie ich. Ich zuckte mit den Schultern. „Heißt das, du beschützt mich ab jetzt nicht mehr? Ich bin mein ganzes Leben lang gemobbt worden, damit komme ich klar. Was auch immer du mir antust – dass ich die Toddlianer wiederhabe, ist die Sache wert.“

Max lauerte über mir wie ein Bussard, der sich auf ein überfahrenes Tier stürzen will. „Ach, dich ab jetzt nicht mehr zu beschützen ist nicht mal die Hälfte.“ Er richtete sich auf und zeigte den Flur hinunter zu meinem Zimmer. „Ich weiß alles über deine kleinen Freunde und ich wette, es gibt viele Menschen, die sie gerne kennenlernen würden. Ich wette, es gibt Firmen, die einen Haufen Kohle zahlen würden, um die Käfer zu bekommen.“

„Medizinische Versuchslabore“, sagte Dick höhnisch.

„Reality-Shows“, ergänzte Knolle, Kekskrümel schossen aus seinem Mund. „Oder winzige Käfermenschen auf der Bühne. Das würde ich mir echt gerne ansehen! Man könnte sie bei einem Talentwettbewerb anmelden und …“

„Halt die Klappe, Knolle!“, bellte Max.

Die Toddlianer auf meiner Schulter bekamen jetzt doch Panikattacken und mir erging es nicht anders. „Das könnt ihr nicht machen!“, sprudelte es aus mir heraus. „Erzählt niemandem von ihnen! Bitte!“

Max ließ die Fingerknöchel knacken, einen nach dem anderen. Ich wagte nicht zu atmen. Schließlich beugte er sich zu mir herunter, seine Augen nur noch Schlitze. „Fürs Erste will ich es mal gut sein lassen … aber das kostet dich was.“ Er hob den Kopf und verschränkte die Arme. „Für den Anfang … schuldest du mir ein Skateboard.“

Ich stieß die Luft aus, die ich angehalten hatte. *Das musst du opfern, Todd*, schoss es mir durch den Kopf.

„Kommt mit“, murmelte ich und öffnete die Tür zur Garage.

Dad hatte, wie schon erwähnt, ein Skateboardregal gebaut, dessen Seiten wie Flammen geschnitzt waren und auf dem drei Skateboards Platz hatten. Ich wusste, dass er Extraschichten übernahm, um uns versorgen zu können, und deswegen fand ich es noch schlimmer, das teure Skateboard herzugeben.

Ich legte mein Skateboard immer auf das oberste Brett, aber aus irgendeinem Grund lag es heute auf dem untersten. Seltsam. Vielleicht hatte Dad nach der Arbeit ein bisschen geübt. Er hatte gesagt, als Kind sei er ein ganz guter Skater gewesen, „damals, als die Dinosaurier noch die Erde bevölkerten“.

Ich nahm das Skateboard vom Brett und strich mit der Hand über die glatte Unterseite mit den schwarzen und weißen Buchstaben. Dort stand *PSYCHOTICK* und das *H* in PSYCHO trug Schuhe und machte einen Ollie. *Mach's gut, coolstes Skateboard aller Zeiten.*

„Es ist extrabreit und hat ein *Double Kick Deck*", flüsterte ich. „Die Achsen sind von Independent und die Rollen von Bones, falls du sie irgendwann ersetzen musst." Ich drehte noch einmal an den vorderen Rollen und hielt das Skateboard dann Max hin. „Hier."

Max riss es mir aus den Händen und grinste. „So eins wollte ich schon lange haben. Das hier ist eine ganze Ecke besser als dein altes von Zero, Dick."

Er schleppte das Skateboard in die Auffahrt und sprang darauf. Ich folgte ihm.

Plötzlich rief ein zartes Stimmchen auf meinem Oberarm: „Jihaaaaaaa!"

Das Toddlianer-Trio stürzte sich von meiner Schulter und segelte durch die Luft in Richtung Skateboard. Es sah so aus, als hätten sie kleine Gleiter auf dem Rücken und sie zogen … *Zahnseide* hinter sich her. Die Zahnseide wurde wieder und wieder um das Skateboard gewickelt, sodass Max' Füße in Windeseile gefesselt waren. Er geriet in Panik und versuchte, die Schuhe vom Brett zu nehmen, konnte sich aber nicht mehr befreien. Dick und Knolle standen am Ende der Auffahrt und starrten mit offenen Mündern auf das Skateboard.

„Podecker!", brüllte er. „Was zur …"

Das war alles, was er herausbrachte, bevor eine Art Surren zu hören war, wie von einem Zahnarztbohrer. Dann sah ich es: Ein winziger Motor war an der Unterseite des Skateboard-Decks angebracht worden. Er war silbern gestrichen worden und hatte dadurch dieselbe Farbe wie die hintere Achse.

Ich konnte nicht glauben, was als Nächstes geschah. Der PSYCHOTICK schoss nach vorne und hätte Knolle und Dick beinah über den Haufen gefahren: Gerade noch rechtzeitig sprangen sie aus dem Weg. „Helft mir!", schrie Max, als er vorbeisauste. Doch die beiden rührten keinen Finger.

Das Skateboard bretterte die abschüssige Auffahrt hinunter, dann machte es eine große u-förmige Kurve, um den kleinen Hügel zur Garage wieder hochzufahren. Max ruderte mit den Armen, um das Gleichgewicht zu halten. „Halt es an!", rief er. „Verdammt noch mal! Halt es …" Er hob den Kopf und musste etwas entdeckt haben, denn plötzlich wurde er kalkweiß im Gesicht, riss die zusammengewachsenen Augenbrauen nach oben und die Augen weit auf.

Als ich mich umdrehte, um nachzuschauen, was ihn so aus der Fassung brachte, wäre ich fast nach hinten umgekippt. Mitten in der Garage stand … ICH! Na ja, eigentlich war es die Metallfigur, die Lewis von mir gebaut hatte, nur war sie komplett überarbeitet worden und wirkte nun noch *viel* lebensechter. Sie trug das Kaiser-Oora-Kostüm, das ich mithilfe der Toddlianer für Duddys Geburtstagsfeier angefertigt hatte. Das Metall-Ich sah erstaunlich aus in seiner schweren lila Robe mit schillernden Drachenschuppen. Ich musste zugeben, es war der Hammer.

Das Gruseligste daran war der grüne Rauch, der aus der Statue strömte. Er sah aus wie dieses Schwefelzeug, das ich in Lucys Labor hatte brodeln sehen, und er roch auch so. Mann, diese Metallfigur war wirklich Furcht einflößend.

Max jedenfalls drehte durch. Er kreischte und zappelte mit den Beinen, versuchte verzweifelt, seine Füße vom Skateboard zu reißen. Der PSYCHOTICK rollte nach hinten weg. Max schlug mit den Armen wie ein brennendes Huhn, dann landete er mit einem Bauchplatscher auf dem Betonboden. Nicht einmal ich hatte mich jemals so monumental außer Gefecht gesetzt.

Dick und Knolle lachten sich kaputt. „Halt es an!“, äffte Knolle Max nach. „Das Metallmonster darf mich nicht erwischen!“

„Aaahhh!“, kreischte Dick, schlug mit den Armen wie Max und lief kleine Kreise in der Auffahrt. „Du hast geschrien wie ein kleines Mädchen! ‚Rette mich … vor der unheimlichen Nerd-Figur mit dem … Drachenumhang!‘“ Mittlerweile keuchte er zu sehr, um noch etwas herauszubringen.

Aber Knolle war noch nicht fertig. „Technischer Knockout!“, verkündete er mit der Stimme eines Ansagers beim Boxen, dann stellte er sich neben Max und zählte von zehn runter. „Meine Damen und Herren, Max ‚der Loser‘ Lieblich wurde geschlagen, wir haben einen neuen WELTMEISTER … PSYCHOOOTICK!“ Er boxte in die Luft, sprang dabei selbst nach oben und landete beinahe auf Max’ Kopf. „Und die Menge TOBT!“

Dick hielt sich den Bauch vor Lachen.

„Komm, Dick. Lass das Baby seinen Mittagsschlaf machen. Verschwenden wir hier keine Zeit mehr.“ Sie liefen auf die Straße und Dick schlug alle paar Meter mit den Armen und kreischte, während Knolle lachte.

Ich hielt Max die Hand hin, um ihm aufzuhelfen, aber er sah mich böse an und schlug sie weg. Er ächzte, doch schließlich gelang es ihm, sich hinzusetzen. Sein Gesicht war mit schwarzem Schleim verschmiert, der aus unserem Minivan getropft war und über die Auffahrt lief. Die blutige Nase tat ihr Übriges – Max sah aus wie ein Gangster.

„Hey, Lieblich“, konnte ich mich nicht beherrschen, „glaubst du immer noch, dass *Dragon Sensei* etwas für Langweiler ist?“ Max warf mir einen finsteren Blick zu und grunzte. Ich holte mein Schweizer Taschenmesser aus der Hosentasche und schnitt die Zahnseide durch. Sobald er frei war, sprang er auf und humpelte die Auffahrt hinunter.

„Hey, willst du das Skateboard nicht mitnehmen?“

Max drehte sich um und wollte sich auf mich stürzen. Ich machte einen Satz nach hinten und hielt ihm das Skateboard hin. Als er danach greifen wollte, fiel sein Blick wieder auf die Figur. „Behalt es", murmelte er durch das Blut hindurch. „Und sag deinen kleinen Monstern, sie haben gewonnen … diesmal."

Ich sah ihm nach, wie er davonhumpelte. Wie hatte ich Max nur jemals für cool halten können? Und was mir zuvor nie aufgefallen war: Mit dieser schmierigen schwarzen Haartolle sah er aus wie ein Elvis-Imitator für Arme.

Ich hatte ihn sowieso nie gebraucht. Ich hatte schon coole Freunde. Drei von ihnen versteckten sich hier irgendwo vor dem Haus. „Danke, Kumpels", flüsterte ich dem Gras zu. „Ihr habt einen gut bei mir. Na ja … mehr als einen."

„Mit wem redest du?", fragte Mom, die gerade aus der Haustür getreten war und nun hinter mir stehen blieb. „Wird es nicht langsam Zeit für Duddys Geburtstagsfeier?" Sie streckte die Hand aus, um mir aufzuhelfen. „Weißt du was", sagte sie strahlend, „du musst noch nicht einmal mit dem Bus zu ihm fahren. Ich kann dich bringen! Heute Morgen ist etwas Seltsames passiert. Der Motor des Minivans ist sofort angesprungen."

„Tatsächlich?"

Sie lachte. „Ja, tatsächlich. Es ist ein Wunder!"

„Ja." Ich sah auf den Rasen und lächelte. „Das ist es."

KAPITEL 29

Ich tat so, als würde ich eine Münze aufheben, stattdessen rief ich leise die Toddlianer zu mir und sie kletterten auf meine Hand. Während Mom ihre Geldbörse holte, rannte ich in die Garage und nahm der Figur meine Kaiser-Oora-Robe ab. Dann lief ich in mein Zimmer und setzte die Toddlianer auf den Teppich. Sie sollten sich ausruhen, während ich mich für die Party umzog.

Als ich fertig war und einen Blick in den Spiegel warf, musste ich grinsen – auch wenn Kaiser Oora ein ziemlich stoischer Typ ist. Keine Frage, das war das coolste Kostüm aller Zeiten. Ich befestigte die Troddel an meinem Hut und verbeugte mich vor meinem Spiegelbild. Wer war dieses Wesen mit der kastanienbraun und schwarz gefleckten Haut und dem abgefahrenen Fu-Manchu-Schnurrbart? „Kaiser Oora, Ihr seid der rechtmäßige Herrscher von Fernsopi und all Eure Feinde werden sich heute vor Euch verneigen!" Ich streckte meine Faust wie ein Sieger in die Luft.

Lewis hatte einen Splitter von Moms Kajal benutzt, um meine Augen wie die eines Reptils wirken zu lassen, und Mom hatte mir sogar erlaubt, meine Brille zu Hause zu lassen. Ich würde heute vielleicht etwas kurzsichtig sein, aber wer hatte je von einem bösen Riesensalamander mit Brille gehört?

Ich warf mir die Robe zurück und trainierte mein böses Kaiserlachen. „Heute wirst du sterben, Saki. Niemand, der mich je betrogen hat, blieb am Leben." Ich tat so, als schleuderte ich einen der giftigen Pilze, die Kaiser Oora als Waffen benutzte, gegen den Spiegel. „Ka-BUMM!", polterte ich.

Plötzlich kam aus meinem Zimmer ein Geräusch, als ob hunderte von winzigen Händen klatschten. Es waren tatsächlich hunderte winzige Hände, die klatschten! Die Toddlianer applaudierten mir zu meiner Darbietung. Ich setzte die Mikrobrille auf und sagte, sie sollten nach Toddlantis kommen – gemeint war der Boden meines Wandschranks.

Toddlantis war ein Paradies für Winzlinge. Ich hatte Prinzessin von Wuff einen von Moms alten, flauschigen Hausschuhen weggenommen und Daisy hatte mir dann auch noch gleich ihre Plüschbabyschuhe gebracht, die ihr zu klein waren (Fräulein Sabber schien mehr zu verstehen, als ich dachte!). Die Schuhe hatte ich gewaschen und mit auseinandergezogenen Wattebäuschchen ausgelegt, um behagliche Betten für die großen und kleinen Toddlianer zu schaffen. Der Deckel einer Margarinedose diente als Wasserloch (Persephones Ausdruck) und Schwimmbecken. Ich versprach, das Wasser jeden Tag zu wechseln und jeden Abend die Betten aufzuschütteln. Es war das Mindeste, was ich für so gute Freunde tun konnte.

Apropos gute Freunde: Ich hatte mich von Duddys Ameisenfarm inspirieren lassen. In Toddlantis gab es einen Kinderspielplatz mit Schaukeln aus Büroklammern und Gummiringen, Bleistiftwippen, eine biegsame Linealrutsche, ein Klettergerüst aus Heftklammern, die ich in einen Radiergummi gesteckt hatte, und ein Schwammtrampolin. Ich musste zugeben, es war absolut fantastisch.

Selbst Persephone sah es so. Sie war draußen gewesen, um Grillen zusammenzutreiben, während ich es gebaut hatte. Als sie zurückkam, stieg sie von Tarni herunter und pfiff. „Gar nicht mal schlecht … ganz und gar nicht schlecht. Für einen Hilfscowboy."

„Hey, Lewis!", rief ich, als ich sah, wie er im Schwimmbecken planschte. Er trocknete sich mit einem Stück Watte ab und hüpfte auf meinen Finger.

„Ja, Großer Todd?" Er lächelte albern. „Oder sollte ich besser Kaiser Oora sagen?"

Wir reckten Siegerfäuste in die Luft und riefen: „Oo-ra! Oo-ra! Oo-ra!"

„Okay, wer von euch will mit zu Duddys Feier?", fragte

ich. „Es wird richtig lustig werden und es gibt dort einen gigantisch großen Berg Nachos, von dem ihr alle die nächsten fünfhundert Jahre satt werden könntet."

„Wir können nicht mehr als essen", verkündete Hermann, der auf meinen Haufen stinkender Sportklamotten zeigte (ich hatte sie natürlich extra für die Toddlianer dort liegen gelassen). „Und unsere Speisen hier sind unvergleichlich."

Ich schaute genauer hin. Auf dem Kleiderhaufen krabbelten lauter selige Toddlianer. „Mmmmm-mmmmm."

„Wie du siehst", erklärte Hermann, „ziehen wir es vor, uns am Schweiße des Großen Todd zu laben."

Ich nickte. „Gefällt euch das? Nächste Woche im Sportunterricht mache ich extra Liegestütze für euch. Dann sind meine Sachen danach richtig reif und delikat."

„Ohhhhh!", riefen die Toddlianer. „DANKE SCHÖN, GROSSER TODD!"

„*No problemo.*" Ich hielt mir den Finger vor die Augen. „Lewis, willst du auch hierbleiben?"

„Und den Berg Nachos verpassen?" Er kletterte von meinem Finger auf meine Schulter.

Ich drehte den Kopf zu ihm. „Hey, danke für das, was ihr da draußen mit Max angestellt habt."

Lewis lächelte.

„Ich meine es ernst. Das war …" Ich räusperte mich. „Ich meine, ihr seid sagenhafte Freunde."

„Vielen Dank, Großer Todd. Es wäre mir eine Ehre, den ehrwürdigen Kaiser heute zu begleiten."

Eine halbe Stunde später betrat ich die Spielhalle, in der die Party stattfinden sollte. Es war klar, dass ich nicht der Einzige war, der auf Duddys Geburtstagsfeier aufs Ganze ging. Inmitten all der blinkenden, grellen Lichter war die *Dragon-Sensei*-Gang nicht schwer auszumachen. Dort stand Tim, heute Mongee-Poo, in grünen Strumpfhosen und Turnanzug, machte „UUU UUU UUU I-JAA" und spielte Air-Hockey mit Andrew, wobei er den langen Schwanz vor und zurück warf. Andrew gab sich alle Mühe, aber die flatternden Ärmel seines roten Kimonos und der Schläger verhedderten sich immer wieder. Der Gedanke, dass Sensei Nagee und Mongee-Poo in der Spielhalle miteinander Air-Hockey spielten, brachte mich zum Lachen.

„Hey, Jungs!", rief ich. „Ihr seht fantastisch aus!" Andrew winkte mir zu und Tim nutzte die Chance.

„TOR!", schrie er. „Ich gewinne … SCHON WIEDER!" Er führte einen Siegestanz um Andrew herum auf und gab derart aufgeregte Affenlaute von sich, dass man es in der ganzen Halle hören konnte. Einige der Angestellten liefen herbei, um nach dem Rechten zu sehen. Tim lauste sich unter den Armen und tat so, als würde er seine geheime Kot-Munition gegen die Spielautomaten schleudern. Die Angestellten schüttelten nur den Kopf.

„Du siehst aber auch unglaublich aus", meinte Andrew.

Ich drückte auf den Apparat, den ich mit Hermanns Hilfe in meine Robe eingebaut hatte. Grüner Dampf stieg aus meinem Kragen und meinen Ärmeln auf.

„Wow!", flüsterte Andrew und selbst Tim hörte für einen Moment auf, sich unter den Armen zu lausen, und sah sich die Sache an. Ungefähr sechs von Duddys Unmengen von Cousins kamen ebenfalls angelaufen. Ich war der Knaller.

Einige der Cousins hatten sich als Koi Boy verkleidet. Aber unter den Gästen war ein Junge, dessen Kostüm wirklich ein Hingucker war. Er hatte einen weißen, mit gelbem Marker bemalten Müllsack übergezogen. Auf dem Kopf trug er ein gelbes Handtuch, das er zu einer Art Turban gewickelt hatte, und sein Gesicht wurde fast vollständig von einer riesigen dunklen Sonnenbrille verdeckt. Hätte er keine Vampirzähne im Mund gehabt, die wohl die Haifischzähne ersetzen sollten, wäre ich niemals auf die Idee gekommen, dass es sich hier um die Figur Shark Treuse handeln sollte. „Super Koftüm, Todd", lispelte der Junge. *Ernie Eschenwald*? Diese Stimme hätte ich in jeder Verkleidung erkannt.

„Du siehst auch cool aus, Ernie", log ich. Zumindest hatte er es versucht.

„Danke fön!", erwiderte er, dann folgte er den Cousins in den Skee-Ball-Bereich und schrie: „BANZAI!!!"

In dem Automaten mit dem Riesengreifarm entdeckte

ich einen Thaddäus Tentakel von SpongeBob, den ich für Duddy holen wollte. Also vergeudete ich sechs „Münzen“ meiner Eintrittskarte dafür, das Plüschvieh zu bekommen. Lewis gab mir von seinem Platz auf meinem Hut aus Anweisungen. „Links rüber … noch ein bisschen … JETZT! Ups! Versuch’s noch mal.“ Ich glaube nicht, dass er begriffen hatte, dass ich jedes Mal dafür zahlen musste, wenn ich die Eintrittskarte vor den Automaten hielt. Aber Duddy war es mir wert. Dann würde ich dafür eben ein paar Runden Monstertauchen weniger spielen.

„Dein Problem ist, dass du versuchst, den Kopf zu greifen, der im Verhältnis zur Kraft des Greifarms zu schwer ist“, sagte eine summende Stimme hinter mir. „Aber du trägst ja auch deine Brille nicht. Lass mich mal versuchen.“

Wespa die Rachsüchtige, Hornisse des Hasses, übernahm die Kontrolle. Statt Fühlern hatte sie goldene Weihnachtskerzen mit Draht am Kopf befestigt, sie trug eine glitzernde gelbe Maske mit riesigen schwarzen Facettenaugen und eine schwarze Weste als Rumpf. Aus ihrem dicken, gold-schwarz gestreiften Hinterteil ragte ein gewaltiger Stachel, der mit einer gelben Leuchtflüssigkeit gefüllt zu sein schien. Sogar ein drittes Paar „Beine“ baumelte von ihrer Körpermitte.

„Hab ihn!“, summte Wespa, als Thaddäus Tentakel in den Schacht fiel. Sie gab ihn mir. „Also, was denkst du?“ Aus einem Beutel auf ihrem Rücken schossen Flügel. Nur dass es keine wirklichen Flügel waren, sondern … *Hologramme*? WAHNSINN! So etwas konnte auch nur Lucy fertigbringen.

Sie zog sich die Maske vom Gesicht. „Gar nicht so übel, was?"

„Lucy!", rief ich lachend. „Du bist der Wahnsinn. Weißt du das?" Wir klatschten uns ab. Ich war wirklich froh, sie zu sehen.

Auch Lucy lachte. „Du selbst bist auch gar nicht so übel. Dein Kostüm ist fantastisch! Hey, Lewis! Bist du da? Behandelt er dich anständig?"

„Sei gegrüßt, Lucy die Beherzte!" Lewis kletterte auf die Troddel an meinem Hut, lobte immer wieder ihren „Mut im Angesicht des Gegners" und sagte, dass sie sich unbedingt das neue, bessere Toddlantis ansehen müsse. Schließlich unterbrach Lucy ihn mit den Worten: „Danke für deine Freundlichkeit. Ich bin froh, dass du in guten Händen zu sein scheinst." In diesem Moment gewann jemand eine Wagenladung voll Münzen und durch das Heulen der Automatensirenen konnte man nichts mehr verstehen. Als der Lärm schließlich abebbte, meinte Lucy: „Hier war ich noch nie. Susans Meinung nach lassen Videospiele das Gehirn verfaulen. Es ist FANTASTISCH hier, wenn es auch eine Art Reizüberflutung auslöst. Und das Essen duftet unglaublich." Sie schloss die Augen und sog den Geruch ein. „Ich bin im Fast-Food-Himmel. Erzählt Susan

nichts davon, aber ich werde heute so viel Käse essen, dass meine Verdauung durcheinander sein wird, bis ich zwanzig bin."

Ich sah Duddy, noch bevor er mich entdeckt hatte. Er hatte sich als Saki kostümiert, der keine Kopfbedeckung trug, sodass man ihn sofort an seinem blonden Topfschnitt erkannte. Sein Kostüm sah im Grunde so aus wie meins, nur dass sein Umhang golden war. Natürlich hatte er kein so perfekt bemaltes Gesicht wie ich, schließlich verfügte nicht jeder über seinen persönlichen Maskenbildner aus Toddlantis. Ich denke, seine Mutter hatte ihm den Schnurrbart aufgemalt. Als Duddy mich sah, verließ er den Rollenspiel-Kampf, der an seinem Geburtstagstisch im Gange war. „Todd! DAS gefällt mir! Wie GENIAL!" Ich ließ noch etwas Boom-Shroom-Dampf ausströmen und selbst Lucy war beeindruckt. Doch ihre Bewunderung gebührte nicht mir alleine.

„Also, ein paar ganz besondere Freunde haben mir dabei geholfen."

Duddy beugte sich zu mir. „Hast du deine *besonderen Freunde* auch mitgebracht?"

Ich deutete auf meinen Hut. Lewis schaukelte an der Troddel. „Hallo, Duddy Drachenmeister!"

Der Drachenmeister grinste. „Sie sind SO COOL!"

„Ja, nicht wahr? Ich bin wirklich froh, dass Lucy die Idee hatte, deine Ameisen auszuleihen. Ich weiß nicht, wie wir die Toddlianer ohne sie hätten retten können. Ehrlich, ich hätte nicht gedacht, dass du sie uns geben würdest, nachdem …"

„Ist schon gut." Duddy zuckte mit den Schultern.

Ich überreichte Duddy den plüschigen Thaddäus Tentakel. „Danke, dass ich mich auf dich verlassen kann, alter Kumpel."

Duddy zuckte noch mal die Achseln und wurde ganz rot unter seinen schwarzen Salamanderflecken. „Dafür sind Freunde doch da."

„Und Anführer", sagte ich. „Zeig uns den Weg, Drachenmeister! Wie lautet dein Schlachtplan?"

„Also, da Wespa die Rachsüchtige die wildeste Kriegerin in ganz Fernsopi ist, sollte sie Koi Boy mit ihrem Stachel des Leids angreifen."

Lucy zog die Maske über ihre Zöpfe und salutierte. „Wenn ich ihm erst mein Hinterteil entgegenstrecke, wird Koi Boy sich noch nach der Zeit zurücksehnen, bevor er seinen Teich verließ!" Sie summte und warf sich ins Getümmel. Die armen Koi Boys wussten nicht, wie ihnen geschah.

„Oh! Mein Cousin Chris ist gekommen", rief Duddy und zeigte zum Geburtstagstisch hinüber. „Er hat sein Nunchaku mitgebracht!"

Duddy lief vor und ich folgte ihm. „Hey, Blödmann!", rief in diesem Moment ein großer Junge von einem der

Spielautomaten herüber. Es war Mason, einer der Schlägertypen, die in der Mittagspause an Max' Tisch gesessen hatten. In meinem Kostüm erkannte er mich nicht. „Wir wollen auch unseren Spaß haben. Können wir an euch Babys ein paar Karategriffe trainieren?"

Die Typen, die um Mason herumstanden, machten Duddy und seine Gäste nach. Einer von ihnen brüllte und kratzte sich wie Tim als Mongee-Poo.

Ich blieb stehen und sah mir das chaotische Kampfgeschehen an. Die Angestellten, die bei der Geburtstagsfeier halfen, warfen sich Blicke zu, die eindeutig besagten, dass sie das Ganze ebenfalls für völlig idiotisch hielten.

Mason rief: „Worauf wartest du, Salamandermann? Willst du nicht mit deinen Langweilerfreunden kämpfen?"

Ich versprühte etwas giftiges grünes Gas in seine Richtung, verlor aber keine Zeit damit, seinem Gesicht beim Schmelzen zuzusehen. Ich hatte Besseres zu tun – zum Beispiel meinen Freunden bei der Verteidigung gegen eine Legion von Koi-Boy-Klonen zu helfen!

„Du solltest Shark Treuse mit deinen Boom-Pilzen bekämpfen", schlug Lewis vor. „Er sieht aus, als habe er nicht mehr viel Kraft."

„Aber ich muss unter Wasser mit ihm kämpfen, wo die Boom-Pilze nicht funktionieren", sagte ich. „Deshalb werde ich Koi Boys Luftblasen stehlen, oder noch besser, Sakis Fähigkeit, sich in ein Meerestier zu verwandeln. Dann werde ich Shark Treuse ein wässriges Grab schaufeln."

„Ein wirklich origineller Einfall, Großer T… – ich meine, ehrwürdiger Kaiser."

„Aber ich brauche einen Partner, weil ich keine eigenen Superkräfte habe."

„Ich kämpfe an deiner Seite bis in den Tod", schrie Lewis.

„Hoffen wir mal, dass es nicht so weit kommt", erwiderte ich lachend.

Wespa kam summend neben mir zum Stehen. „Ich halte dir auch den Rücken frei!"

„Aber wir sind Erzfeinde", erinnerte ich sie.

„Nicht mehr." Sie ließ ihre Hologramm-Flügel sprießen. „Das Leben hier in Fernsopi ist zu kurz für sowas."

Wie recht sie hatte. Das Leben war zu kurz, um sich Gedanken darüber zu machen, wie man cool wird. Was war schon dabei, wenn meine Freunde Nerds waren? Sie wussten, wie man Spaß hat, und waren da, wenn man sie brauchte.

Ja, auch ich war ein Nerd, denn ich konnte nicht mehr aufhören zu lächeln.

Lucy ließ ihren Stachel leuchten. „Kämpfst du an meiner Seite, Podecker?"

Ich salutierte und rannte in die Schlacht. „Jihaaaaaa!!!"

EPILOG

„Und so, meine Kleinen, haben der Große Todd und seine Freunde unser Volk aus der Sklaverei unter Max dem Mächtigen befreit."

Die Enkelchen sprangen auf. „EHRE SEI DIR, GROSSER TODD! EHRE SEI DIR, GROSSER TODD! EHRE SEI DIR, GROSSER TODD!", riefen sie und sprangen in ganz Toddlantis umher wie Grashüpfer auf heißem Beton.

Persephone, Lewis und Hermann sahen sich an und stießen mit einer Runde frisch aufgegossener Schweiß-Schorle auf den Großen Todd an.

Leseprobe

208 Seiten., €/D 9,99

Milla ist 12, liebt Hip Hop und Hunde und ist Zwilling – nicht das Sternzeichen, sondern ein echter! Ihr Zwillingsbruder Mika tanzt Ballett, lässt sich die Haare wachsen und ist einfach in allem das krasse Gegenteil. Millas großer Wunsch: Ein eigener Hund! Aber gegen Papa kommt sie nur mit Mikas Hilfe an. Dafür kann sie Mika beim Thema Mädchen unterstützen. Sie hat auch schon einen wasserdichten Plan – also theoretisch!

Lies doch mal rein!

1

LIEGESTÜTZE UND HUNDELEINEN

„Ach du Scheiße! Hast du dich verletzt?“

Genau so fing es an! Mit dieser erschrockenen Stimme. Aber antworten konnte ich nicht. Jedenfalls nicht gleich. Weil ich erst mal noch Sternchen sah. Jede Menge sogar.

Schon mal über eine Hundeleine gestolpert? Übel! Echt übel! Ganz böse Falle.

Gerade noch war ich wie der Blitz den Bürgersteig runtergerannt, weil ich spät dran war, aus unserem Haus raus, am Computerladen und der Nageltrulla vorbei, und ich war schon fast an der Eckkneipe angekommen, da ging die Tür von Nummer 28 auf und so ein helles Fellknäuel schoss heraus, direkt vor mir über den Gehweg, zack, zum nächsten Baum.

Und dann war da irgendwas auf einmal zwischen meinen Füßen, und klatsch, schon lag ich unten.

Erst mal sah ich also nur Sternchen, und dann passierten gleich zwei Sachen auf einmal: Ich kriegte etwas Nasses ins Gesicht. Und jemand rief etwas.

„Hast du dich verletzt?“, hörte ich eine Frauenstimme. „Oh, das tut mir echt total leid!“

Das musste ich wohl überprüfen. Ging aber noch nicht. Weil ich nur diese schönen goldenen Sternchen sah, die sich vor meinen Augen drehten und blinkten. Und dann, als sie langsam verblassten, erkannte ich eine Frau mit großen braunen Augen, die sich über mich beugte.

„Mensch, Junge! Jetzt sag doch mal was!“, rief sie besorgt.

„Hmmpf“, machte ich. „Was? Ich bin kein Junge.“

Die Frau beugte sich vor. „Ich dachte ... du hast ja so kurze Haare“, rief sie. „Entschuldigung! Alles okay mit dir?“

Schlapp! Wieder war da etwas Nasses in meinem Gesicht. Ich machte schnell ein Auge zu, das andere ließ ich auf. Eine Hundeschnauze! Mit einer megalangen Zunge drin, die mir quer über die Wange leckte. Hilfe, das kitzelte vielleicht!

„Harry, lass das!", rief die Frau streng. „Sorry. Harry ist noch ziemlich jung. Und anscheinend findet er dich gut. Wahrscheinlich riechst du lecker!"

Harry wuffte einmal kurz auf und wedelte heftig. Ich versuchte, ihn mir genauer anzusehen. Von unten ging das nicht so richtig gut, da sah ich nur die Unterseite seiner Schnauze und die Zunge und helles, flauschiges Fell, aber dann senkte Harry den Kopf und legte ihn schief, und da konnte ich ihn dann richtig sehen.

Wow! Voll mein Traumhund! Mit so hellem Puschelfell und einem frechen Gesicht und Schlappohren. Das heißt, eins hing und eins stand schräg vom Kopf ab. Und dann wackelten beide Ohren, als er sich bückte und mir wieder über die Wange leckte.

„Harry! Jetzt ist aber Schluss!", rief die Frau, streckte mir die Hand hin und zog mich mit Schwung hoch.

Als ich stand, musste ich erst mal tief Luft holen. Die Frau sah mich immer noch besorgt an und Harry versuchte, mir die Hand zu lecken. Das kitzelte auch, aber nicht so sehr wie im Gesicht.

„Alles okay?", fragte sie noch mal. „Hast du dir wehgetan?"

„Nö", log ich. „Nö, gar nicht. Was ist denn eigentlich passiert?" Ich sah an mir runter. Meine Knie waren dreckig, aber immerhin war die Hose noch heil. Ein Glück, Papa wär sonst ausgeflippt, wenn mal wieder eine meiner Hosen kaputt wäre. „Kannst du dir nicht mal ein Beispiel an deinem Bruder nehmen?“, schimpfte er dann immer. „Mika hat nie kaputte Hosen!“

Da hatte er recht. Aber ich bin eben nicht so wie Mika. Auch wenn der hundertmal mein Zwillingsbruder ist!

„Also, ich würde sagen, du bist über Harrys Leine gestürzt“, sagte die Frau und zuckte mit den Schultern. „Ich hab nicht dran gedacht, dass hier jemand für die Leichtathletik-WM trainieren könnte. Aber ich wohne ja auch erst seit gestern hier. Ist das hier deine Sprint-Übungsstrecke oder warum bist du hier so langgerast?“

„Ich hatte ... ich hab es einfach eilig! Ich muss zum Hip-Hop.“

„Hip-Hop? Cool!“, sagte sie.

„Ja. Aber ich muss jetzt wirklich los!“ Musste ich auch. Wenn John nämlich schlechte Laune hat, dann hat man echt nichts zu lachen, wenn man zu spät kommt. Und ob er schlechte Laune hat, weiß man ja nicht vorher, oder?

Harry winselte. Er hatte sich jetzt hingesetzt und sah mich bittend an.

Okay, einen Schönheitswettbewerb konnte der sicher nicht gewinnen, aber er war einfach verdammt süß. Sein

Frauchen dagegen schon eher. Sie sah ziemlich hübsch aus, fand ich, mit ihren braunen Augen und den dunklen lockigen Haaren.

Ich bückte mich und streichelte meinem Traumhund über den Kopf. „Tschüss, Harry!"

Harry zog die Lefzen hoch. Es sah aus, als ob er grinste. Und dann leckte er mir ein letztes Mal über die Hand.

„Tschüss!", rief Harrys Frauchen mir nach. „Und pass auf kreuzende Hundeleinen auf!"

„Mach ich!", schrie ich zurück und winkte. Und dann sprintete ich auch schon los. Wie der Blitz! Und diesmal, ohne hinzuklatschen, natürlich.

Wenn du wissen willst, wie es weitergeht, dann frage bei deinem Buchhändler nach:
Hip–Hop, Hund und Herzgehüpfe
ISBN 978-3-440-14630-9